KB268563

로크미디어가
유혹하는
재미있는 세상
ROK
MEDIA

잠룡물용

잠룡물용 6

2009년 8월 27일 초판 1쇄 인쇄
2009년 8월 31일 초판 1쇄 발행

지은이 묵룡
발행인 이종주

편집장 손수지
기획 팀 김명국, 이주현
편집 팀장 이세종
책임 편집 김인옥

발행처 (주)로크미디어
출판등록 2003년 3월 24일
주소 서울시 용산구 청파동3가 119-2 진여원BD 5층
Tel (02)3273-5135 Fax (02)3273-5134
홈페이지 rokmedia.com · **E-mail** rokmedia@empal.com

ⓒ 묵룡, 2007

값 8,000원

ISBN 978-89-257-1158-4 (6권)
ISBN 978-89-257-0233-9 04810 (세트)

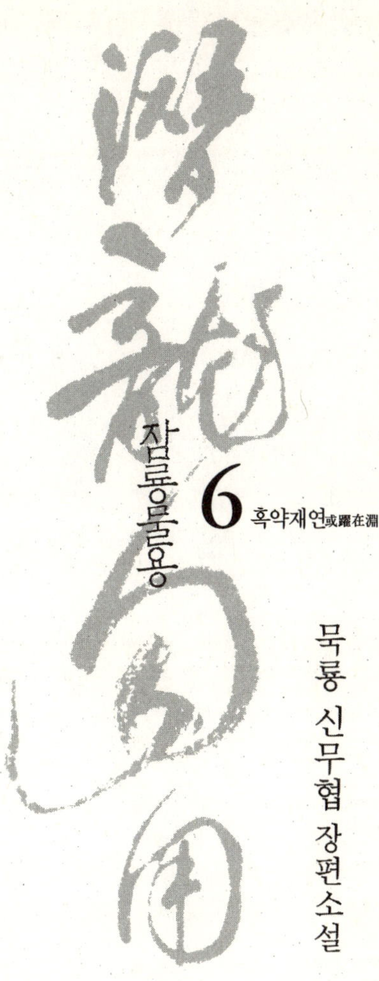

6
혹약재연或躍在淵

묵룡 신무협 장편소설

차례

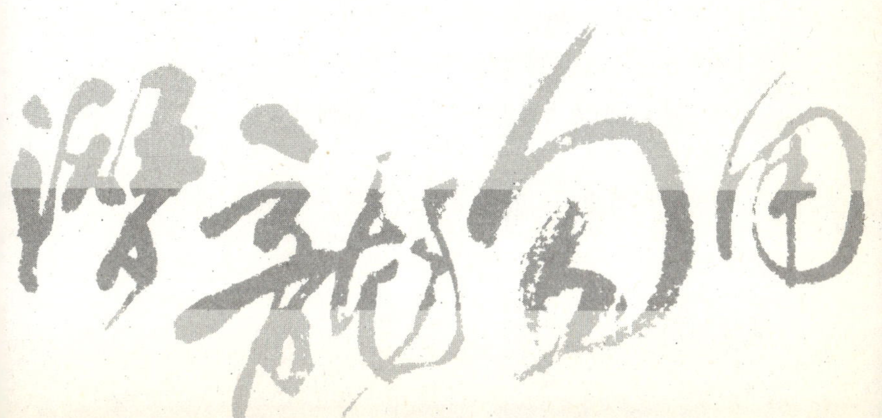

독자 제현께 드리는 글

자신이 먹기보다는 자식의 입에 들어가는 것을 더욱 흐뭇하게 생각하시던 어머니가 계셨습니다. 자식이 어려움에 처하면 그것이 너무 아파 식사도 못 하시던 어머니였습니다.

그러면서도 입가에는 언제나 미소를 띠고 다니면서 주변 사람들을 위해 헌신하시던 어머니였습니다.

그런데 어느 날 그런 어머니에게 걸리면 삼 개월밖에 못 산다는 갑상선 미분화암 판정이 내려졌습니다.

믿을 수가 없었습니다. 오진일 것이라 생각했습니다.

암 조직이 폐, 간, 림프는 물론 신장까지 전이되었고, 얼마 후에는 폐가 눈이 내린 것처럼 하얗게 변했다고 할 때까지만 해도 저는 어머님이 병세를 털고 일어날 것이라 믿었습니다. 아니, 간절히 빌었습니다.

그런데 그런 어머님이 내가 보는 앞에서 눈을 감으셨습니다.

정말로 이렇게 어이없게 보내 드릴 줄은 몰랐습니다.

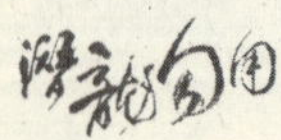

언제나 따스하게 나를 감싸 주던 그 손이 내 손에서 차갑게 식어 갈 때는 가슴이 미어지고 머리가 텅 비었습니다. 그날따라 내리는 비도 슬프고 만나는 사람도 슬퍼 세상에는 슬픔만이 가득 차 있다고 생각했습니다.

그런데 그런 불효자가 어머님을 보낸 지 겨우 삼 개월 만에 다시 책을 냅니다.

제 책을 사랑해 주시고 혹시나 언제 나올지 몰라 기다렸던 분께는 죄송하다는 말씀을 이 글을 통해 전하며 독자 분들의 너그러운 이해와 용서를 빕니다.

자식들을 끔찍이도 사랑하시다 돌아가신 어머님께 이 책을 바칩니다.

불효자 묵연 김용선 배

내일 아침에 가라고 하지

섣달 초하루의 새벽처럼 차가운 기운이 감도는 대전!

혈사련의 지존 자리에 앉아 있던 단수기의 입에서 짜증 섞인 음성이 흘러나왔다.

"뭐가 어떻게 되었다고?"

지존 자리에 앉았음에도 무림맹과 위지세가의 공격은 물론이고 련 내의 일조차 마음대로 되지 않아 한껏 성질이 오른 그다. 대답을 하는 내당 당주 각청원의 태도가 사뭇 조심스러운 것은 당연한 일이었다.

"염치광이 살아서 감숙을 떠났습니다."

단수기의 왼쪽 눈이 실룩거렸다. 각청원의 대답은 일위에게 내린 밀명이 실패했다는 뜻이었기 때문이다.

그러나 그가 누군가. 비록 무공이 아닌 술수를 사용했지만 자신의 힘만으로 혈사련의 주인 자리를 차지한 그가 아니던가. 얼굴에 떠오른 표정을 서둘러 지운 단수기는 애써 담담한 시선을 지었다.

"진귀는 어떻게 되었느냐?"

"이틀 전에 양하구를 떠났다고 합니다."

역시 살아 있다는 말이었다.

꽈악!

팔걸이를 잡은 단수기의 손에 힘이 들어갔다. 하지만 이 순간에도 그의 입에서 나오는 음성은 차분했다.

"어디로 간 것이냐?"

"아직 행방을 밝혀내지는 못했습니다. 다만 폭풍대와 떨어져서 소수의 인원으로 움직이고 있다는 사실만 알아냈습니다."

"그가 향할 수 있는 곳은?"

"청해와 사천입니다."

"이유는?"

"우선 거리가 가깝습니다. 그리고 두 번째로는 청해와 사천으로 가는 것이 아니라면 섬서로 향하는 폭풍대와 헤어질 필요가 없었습니다."

"섬서로 가는 폭풍대와 헤어졌다면 청해와 사천이 분명하겠군!"

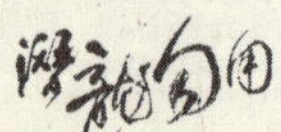

나직하게 중얼거린 단수기는 의자 깊숙이 몸을 집어넣었다.

사천과 함께 불린 곳이지만 청해는 사천과 많이 다르다. 우선 청해는 당의 영토가 아닌 토번국의 영토다. 게다가 서북쪽 끝에 자리를 잡았고 혈사련의 본단이 있는 곳이기도 하다. 누가 뭐라고 해도 청해는 혈사련의 영역인 것이다.

'그런 곳을 몇 사람만 거느리고 들어온다?'

설레설레!

단수기는 고개를 흔들었다.

아무리 진귀라고 해도 소수의 사람만을 데리고 청해로 들어오는 것은 상상하기 어려웠다. 그렇다면 결론은 하나였다.

"사천의 세력을 동원해 진귀를 찾아라. 우선은 그를 찾는 것이 급선무다."

"명을 받듭니다."

"참, 포 위장에게서는 아직도 연락이 없느냐?"

"예. 일위를 찾아 아단으로 떠난다는 연락이 마지막이었습니다."

혈사련이 모두 떠난 뒤에도 묵묵히 감숙에 남아 자신의 임무에 충실하던 포 위장이다. 그런 그가 열흘이 넘도록 아무런 연락도 없다면 일위와 살정인은 물론이고 그도 죽었다고 봐야 했다.

"다른 사람도 이런 사실을 알고 있나?"

"예."

"어디까지 알려진 것이냐?"

"아직은 원로원과 내당까지만 알려졌습니다. 하지만 지금의 속도로 보아 며칠 뒤면 외당에도 알려질 것입니다."

"누구냐?"

"예?"

"알리고 다니는 놈이 누구냔 말이다."

"여럿이 있습니다만 그중의 대표적인 사람은 병옹病翁입니다."

온갖 병을 안고 산다는 사괴 중의 한 명, 병옹 구진해!

무림인치고는 매우 이상한 별호를 가진 그가 바로 전대 련주의 편이 아니면서도 단수기와는 반대 노선을 걷는 대표적 인물이었다. 그를 향한 단수기의 말이 고울 리 없다.

"원로원에 처박혀 주는 밥이나 먹을 것이지, 죽으려고 환장했군."

단수기의 차가운 음성에 각청원의 몸이 움찔거렸다. 하지만 각청원은 힘을 내서 입을 열었다.

"본 련에서는 적환赤晥 강치원 원로와 그만이 무림맹과 대화를 나눌 수 있습니다."

누가 뭐라든 병옹 구진해는 혈사련의 두 얼굴 중 하나였다.

쓰으으윽!

각청원을 훑어보는 단수기의 눈빛이 싸늘하다. 하지만 그것뿐이었다.

　십칠존 중 한 명인 적환 강치원과 십칠존에 들지는 못하지만 오랜 세월 혈사련의 얼굴로 활약하며 세상과의 불협화음을 조정해 온 병웅 구진해는 결코 함부로 할 수 없는 인물이었다. 그것은 누가 혈사련의 주인이 되어도 달라지지 않을 사실이었다.

　그런 마음 때문일까. 단수기의 음성에 못마땅한 투가 역력하다.

　"대체 녹정사야는 뭐하는 인물이야? 원로원주라는 사람이 그런 것도 막지 못하고."

　한결 누그러진 단수기의 음성에 각청원은 가슴을 쓸어내렸다. 원로원주의 명성이 병웅에 비해 한 수 아래라는 것은 누구보다도 단수기가 잘 알고 있으니 지금 그의 말을 곧이곧대로 들을 필요는 없었다.

　"원수야 다른 일을 맡고 있지 않습니까. 그만 노여움을 푸시지요."

　"하여튼 맘에 드는 놈이 하나도 없어. 그나저나 그가 알고 있는 것은 어디까지냐?"

　"어디에서 들었는지는 모르지만 살정인에 대한 것까지 알고 있는 모양입니다. 그런데 무슨 이유에서인지 살정인에 대해서는 입을 다물고 있습니다."

　"꿍꿍이가 있다는 소리군. 각 당주!"

　"예, 련주!"

“그의 속셈이 무엇인지 알아내. 그리고 조만간 둘만의 자리도 한번 만들어 보고.”

“예, 련주!”

“이젠 늙은 환자까지 상대해야 하다니… 지겹군!”

흑령이 무서워서가 아니라 진귀만큼은 조용히 처리하고 싶었다. 하지만 이제는 그럴 수가 없게 되었다. 지금처럼 계속 밀리는 모습만 보인다면 혈사련의 구조상 내부에서 새로운 적이 만들어질 수도 있다. 물론 그 첫 번째는 병옹이 되겠지만 말이다.

질끈!

단수기는 입술을 깨물었다.

“칠몽을 아단으로 보내 무슨 일이 있었는지를 밝혀내라. 그리고 백색 연을 띄워라.”

백색 연을 띄운다는 것은 십이몽살의 수뇌 일몽을 부른다는 뜻이다. 혈사련이 위험하지 않으면 련주조차도 부를 수 없다는 그를 말이다.

단수기의 말이 이어졌다.

“보천궁도 연다. 녹정사야에게 알려라.”

각청원의 표정이 백색 연을 들었을 때와는 비교할 수 없을 정도로 굳어졌다.

보천궁保天宮.

수많은 멸망을 겪으면서 만들어진 조직. 당연히 그들의 목

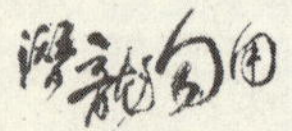

적은 혈사련의 멸망을 막는 것이다.

그런 조직이다 보니 련 내 상위 서열에 속한 자들도 보천궁에 대해서 아는 것이 극히 적다. 구성원 대부분이 오십 년 넘게 무공을 수련한 자들이고, 그들 모두가 장로의 대우를 받는다는 것 정도가 밝혀진 전부였다.

그런 곳을 열라는 단수기의 지시가 너무 의외였을까?

각청원은 아무런 대답도 하지 않은 채 단수기를 쳐다보았다. 하지만 그런 시간은 그리 길지 않았다. 각청원을 내려다보는 단수기의 시선이 너무도 담담했기 때문이다. 마치 보천궁이 어떤 곳인지 모르는 사람처럼 보일 정도였다.

각청원은 순순히 고개를 숙여야 한다는 것을 느꼈다. 하지만 이대로 물러나기에는 이인자라는 자리가 너무 무거웠다. 보천궁이란 이름은 비밀만큼이나 그렇게 무거웠다.

각청원은 힘을 다해 입을 열었다.

"멸망의 위기에 처하지 않고서는 절대 불러낼 수 없는 곳입니다. 잘못하면 그들의 칼이 련주를 향할 수도 있습니다."

씨이익!

단수기의 입가에 가느다란 선이 그어졌다.

"진귀가 설치는 지금이 나는 혈사련 최대 위기라고 보는데, 각 당주는 그렇게 생각하지 않나 보군."

각청원은 다시금 단수기를 쳐다보았다. 사실 이번 싸움은 단상 위에 앉아 자신을 내려다보는 그가 먼저 도발해서 벌어진 싸움이다. 그런데 그런 일을 가지고 자기 입으로 혈사련 최대의 위기라고 말하고 있었다.

'그를 따르기로 한 것이 과연 잘한 일일까?'

사실 전대 련주를 제거한 것은 무슨 거창한 대의명분이 아니었다. 그저 더 높은 자리에 오르고 싶었고 더 많은 돈을 가지고 싶어서 저지른 일일 뿐이었다. 그런데 그런 일을 후회하다니 참으로 우스운 일이었다.

피식!

각청원은 자신도 모르게 실소를 지었다.

'그래, 쓸데없는 생각이다.'

전대 련주와의 일은 이미 지나간 세월이고 쏟아진 물이다. 그런 일을 가지고 후회니 어쩌니 하는 감정을 품는 것은 그 자체가 사치고 낭비다.

지금은 련주의 말대로 진귀, 아니 위지세가와의 싸움을 승리로 이끄는 것이 우선이었다. 수많은 위험을 뚫고 올라선 지금의 자리를 허무하게 날려 버릴 수는 없었다.

이런 생각을 하는 각청원의 귀에 단수기의 말이 들려왔다.

"각 당주의 생각이 맞는지 내 생각이 맞는지 모르지만, 아무튼 쓸데없는 논쟁거리는 만들지 않는 것이 좋겠지."

"당연하신 말씀입니다."

각청원의 대답이 곧바로 이어졌다.

"그렇다면 세상은 좀 더 혼란스러워지는 것이 좋겠군. 그

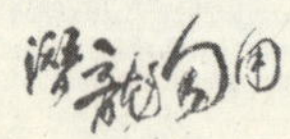

렇지 않나, 각 당주?”

“옳으신 말씀입니다.”

“좋아. 그럼 우리 지부에서 가장 가까운 문파를 한번 찾아 봐라. 무림맹 소속이라면 더욱 좋다.”

“지금 바로 찾아보겠습니다.”

“그리고 보천궁은 세상이 좀 더 시끄러워지면 여는 것으 로 하지. 앞으로 길어 봐야 한 달이겠지만 말이야.”

“명을 따릅니다.”

“좋아. 그럼 다른 보고 사항이 없다면 그만 물러가라.”

말을 끝낸 단수기는 눈을 감았다. 평소의 각청원이라면 가 볍게 고개를 숙인 후 소리 없이 물러날 상황이다. 그런데 어 찌 된 일인지 각청원은 묵묵히 자리를 지키고 있었다.

이런 변화를 느낀 것일까?

단수기는 눈을 떠 각청원을 바라보았다.

“아직 할 말이 남았느냐?”

“예, 련주.”

“말하라.”

“호북에 머물던 자들이 사천을 향하고 있습니다.”

단수기는 심각한 표정으로 턱을 괴었다.

호북에 머물던 자들이라면 제갈세가와 사마세가의 사람들 을 말하는 것이었다. 처음 그들이 호북에 모일 때만 해도 혈 사련의 호북 분타 강치방姜治幫을 공격할 것이라 예상했다.

그런데 예상외로 그들은 한 달이 넘도록 아무런 행동도 취하지 않았다.

그렇다고 그들을 함부로 공격할 수도 없었다. 제갈세가와 사마세가의 가신들로 형성된 그들의 무력은 상상 이상이었기 때문이다. 특히 이름이 알려지지 않은 사마세가의 가신 중 한 명이 강치방의 외당 당주를 죽인 일은 전혀 예상 밖의 결과였다.

'제갈포유, 대체 무슨 속셈이냐?'

유일한 호적수로 생각하는 인물이기에 그의 움직임에 더욱 궁금증이 일었다. 하지만 그의 속셈을 알아내기에는 정보가 너무 적었다. 그렇다고 손을 놓고 있을 수만은 없는 일이었다.

"그들이 갈 수 있는 곳은 어디냐?"

"첫 번째로 꼽을 수 있는 곳은 수연표국과 안남도호부입니다."

단수기는 고개를 끄덕였다.

중원 오대표국의 하나인 수연표국은 제갈포유의 여동생인 제갈유려가 시집간 곳이고, 토번국과의 국경을 지키는 안남도호부는 사마세가의 사마우가 도독으로 있는 곳이다. 두 곳 모두 첫손에 꼽힐 만했다.

각청원의 말이 이어졌다.

"다음으로 예상할 수 있는 곳은 무림맹 소속의 아미와 청

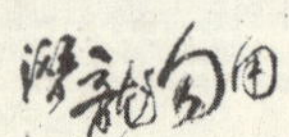

성, 당가입니다. 다만 은밀히 움직이는 그들의 특성으로 보아 세 군데 중 한 곳으로 간다면 아미와 청성보다는 당가일 가능성이 높습니다.”

“그 다섯 곳을 통틀어 한 곳을 고르라고 한다면 너는 어디를 고르겠느냐?”

“수연표국입니다.”

“이유는?”

“수많은 표사들이 끊임없이 움직이는 곳입니다. 이백이란 숫자가 몸을 숨기기에 그보다 좋은 곳은 없습니다.”

단수기는 두 손을 앞으로 모으며 의자에 몸을 기댔다.

‘수연표국이라…….’

표두와 표사의 숫자만 이천 명이 넘는 거대 표국이다. 게다가 표국에서 일하는 사람으로 위장한다면 어디든 은밀히 이동할 수 있다. 각청원의 선택은 절묘하면서도 정확했다.

단수기는 자세를 바로 하고 앉았다.

“송매당送每黨을 투입한다. 단 어떠한 경우라도 그들 손에 붙잡혀서는 안 된다.”

내당 소속의 송매당은 적진에 침투해 정보를 모으는 간세 조직이다. 그런 자들에게 사로잡히지 말라는 지시는 잡힐 경우 자결하라는 지시다. 그럼에도 각청원은 당연하다는 듯 고개를 숙였다.

“알겠습니다.”

단수기의 지시가 이어졌다.

"삼몽을 지휘자로 혈검대의 일, 이, 삼 조도 사천에 투입한다. 단 지시를 내릴 때까지는 어떠한 경우라도 접근과 싸움을 불허한다."

"명을 따릅니다."

단수기를 향해 공손히 머리를 숙인 각청원은 곧바로 집무전을 빠져나갔다.

'제갈포유, 너의 속셈을 낱낱이 파헤쳐 주마. 그리고 진귀, 이번에는 빠져나가지 못할 것이다.'

각청원이 나가면서 열어 놓은 방문 너머를 바라보는 단수기의 시선이 날카롭다.

아침저녁으로 제법 쌀쌀한 바람이 부는 구월 중순!

따그닥 따그닥!

위지천 일행은 자그마한 언덕에 올라섰다.

백여 가구 정도가 모여 사는 자그마한 마을이 그들의 눈앞에 나타났다. 가구 수는 적지만 객잔과 상점의 수가 십여 개에 달하는 마을인 것을 보면, 주변을 오가는 상인들의 주머니에 목을 걸고 살아가는 기존의 마을과 다를 것이 없는 듯했다.

그러나 그것은 이곳을 모르는 사람들이 하는 얘기다. 이곳은 그동안 지나왔던 당나라의 영토가 아니라 약한 사람은 동족이라도 서슴없이 죽이는 공격적이고 포악하기로 유명한 토번국의 영토로 들어가는 입구다.

이런 사실을 증명이라도 하듯 열 명의 기병이 빠른 속도로 마을을 스쳐 지나갔다.

두두두두!

철연은 문득 손에 힘이 들어간 것을 느끼고는 피식 웃었다.

'긴장했나?'

이곳이 토번국의 영토이고, 토번국의 병사들이 모두 전사라는 사실은 이미 알고 있었다. 하지만 겨우 열 명의 기병에게서 위압감을 느낄 줄은 생각지도 못했다.

'만약 저들이…….'

철연은 이틀 전에 지나온 마을에 서 있던 당의 기병과 조금 전에 본 기병을 비교해 보았다. 천하를 정복할 것처럼 세력을 떨치던 당이었지만 안사의 난과 각 절도사들의 독립을 겪으면서 많이 약해졌다는 사실이 피부로 와 닿았다.

'이길 수 없겠군.'

아직도 천하의 반을 점령하고 있다고 외치는 당의 병사들이지만 저들과 만나면 도망가기 바쁠 것이었다.

'만약 저들과 우리가 싸우게 된다면…….'

열 명이라면 거뜬히 이길 것이다. 하지만 백 명, 천 명이라면…….

설레설레.

철연은 고개를 흔들었다.

그런 일이 벌어진다면 이곳에서 살아남을 사람은 위지 가주와 검귀 선배가 전부일 것이다.

'쓸데없는 짓을 하지 말라고 말해야겠군.'

언제나 걱정스러운 사람, 철연의 시선이 도치를 향했다.

생각보다는 훨씬 간단한 검문을 통과해 마을에 들어선 일행은 식사를 마치자마자 동정을 살피러 간 육정기를 제외한 나머지 모두가 근처 숲으로 이동했다.

"지난 열흘 동안 너는 감고擎 쳐 내고攔 찌르는扎 기본 요결 외에 흩트리고散 부수고破 뚫는穿 산창요결이 포함된 대파산창의 전오식을 전부 배웠다."

"대형의 도움이 없었다면 불가능했을 것입니다."

구사우는 이레 전 위지천의 도움으로 임독양맥을 뚫었다. 그로 인해 사십 년이던 내공은 일 갑자 반에 육박하게 되었고, 내공을 전부 끌어모아야만 가능했던 일월비도술의 이초식 월환도 이제는 한 번의 호흡만으로 가능하게 되었다.

그럼에도 위지천은 만족할 수가 없었다. 이미 죽은 지대위와 염화신창도 지금의 구사우보다는 뛰어났기 때문이다. 그들에 비한다면 구사우는 아직 미숙한 창잡이에 불과했다.

"그러나 지금까지 네가 배운 것들은 의意가 실리지 않은

형形에 불과하다.”

　구사우는 고개를 숙였다. 지난 이레 동안 끊임없이 이어지는 도치와 철연과의 비무로 인해 자신의 실력이 어느 정도인지를 확실히 깨달았기에 보이는 행동이었다.

　그런 구사우를 보며 위지천은 말을 이어 나갔다.

　“그렇다고 실망할 필요는 없다. 너는 아직 대파산창의 정화라 할 수 있는 후삼식을 배우지 않았고, 창술의 부족한 점을 메워 주는 풍신퇴風神腿도 접해 보지 못했다.”

　“그렇습니까?”

　“그렇다.”

　확신에 찬 위지천의 대답에서 희망을 보았기 때문일까? 고개를 든 구사우의 눈 속 깊은 곳에서 강한 열정이 피어오르기 시작했다.

　“최선을 다하겠습니다.”

　“그런 마음이면 되었다. 그럼 이제 후삼식의 일 초식 나란산拏攔散과 풍신퇴를 가르쳐 주겠다. 나란산은 이름에서도 알 수 있듯이 감고 쳐 내고 흘리는 요결로만 이루어진 방어 초식이고, 풍신퇴는 근접전을 승리로 이끌어 줄 각법이다.”

　위지천은 나뭇가지로 대충 만든 봉을 집어 들고 자리에서 일어났다.

　“열 번 듣는 것보다는 한 번 보는 것이 나은 법. 우선 나란산이 어떤 초식인지를 보여 주고 그 후에 요결을 알려 주겠다.”

휘리릭!

봉을 가볍게 한 바퀴 돌린 위지천은 오른발을 앞으로 내밀며 봉두棒頭(봉의 머리 부분)를 치켜들었다. 굳건히 자리를 잡은 오른발에 힘이 실리고 왼발에 부드러움이 내려앉더니, 곧이어 봉에 굳건함이 실렸다.

“타앗!”

파바밧!

기합 소리와 함께 빗살처럼 뻗어 가는 봉은 이내 몸을 휘감아 돌더니 햇살을 가르며 허공으로 치솟았다. 빛 한 점 새어 들어오지 못할 정도로 촘촘하게 움직이는 봉은 뻗고 거두어들이며 휘젓고 가르는 동작 속에서 조금씩 세력을 넓혀 갔다.

창날도 없고 모양도 구불구불한 것이 허름하기 이를 데 없는 모양이지만 봉이 움직이는 것을 바라보는 구사우의 시선은 밤하늘에 빛나는 별만큼이나 반짝였다. 이런 열성적인 가르침과 성실한 배움 속에서 시간은 빠른 속도로 흘러갔다.

휘릭! 휘리리릭!

어느덧 서녘을 물들이던 해는 사라지고 중천에 떠오른 달이 땀에 흠뻑 젖은 구사우를 비추고 있었다. 임독양맥을 타통해 내공의 흐름이 자유로워진 그가 이렇듯 땀에 젖었다는 것은 지금의 수련이 얼마나 고된지를 단적으로 보여 주고 있었다.

"이제 그만하면 되었다."

털썩!

기다렸다는 듯 구사우가 바닥에 주저앉았다.

"무작정 휘두르기보다는 단 일 식을 펼치더라도 그 속에 담긴 뜻을 이해하도록 노력해라."

"예, 대형!"

"대파산창은 물아일체物我一體의 기조 속에서 세워진 무공이다. 그러니 언제나 자연과 내가 하나라는 사실을 잊지 마라."

"명심하겠습니다."

"좋다. 그럼 이제 내기를 다스리며 내가 가르쳐 준 요결을 참오하도록 해라."

구사우는 억지로 가부좌의 자세를 취한 후 천천히 숨을 고르기 시작했다.

"후우! 후우!"

잠시 거친 호흡을 내쉰 구사우의 숨결이 이내 잔잔해졌다.

'이제 조금만 더 고생하면 중단전이 열리겠군.'

후삼식의 이식 파천破穿을 배울 수 있는 여건이 마련되는 것이다. 어느새 몰아지경沒我之境에 빠져든 구사우를 바라보는 위지천의 입가에 옅은 미소가 떠올랐다.

사실 대파산창의 근간이 되는 대파심결은 원래부터 중단

전을 열 수 있는 심법이다. 그럼에도 구사우는 중단전을 열
지 못했다. 어찌 보면 대파심결을 완성한 후에 돌아오라는
위지천의 지시를 어긴 것이다.

　그럼에도 위지천은 구사우를 나무라지 않았다. 중단전이
무엇인지도 모르는 사람이 스스로 중단전을 열 수는 없기 때
문이었다. 잠시 더 구사우를 바라보던 위지천은 뒷짐을 진
채 뒤쪽 숲으로 걸음을 옮겼다.

　휘릭! 휘리리릭!

　제일 먼저 눈에 들어온 것은 짧은 도를 빠르게 휘두르는
도치였다.

　'벌써 육 성이라니.'

　도치를 바라보는 위지천의 눈에 놀라움이 떠올랐다. 그를
볼 때마다 느끼는 것이지만 무공을 익히는 그의 능력은 참으
로 놀라웠다. 불과 보름 전에 가르친 명악도가 벌써 형의 완
성을 바라보는 경지에 올라 있었다.

　명악도鳴岳刀!

　도치가 익힌 파극도결에 천지인天地人 삼재三才를 더해 새
롭게 만든 도법이다. 불과 삼 초식에 불과하지만 초식마다
무한한 변화가 담겨 있고, 자연과 호흡할 수 있는 중단전의
비밀까지도 포함시켜 만들었다.

　처음 둔치도를 줄 때부터 계획하고 있던 도법이지만, 파극
도결을 십이 성 완성하지 못했음에도 가르친 까닭은 앞으로

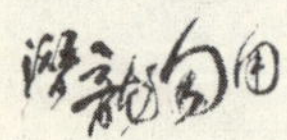

만나는 적은 기존의 적보다 더욱 강할 것이기 때문이었다. 도치를 생각하는 위지천의 마음이 어떤 것인지를 알 수 있는 대목이었다.

잠시 동안 흡족한 마음으로 도치를 바라보던 위지천의 시선이 이번에는 좌측으로 움직여 커다란 장도를 아주 느린 속도로 움직이는 철연을 바라보았다.

'삼 성이라!'

지금 철연이 연습하는 천강도天殭刀는 도치와 같은 날 전수한 것으로, 밀문의 절학인 천강비검술을 기초로 전신결의 일부 법문을 이용해 만든 도법이다.

천강비검술이 위지천에 의해 새로운 무공으로 태어났다는 점을 감안하면 위지천은 밀문에 두 가지 절학을 전수한 셈이었다.

철연은 아직도 많은 노력이 필요했다. 하지만 짧은 시간에 이 정도로 익혔다는 것은, 그녀도 무공을 익히는 것에 대해서만큼은 상당한 수재라는 사실을 말해 주는 증거였다.

만족스러운 시선으로 철연을 바라보던 위지천의 시선이 갑자기 좌측으로 움직였다.

스스스슥!

빠른 속도로 자신을 향해 다가오는 육정기의 모습이 눈에 들어왔다. 한 줄기 바람처럼 매끄럽게 나무 사이를 통과하는 육정기의 모습에서 그의 실력이 어느 정도인지를 가늠할 수 있었다.

"무슨 일이오?"

"아무래도 청곤채靑坤寨에 일이 생긴 것 같습니다."

청곤채는 선밀대산에 본거지를 둔 녹림십팔채 중 하나로 당과 토번국을 오가는 상인들을 주로 약탈하는 곳이다. 당연히 청해를 오가는 표국과 상인들에게 청곤채는 천하의 나쁜 놈이다. 하지만 표국과 상인들은 그들에 대한 이야기를 거의 하지 않는다.

그들에 대해서 이야기한다면 좋은 이야기가 나오지 않을 것이고, 결국 그것은 자신에게 피해가 돌아올 것이기 때문이었다. 그만큼 청곤채는 무서운 곳이었다. 그런데 그런 그들에 관한 이야기가 육정기의 입에서 흘러나오고 있었다.

"그렇게 생각한 이유라도 있소?"

"푸른 띠를 머리에 두른 시체가 마을 밖에서 발견되었다고 합니다. 그것도 한두 구가 아니라 이십여 구가 말입니다."

푸른색의 머리띠는 청곤채를 상징하는 표식이다. 육정기의 말은 의심할 수 없는 현실이었다.

"사인에 대해서도 들었소?"

"대부분은 활에 맞았고, 간혹 둔탁한 도에 목이 베인 자도 있다고 합니다."

순간 위지천의 뇌리를 스치고 지나가는 이름이 있었다.

'궁귀 염득!'

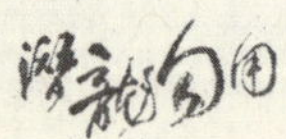

위지천의 표정이 굳어졌다.

"그럼 혹시 죽은 지 얼마나 되었는지도 들었소?"

"전해 들은 것이라 확실한 것은 아니지만 대략 하루 정도 지났다고 하는 것 같았습니다."

"하루라!"

청곤채와 이곳의 거리는 대략 사흘쯤 걸린다. 하지만 궁귀와 싸움을 벌이면서 이동했다고 가정한다면 아무리 빨리 온다고 해도 닷새는 걸릴 것이다.

'염왕채를 무너트릴 때 궁귀가 처음 공격을 받은 것은 나흘이 지난 후라고 했다. 이번에도 나흘이 지난 후에 공격받았다고 가정한다면… 처음 나흘에 이곳까지 오는 데 닷새 그리고 하루가 더 지났다고 했으니… 총 열흘이 흐른 것인가?'

위지천은 고개를 가로저었다.

'청곤채도 염왕채가 어떻게 무너졌는지 정도는 알고 있을 것이다. 그렇다면 청곤채는 공격을 받자마자 궁귀의 추적을 시작했을 것이고, 만약 그렇다면 대략 이레에서 열흘 전에 싸움이 시작되었겠군.'

벌써 싸움이 끝난 것인지, 아니면 지금도 청곤채와 싸우고 있는 것인지는 알 수 없다. 다만 확실한 것은 지금까지 싸우고 있다면 궁귀의 처지가 예전과는 많이 다를 것이라는 사실이었다.

위지천은 철연에게로 시선을 돌렸다.

“청곤채를 염왕채에 비교한다면 어떻소?”

“궁귀에게 멸망한 염왕채를 말하는 것인가요?”

“그렇소.”

철연은 곧바로 대답을 하지 못했다. 밀문이 심혈을 기울여 키운 인재이니만치 수많은 정보를 머리에 담고는 있지만, 철연은 우연처럼 머리를 주로 쓰는 사람이 아니었다.

그때 도치의 입에서 불쑥 뜻밖의 말이 튀어나왔다.

“하여튼 힘만 센 계집이라니까!”

“뭐? 계집? 이 기둥서방 새끼가…….”

도치의 얼굴이 순간적으로 굳었다. 사실 도치는 나쁜 마음으로 한 말이 아니었다. 다만 답답해 보이는 철연의 모습이 그냥 싫었던 것뿐이다. 그런데 철연이 사납게 되받아치자 일순 당황했던 것이다.

다른 사람, 특히나 여자에게는 무관심으로 일관하던 도치의 이런 모습은 위지천은 물론 철연까지 놀라게 했다.

‘이거 괜히 미안한데…….’

철연은 도치의 눈을 볼 수가 없었다. 하지만 그렇다고 속마음을 내보이기에는 장소가 적당하지 않았다.

“진 주제에……. 아무튼 기둥서방, 말조심해라.”

옆으로 고개를 돌리며 슬쩍 말꼬리를 흐리는 철연의 모습에서 악의가 없다는 것을 느낀 것일까? 도치의 입가에 옅은 미소가 스치고 지나갔다.

'자식!'

그런 도치를 보는 위지천의 입가에도 뜻 모를 미소가 스치고 지나갔다.

아무튼 이런 소란을 겪고 난 후 철연이 내놓은 정보는 청곤채의 무력이 염왕채의 배에 달한다는 것이었다. 녹림십팔채의 중간쯤이라는 소문과는 판이한 내용이었다.

"십여 년 전 녹림 총채주에 오른 투귀鬪鬼 안목도가 바로 이곳 청곤채의 채주였어요. 숫자는 적지만 무공만큼은 녹림 최고를 달리는 산채, 그곳이 바로 청곤채예요."

"그렇군."

위지천은 가볍게 고개를 끄덕였다. 칠귀 중 최고의 실력을 가졌다는 투귀가 키운 곳이라면 강하지 않은 것이 오히려 이상했다.

'투귀라!'

강한 거부감이 느껴지는 이름. 언젠가 한 번은 부딪칠 것 같은 이름이었다.

'그것은 그때 가서 생각하면 될 일이고……. 그나저나 대충 칼을 휘두르는 산적이 아니라면 제대로 무공을 익힌 무인이라는 말인데…….'

그 사실을 궁귀도 알고 있다면 다행이지만, 만약 모른다고 가정한다면 궁귀는 지금 최악의 상황에 빠져 있을 수도 있었다.

위지천은 고개를 돌려 육정기를 바라보았다.

"아무래도 이번 싸움은 궁귀 염득 선배로 인해 일어난 것 같소."

육정기를 포함한 세 사람의 얼굴에 묘한 긴장감이 흐르기 시작했다. 위지천의 말에서 궁귀와의 인연을 읽었기 때문이다.

"예전에 나는 궁귀 염득 선배와 인연을 맺을 기회가 있었소. 해서 나는 이번 싸움을 그냥 지나칠 수가 없소. 일살! 궁귀 선배의 흔적을 쫓아 주시겠소?"

군에 있을 때부터 추적과 잠입에 독보적인 능력을 보이던 육정기였다. 이런 흔적을 쫓는 것은 그에게 그리 어려운 일이 아니었다.

"사우 소협의 운기조식이 끝나는 대로 명을 이행하겠습니다."

"고맙소."

나직한 음성으로 고마움을 표시한 위지천은 고개를 돌려 도치와 철연을 쳐다보았다.

"너희들도 들었으니 알 테지만 청곤채는 일반적인 산적이 아니다. 그러니 너희들도 그들을 상대할 때는 그들 모두를 완성된 무인이라 생각해라."

"명심하겠습니다."

"알았소."

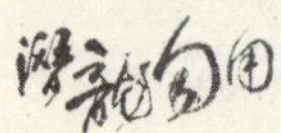

공손히 대답하는 철연과 달리 도치는 대수롭지 않게 대답했다. 그런 도치를 보며 다시 한 번 경각심을 일깨워 주려던 위지천은 갑자기 고개를 왼쪽으로 돌렸다.

'한 번쯤 혼나 보는 것도 좋겠지.'

십일 성에서 멈춘 파극도결의 완성과 형을 이룬 명악도의 진보를 위해서는 절실함이 필요했다. 그리고 자신과 육정기라면 어떠한 경우라도 그의 목숨만은 지켜 줄 수가 있었다.

위지천은 육정기에게 자신의 뜻을 전했다.

ㅡ도치를 부탁하오.

ㅡ무작정 날뛰는 것 같지만 나름대로 생각이 깊은 아이입니다. 너무 걱정 마십시오.

피식!

생각이 깊은 아이라는 말 때문일까.

위지천의 입기에 다시금 옅은 비소가 떠올랐다.

다음 날 늦은 저녁!

일행을 이끌던 육정기는 북쪽의 이름 모를 산속에 도착해서야 걸음을 멈추었다. 구사우가 운기조식에서 깨어나자마자 짐을 찾아 출발했으니 그야말로 하루를 꼬박 달린 셈이었다.

"오늘은 여기서 쉬고 내일 새벽에 출발하겠습니다."

"아직도 많이 남았소?"

“아닙니다. 청곤채는 내일 오전이면 도착할 수 있을 것입
니다.”

새벽에 출발해 오전에 도착한다는 말은 청곤채가 두 시진
거리에 있다는 말이었다. 그 정도라면 계속 달려 청곤채에
도착한 다음에 쉬는 것이 어떻겠냐고 말하고 싶었다. 하지
만…….

“헉헉헉!”

구사우의 거친 호흡 소리가 절에서 들리는 종소리만큼이
나 크게 들려왔다. 사실 내공만 높지, 신법이 익숙하지도 않
은 그로서는 지금까지 잘 따라와 준 것만도 고마운 일이었
다. 그나마 다행인 것은 도치와 철연이 비교적 안정된 호흡
을 유지하고 있다는 것이었다.

게다가 지금 중요한 일은 청곤채에 도착하는 것이 아니라
궁귀를 찾는 것이었다. 흔적만으로 사람을 찾는 일, 아무리
육정기라고 해도 밤보다 낮이 나을 것임은 두말할 나위도 없
었다.

위지천은 고개를 끄덕일 수밖에 없었다.

“그렇게 합시다.”

“쉴 수 있도록 준비하겠습니다.”

“그럴 필요 없소. 대신 애들이나 신경 써 주시오.”

예의로 하는 말이 아니었다. 사실 위지천에게 이런 노숙은
아무것도 아니었다. 전쟁은 이보다 더욱 험한 상황에서도 잠

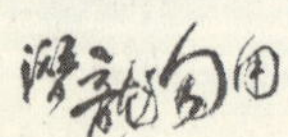

을 자야 했기 때문이었다. 그건 육정기도 다를 것이 없었다.

"알겠습니다."

육정기는 곧바로 피곤한 기색이 역력한 세 명에게로 시선을 돌렸다.

"오늘은 이곳에서 쉬겠네. 그러니 우선 조식을 취해 내식을 다듬도록 하게."

털썩!

위태로운 자세로 서 있던 구사우가 기다렸다는 듯 바닥에 털썩 주저앉더니 이내 눈을 감으며 호흡을 가다듬기 시작했다. 그가 얼마나 힘들었는지 알 수 있는 대목이었다. 도치와 철연도 나름대로 힘들었는지 뒤따라 운기조식에 들어가고 산중은 이내 진한 고요만이 감돌았다.

그런 세 명을 잠시 쳐다본 위지천은 하늘로 시선을 돌렸다. 오늘따라 유난히 밝아 보이는 달과 그 옆에 늘어선 수많은 별들이 그의 눈에 가득 들어왔다.

이런 고요한 시간이 얼마나 지났을까!

육정기의 보호 아래서 편안하게 운기조식을 하던 사람들이 한 명씩 자리에서 일어나더니 산은 다시 활발함으로 바뀌었다.

"가서 산돼지나 한 마리 잡아 와라."

불을 피우던 도치의 말에 철연이 고개를 가로저었다.

"연약한 내가 왜 가냐. 튼튼한 네가 가야지."

"네가 연약해? 하하! 세상에 여자가 다 죽고 너 혼자 남아
도 그 말은 너에게 안 어울린다."

"이런 기둥서방 새끼가……."

"니기미."

도치의 얼굴이 일그러졌다. 아무 때고 흘러나오는 기둥서
방이라는 소리가 귀에 거슬렸던 것이다. 하지만 그의 그런
표정은 이내 사라졌다. 고개를 돌려 바라본 철연은 눈가에
미소를 머금고 있었다. 전혀 악의가 없는, 아니 나름대로 호
의가 담긴 표정이었다.

도치의 입가에 환한 웃음이 떠올랐다.

"하하! 미안. 그래, 너 연약하다. 그러니 사나운 산돼지
말고 연약한 토끼나 몇 마리 잡아 와라."

"하여간 쌈도 못하는 것이 어디서 부려 먹는 것은 배워 와
가지고……."

철연은 조금은 다소곳한 대답과 함께 자리에서 일어났다.
사실 싫다고는 했지만 쪼그리고 앉아 불을 피우는 것보다는
토끼를 잡아 오는 일이 편했다.

"갔다 올게. 대신 돌아오기 전까지 내 잠자리도 만들어 놔
야 한다."

"알았다. 알았으니 빨리 갔다 와라. 배가 등짝에 붙어서
떨어지지를 않는다."

피식!

철연의 입가에 엷은 미소가 스치고 지나갔다.

도치와 철연의 이런 다툼 속에 오랫동안 운기조식을 하던 구사우가 눈을 떴다.

'하아!'

처음 운기조식을 시작했을 때만 해도 텅 빈 하단전이었다. 그런데 지금의 하단전은 예전보다 더욱 정심한 기운들로 가득 차 있었다.

대파심결의 글귀 하나가 불현듯 구사우의 머리를 스치고 지나갔다.

모두 비운 다음에 채운다.

'그런 말이었던가!'

구사우의 입가에 엷은 미소가 떠올랐다. 무공에 대해 조금씩 눈을 떠 가는 그로서는 한 가지를 깨친다는 자체가 천하의 다시없는 기쁨이었다.

"축하하네."

묵묵히 구사우의 곁을 지키던 육정기의 말에 구사우가 깊숙이 고개를 숙였다.

"감사합니다."

"내게 감사할 것이 무엇인가. 모두 자네의 노력인 것을. 아무튼 이제 일어났으니 물이나 좀 떠 오게. 좌측으로 내려가면 자그마한 샘이 있을 것이네.”

“알겠습니다. 바로 다녀오겠습니다.”

대답과 함께 자리에서 일어난 구사우는 곧바로 물주머니를 들고 어둠 속으로 사라졌다.

그리고 잠시 후 철연이 말과는 달리 커다란 산돼지를 잡아 오자 도치는 언제 숨겨 두었는지 네 병의 죽엽청을 꺼냈고, 산중의 노숙은 이내 즐거움으로 바뀌었다.

“왜 네 병이야?”

“너는 여자잖아.”

“웃기네. 이럴 때만 여자냐? 개소리 말고 네 것이나 이리 내놔.”

“이런 씨……..”

간단한 손짓에 반항도 하지 못한 채 술병을 빼앗긴 도치의 욕설이 시작되기도 전에 구사우는 자신의 술병을 도치에게 건넸고 산중은 다시 흥겨움으로 가득 찼다.

터벅터벅!

술자리가 끝나기도 전에 수련을 시작했던 구사우가 바위에 기댄 채 하늘을 쳐다보는 위지천의 곁으로 다가왔다.

“좋은 일이 있었다고 들었다.”

“모두 대형의 도움입니다. 고맙습니다.”

“고맙기는, 당연한 것이지.. 그건 그렇고 요즘 수련 시간

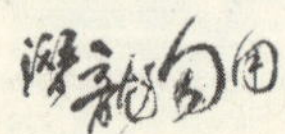

이 너무 긴 것 같다. 수련을 하는 것은 좋다만 과한 것은 모자란 것보다 못한 법이다.”

“명심하겠습니다.”

“그래, 도치와 철연은 아직도 그러고 있느냐?”

“예. 오른팔을 묶은 채 왼손만으로 싸우기 시작한 지 벌써 반 시진입니다.”

“하여튼 그놈들은……. 그나저나 수련을 끝냈으면 잠이나 자지, 왜 나에게 왔느냐?”

“그냥 잠이 안 와서요.”

피식!

옅은 미소를 입가에 그린 위지천은 담담한 시선으로 구사우를 쳐다보았다.

“그래, 내게 할 말이 무엇이냐?”

“예?”

“할 말이 있어서 온 것 아니냐?”

“저, 그게…….”

말을 잇지 못하는 구사우를 바라보는 위지천의 입가에 다시금 미소가 떠올랐다. 양하구를 떠나온 뒤로 계속해서 무언가를 말하려는 구사우의 내심을 알고 있던 그다. 순수한 구사우의 모습이 오늘따라 왠지 더 가슴에 와 닿았다.

“어떤 말이든지 상관없다. 하고 싶은 말이 있으면 해라.”

“저… 형수님을 어떻게 하실 생각이십니까?”

피식!

"유덕이 물어보라고 하더냐?"

구사우는 말없이 고개를 숙였다.

"하여튼 네놈들은……."

도치처럼 거짓말을 못 하는 구사우를 보며 가볍게 미소를 지은 위지천은 고개를 들어 하늘에 걸린 별을 바라보았다.

'사마소려!'

아무에게도 들리지 않게 불러 본 이름!

사랑을 위해 부모까지 버리고 온 여인. 언제 불러도 가슴이 시린 이름이었다. 그런데 문제는 자신이 아직 사랑을 외칠 입장이 아니라는 것이었다.

"사우야."

"예, 대형!"

"'법구경法句經'의 애호품愛好品 중에 부당취소애不當趣所愛 역막유불애亦莫有不愛 애지불견우愛之不見憂 불애견역우不愛見亦憂라는 말이 있다. 무슨 뜻인지 아느냐?"

"들어 본 적은 없지만 무슨 뜻인지는 알겠습니다."

"그래, 너도 학문을 했으니 알겠지. 그럼 한번 풀이를 해 보겠느냐?"

"사랑하는 사람을 가지지 말라. 미운 사람도 가지지 말라. 사랑하는 사람은 못 만나 괴롭고, 미운 사람은 만나서 괴롭다는 뜻……."

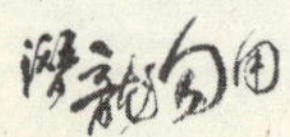

뜻을 풀이하던 구사우의 얼굴이 점점 굳어지더니 마지막에 가서는 끝을 맺지도 못했다. 자신이 말한 것이 무슨 뜻인지 알 수 있었기 때문이다.

"그렇게 놀랄 필요는 없다. 그녀를 사랑하지 않는다는 뜻은 아니니 말이다."

"하면……?"

"아직은 사랑을 논할 때가 아니라는 것이 내 생각이다."

구사우는 대형의 마음을 이해할 수도 있을 것 같았다. 사실 대형은 아직 부모의 복수도 끝내지 못한 상태였다. 이런 상황에서 사랑을 논한다는 것 자체가 말이 되지 않는 것이었다.

"대형의 뜻은 알겠습니다. 하지만 한 가지만은 알고 싶습니다."

"그래, 무엇이 알고 싶으냐?"

"형수님을 계속 진강에 놔두실 생각이십니까?"

그러고 보니 너무 무심했다. 유덕과 철기맹을 부르면서 외할아버지와 외할머니, 사마소려의 안위에 대해서는 전혀 신경을 쓰지 않았다. 물론 유덕이 알아서 조치했을 것이고 구어르신과 삼시회도 최선을 다해 그들을 보호할 것이다.

하지만 그들만으로는 혈사련은 물론이고 사마세가의 일부도 막을 수 없었다. 그나마 다행인 것은 진강이 아직 감춰진 곳이라는 점이었다. 하지만 적의 눈에 걸리지 않는다고 그

누가 장담할 수 있단 말인가!

위험할 수도 있다는 생각이 든 이상 그들을 더 이상 진강에 놔둘 수는 없었다.

"철연을 불러와라."

"예, 대형!"

위지천의 표정에서 급박함을 느꼈는지 구사우는 서둘러 어둠 속으로 사라졌다.

위지천은 봇짐에서 종이를 꺼내 서둘러 무언가를 적기 시작했고, 잠시 후 철연이 도착하자 가주령을 말미에 찍은 편지를 봉투에 담아 건넸다.

"양주에 있는 수서각의 윤 총관에게 이것을 보내 주시오."

"지금 당장 해야 하는 일인가요?"

"그래 주었으면 좋겠소."

철연은 선뜻 대답을 하지 못했다. 위지천의 지시는 일행과의 헤어짐을 뜻하였기 때문이다.

그런 그녀의 마음을 알아서일까.

위지천은 계속해서 말을 이어 나갔다.

"그 일이 끝나면 호조互助로 가서 나를 기다리시오. 육합방 근처에서 기다리면 나를 만날 수 있을 것이오."

"네, 그렇게 할게요."

철연은 조금 전과는 달리 활달한 음성으로 대답했다.

그러자 아직도 팔을 묶은 채 서 있는 도치의 입에서 볼멘

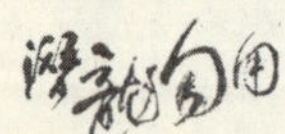

소리가 흘러나왔다.

"형님! 여자를 꼭 이 저녁에 보내야겠소?"

배시시!

철연의 입가에 환한 미소가 떠올랐다.

"헛소리는 그만하고 다치지나 마라. 기둥서방! 다시 만나자."

그 말을 끝으로 철연은 산을 내려갔다.

"그냥 내일 아침에 가라고 하지."

철연이 사라지고 난 뒤에도 도치는 못마땅한 기색을 풀지 않았다.

그의 말에 대답하는 사람은 아무도 없었다. 그러나 그의 마음을 모르는 사람도 없었다.

살아야 했기에
다른 생각 할 틈이 없었습니다

세 개의 봉우리가 마치 뿔처럼 솟아 있어 고대에는 삼위산 三危山이라 불린 달판산達坂山!

동서의 길이가 오백여 리에 이르고 중앙의 봉우리를 호위 하듯 서 있는 좌우 봉우리의 거리만도 오십여 리에 이르는 그야말로 거대한 크기의 달판산의 주봉이 바로 청곤채의 본 거지가 있는 선밀대산仙密大山이다.

너무나 높기에 맑은 날이 아니면 봉우리조차 볼 수 없다는 바로 그 선밀대산의 서쪽 산등성이에 세 명의 사내가 몸을 숨기고 있었다.

"니미! 한 사람 때문에 이게 무슨 짓인지."

"그러게 말일세."

왼쪽 눈에 흉터를 가진 사내의 말에 고개를 끄덕인 구레나 룻의 사내는 나무에 기댄 채 눈을 감고 있는 오십 대 초반의 사내를 쳐다보았다.

"조장! 대체 이 짓을 언제까지 해야 하는 것이오?"

"채주께서 올라오라고 할 때까지."

눈도 뜨지 않은 채 대답하는 조장의 태도가 마음에 들지 않았는지 구레나룻 사내의 얼굴이 일그러졌다.

"니기미! 이거 확 불살라 버리고 자수해?"

"알아서 해라. 대신 자수는 꼭 해야 한다."

조장의 대답은 여전히 시큰둥했다.

"씨벌, 내가 하라면 못 할 줄 아시오?"

"그럼 하든지. 아니, 꼭 해라. 나도 좀 편히 쉬고 싶다."

그제야 눈을 뜬 조장은 처음과 달리 적극적으로 구레나룻 사내의 행동을 부추겼다. 그럼에도 구레나룻 사내는 몸을 일으키지 못했다.

불을 지른다는 것은 숨어 있는 자뿐만 아니라 산채에도 위험을 가한다는 것이고, 그것은 곧 채주의 손에 죽는다는 것을 뜻하였기 때문이다.

"아니, 내가 꼭 하겠다는 것이 아니고 그냥……."

기가 꺾인 구레나룻 사내의 변명은 계속되지 못했다. 조장이 손을 들어 사내의 입을 막았기 때문이다.

쓰으윽!

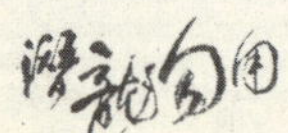

“온다.”

곁에 있는 사람도 듣기 힘들 만큼 작은 소리다. 그럼에도 왼쪽 눈에 흉터를 가진 사내와 구레나룻 사내는 곧바로 허리를 굽히며 자신의 무기를 뽑아 들었다. 그들이 함께한 세월이 어느 정도인지 알 수 있는 순간이었다.

그때였다.

철컥!

그리 멀지 않은 곳에서 자그마한 소리가 들려왔다. 검을 빼는 소리와 비명 소리도 들리지 않는 그냥 단순히 검갑에 검을 집어넣는 소리였다. 그럼에도 조장의 얼굴은 하얗게 굳었다.

‘엄청난 쾌검이다.’

현재 매복은 삼 인 일 조로 이루어지고 있다. 그럼에도 한 번밖에 소리가 들리지 않았다는 것은 한 사람이 세 명을 한꺼번에 베었거나, 아니면 아무런 소리도 내지 않고 두 명을 제거한 후 마지막을 정리했다는 뜻이다.

사르륵!

바람결에 피 냄새가 실려 왔다.

‘지금 다가오는 자는 궁귀가 아니다.’

궁귀에 대해서는 이미 알 만큼 안다. 그는 절대 조금 전과 같은 쾌검을 구사할 수 있는 인물이 아니었다. 자신 또한 속도를 중시하는 검법을 익혔기에 조금 전의 소리가 얼마나 어려운 일인지 알고 있었다.

"으음!"

조장은 자신도 모르게 낮은 신음 소리를 흘렸다.

궁귀 한 사람만으로도 산채가 거의 마비되었다. 그런데 이제 또다시 실력을 가늠할 수 없는 자가 자신들을 향해 칼을 겨누고 있으니, 산채의 운명이 어찌 될지 도무지 알 수가 없었다.

'어떻게 한다?'

어렴풋이 느껴지는 기운은 분명 한 사람이었다. 하지만 지금 상황에서는 그것도 믿을 수 없는 일이었다.

'별수 없군.'

조장은 고개를 돌려 구레나룻 사내를 쳐다보았다.

끄덕!

가볍게 고개를 움직인 구레나룻 사내는 품속에 들어 있던 피리를 꺼내 들었다. 그도 소리를 내면 자신이 제일 먼저 죽을 것이란 사실 정도는 아는 사람이었다. 하지만 이대로 있다가는 소리도 내지 못한 채 죽을 것이라는 사실도 알았다.

구레나룻 사내는 아주 천천히 피리를 입으로 가져갔다. 지금과 같은 행동은 빠르게 움직인다고 해도 소리가 나지는 않을 것이다. 그럼에도 이처럼 천천히 움직인 것은 그만큼 지금의 상황을 어렵게 본다는 뜻이었다. 그럼에도 그의 행동은 헛된 짓에 불과했다.

퍼억!

피리를 입으로 가져가던 사내가 이마에 비도를 꽂은 채 힘없이 뒤로 넘어갔다.

뒤이어 들리는 두 개의 소리!

사삭! 찰칵!

조장은 짧고 굵은 도가 만들어 낸 스산한 바람 소리와 자신의 이마를 스치고 지나간 검의 둔탁한 소리를 들었다.

'이렇게 정리가 되었던 것인가!'

처음 불만을 토했던 놈, 오래 살라는 뜻에서 만수萬壽라는 이름을 가진 동료의 목이 힘없이 갈라지는 것이 보였다. 그리고 곧이어 자신의 눈에도 붉은빛이 가득 찼다.

풀썩!

머리가 반으로 갈라진 채 힘없이 바닥에 쓰러지는 사내를 무심히 바라보던 육정기의 시선이 구레나룻 사내의 이마에 꽂힌 비수로 향했다.

쑤우우욱!

누군가의 손에 뽑혀 나오는 것처럼 자연스럽게 이마를 빠져나온 비수가 허공을 날아 위지천의 손에 차분히 내려앉았다. 마치 한 마리 나비처럼 유연한 움직임이었다.

'볼 때마다 느끼는 것이지만 정말이지 믿을 수가 없군.'

그가 사용하는 비도술은 일월비도술日月飛刀術의 삼초식 일월령日月靈이라 했다. 시전자의 뜻에 따라 하나가 되기도 하고 일천이 되기도 하며, 지금처럼 마음대로 움직일 수도 있다고 했다. 그런 설명을 들었음에도 그의 비도술은 볼 때마다 신기로웠다.

'전력으로 펼치면 아마 우리 도움도 필요 없을 것이야. 그런데 손에 들린 것이 비도가 아니라 도끼라면……'

육정기는 순간적으로 떠오른 생각에 온몸이 떨리는 것을 느꼈다.

신화 속에서나 듣던 이기어검술以氣御劍術, 아니 이기어도술以氣御刀術을 현실에서도 볼 수 있을지 모르는 일이었다. 아니, 이미 실현되었는지도 모르지만 말이다.

아무튼 이런 생각을 하는 사이, 조장이 느꼈던 유일한 기운의 주인공 구사우가 나타났다.

"이거 꼭 제가 해야 하는 겁니까?"

"피를 마실 기회는 아직도 많다. 하지만 솔직히 나는 네가 피를 몰랐으면 좋겠다."

구사우는 말없이 고개를 숙였다. 대형이 어째서 미끼 역할을 하라고 했는지 알 수 있었기 때문이다.

"죄송합니다."

"아니다. 사실 알고 보면 네가 죄송해할 일도 아니다. 너도 이제는 강자존의 법칙 속에서 사는 무림인인데 무조건 감싸는 나도 잘못이 있는 것이지."

묵묵히 두 사람의 대화를 듣고 있던 육정기의 입이 열렸다.

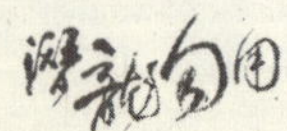

“공격에 포함시킬 생각이십니까?”

“궁귀가 있는 곳까지는 이제 얼마나 남았소?”

위지천은 대답 대신 질문을 던졌다.

“지금 속도로 움직인다면 대략 한 시진 정도 걸릴 것입니다.”

“전력으로 통과하면 어떻소?”

“모습이 드러나는 것을 감수한다는 말씀이십니까?”

“그렇소.”

“파리가 꼬일 수도 있습니다.”

“상관없소.”

“그렇다면 이각 안에 도착할 수 있을 것입니다.”

“함정은 어떻게 하실 거요?”

도치가 걱정스러운 표정으로 대화에 끼어들었다. 하긴 적늘이 숨어 있는 이곳까지 오면서도 다섯 개의 함정을 해체하였으니 그럴 만도 했다. 그러나 그에 대한 대답은 극히 단순했다.

“주군께서 결정하신다면 모두 부수고 가야겠지.”

참으로 육정기다운 대답이었다.

이런 이야기를 나누는 사이 구사우에게로 시선을 돌린 위지천이 조금은 걱정스러운 말투로 질문을 던졌다.

“피를 듬뿍 마시게 될 것이다. 고개를 돌리지 않을 자신 있느냐?”

구사우는 똑바른 시선으로 위지천을 바라보았다. 그러고
는 천천히 입을 열었다.

"고개를 돌리지도, 후회하지도 않겠습니다. 이제 저의 자
리는 대형의 곁입니다."

장군의 직위만을 바라보고 산 세월조차 가슴에 묻겠다는
대답이었다.

"그럼 됐다."

담담하게 구사우의 대답을 받아들인 위지천은 다시 고개
를 돌려 육정기를 바라보았다.

"선두를 맡아 주시오."

"예, 주공!"

"그 뒤로 사우가 좌측, 도치가 우측을 맡아라. 나는 후위
를 맡겠다."

"예."

"알았소."

위지천은 들고 있던 비수를 혁대에 집어넣은 후 현호도를
뽑아 들었다.

네 명으로 이루어진 봉시진. 쏘아진 화살이라는 이름만큼
이나 공격과 돌파는 탁월하지만 방어는 부실한 진형이다. 그
럼에도 후위를 맡겠다는 것은 혼자서 부족한 방어를 떠맡겠
다는 뜻이었다.

그런데도 도치와 사우는 물론 육정기까지도 별다른 말 없

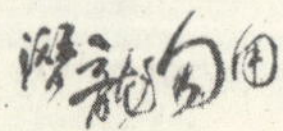

이 자신의 무기를 뽑아 들었다. 아무리 위험하다고 해도 위지천이라면 충분히 감당할 수 있을 것이라 믿기에 나오는 행동이었다.

선두에 선 육정기의 눈이 조금씩 붉어졌다.

봉시진의 선두는 무력도 무력이지만 핏속에서도 광소를 터트릴 수 있는 자여야만 했다. 그리고 그 자리에는 육정기만 한 인물이 없었다. 수많은 피로 이룩한 그의 야수혈공이 다시금 눈을 뜨고 있었다.

"크허엉!"

호랑이의 포효와도 같은 소리를 낸 육정기가 허공으로 날아올랐다.

콰아앙!

나무를 엮어 만든 함정이 산산이 부서져 사방으로 날아갔다.

'대형도 그렇지만 검귀 대협도 괴물이군.'

도치는 고개를 내저었다.

이런 식으로 함정을 처리한 게 벌써 열 개가 넘는다. 게다가 앞을 가로막은 자들의 목만 해도 거의 오십이다. 어느 정도 무공에 자신이 붙은 도치이지만 주눅이 드는 것만은 어쩔 수가 없었다. 그러나 그가 누구이던가!

'니기미! 그래, 지금은 내가 진다. 하지만 오 년 안에 반

드시 뛰어넘고 말겠다.'

쫘아악!

둔치도를 쥐는 그의 손에 힘이 들어갔다.

"이런 쌍놈의 새끼들이……."

그렇지 않아도 기분이 안 좋은 도치다. 늑대처럼 이빨을 드러내며 달려드는 자들이 마음에 들 리가 없었다.

퍼벅!

기분 때문일까? 그의 도법이 투박하기 그지없다. 그러나 그것만으로도 산적들의 목숨을 거두기에는 충분했다.

"끄아아악!"

파바바방!

공기가 터지는 것처럼 요란한 소리를 내며 목숨을 거두어들이는 구사우의 창도 거침이 없었다.

"커억!"

그리고 불을 보고 달려드는 불나방처럼 죽음을 향해 달려드는 산적들의 후면에는 사신이 서 있었다.

사사삭!

위지천은 마치 산책이라도 나온 듯 거침없이 좌우로 움직이며 도를 휘둘렀다. 전혀 무게가 실리지 않은 가벼운 몸짓이다. 그럼에도 일 장 안으로 들어온 자는 여지없이 목을 부여잡고 쓰러졌다. 지금 이 순간 현호도는 사신을 부르는 도구였다.

우뚝!

빠른 속도로 달려가던 육정기가 넝쿨로 둘러싸인 자그마한 숲 앞에서 걸음을 멈추더니 이내 몸을 뒤로 날려 위지천의 곁에 내려섰다.

"정면의 함정 뒤에 그가 있습니다."

서걱! 서걱!

"끄어헉!"

육정기는 자리를 바꾼 후에도 다가오는 자들을 향해 끊임없이 검을 휘둘렀다. 붉은 기운이 어린 검을 한 치도 머뭇거림 없이 휘두르는 그의 모습에서 그가 어째서 전장의 난폭자라 불렸는지 알 수 있었다.

위지천은 육정기가 가리킨 방향으로 고개를 돌렸다. 진한 살기와 짙은 피비린내로 기억되는 궁귀의 심상이 뚜렷하게 가슴에 와 닿았다. 더 이상의 확인은 필요 없었다.

"잠시 후위를 부탁하겠소."

짧은 부탁으로 자신의 자리를 넘긴 위지천은 육정기가 서 있던 곳을 향해 걸어가며 큰 소리로 외쳤다.

"궁귀 선배! 위지천입니다!"

"아니, 자네가 이곳까지 웬일인가?"

곧바로 들려오는 목소리. 궁귀가 분명했다.

"선배께서 이곳에 계신다기에 얼굴이나 뵈러 왔습니다."

"하하하! 진귀가 위지세가의 폭풍을 다시 일으킨다고 하더니……. 알았네. 내 나가지.”

투두둑! 슈슈슈슉!

넝쿨이 끊어지는 소리와 함께 날카롭게 잘린 대나무들이 좌우로 펴져 날아갔다.

퍽! 퍼버버벅!

“끄아아악!”

어지간한 무림인들보다 낫다고 평가받는 청곤채 사람들이지만 삼 장도 안 되는 거리에서 갑작스럽게 튀어나온 죽창을 막기에는 역부족이었다. 물론 죽창의 속도가 상상을 초월할 만큼 빠르기도 했지만 말이다.

봉시진의 좌우를 위협하던 자들이 순식간에 싸늘한 시체로 변했다.

“모두 안으로 들어오게.”

전면과 후면은 여전히 넝쿨로 가려져 있지만 좌우는 활짝 열린 숲, 기묘한 모양으로 변해 버린 숲 속에 서 있는 궁귀는 여전히 짐승 가죽으로 만든 옷을 걸치고 허리춤에는 단도를 찬 모습이었다.

단지 달라진 것이 있다면 오른손에는 만도, 왼손에는 활을 들고 있으며 바닥에는 이십여 개의 화살이 꽂혀 있는 정도였다.

“안으로 들어간다.”

위지천을 선두로 사우와 도치, 육정기가 기묘한 모양의 숲을 향해 날아올랐다. 봉시진의 후미를 따르던 청곤채의 사람들도 그 뒤를 따랐다.

조금 전에 죽은 자들까지 합치면 거의 오백에 가까운 식구를 잃은 청곤채다. 그럼에도 위지천 일행을 쫓는 그들의 눈에는 어떤 두려움도 보이지 않았다. 청곤채가 어째서 표사와 상인들에게 공포로 기억되는지 알 수 있는 순간이었다.

그러나 그들은 궁귀가 어떤 인물인지부터 알아야 했다. 육정기를 끝으로 위지천 일행이 모두 숲으로 들어오는 순간, 궁귀의 손에 들린 만도가 움직였다.

휘익! 투두둑!

궁귀의 발아래 매여 있던 넝쿨들이 일제히 잘렸다.

슈슈슈슉!

전면과 후면의 넝쿨 속에 감추었던 죽창들이 또다시 하늘올 날았다.

퍽! 퍼버벅!

"끄아아악!"

"꺼헉!"

가공할 파괴력을 가진 죽창은 쫓아오던 자들의 숫자를 일순간에 절반으로 줄였다. 게다가 살아남은 자들 또한 대부분 크고 작은 부상을 입었다.

"으아아악! 살려 줘!"

죽창이 꽂힌 배를 움켜쥔 사내의 비명 소리가 유난히도 커다랗게 울려 퍼졌다. 하지만 그런 소리는 이내 낮은 신음으로 바뀌었고 잠시 후에는 신음 소리조차 사라지고 없었다. 또 하나의 죽음이었다.

"허어!"

피로 만들어진 웅덩이에 발을 담근 채 서 있는 호상기는 할 말을 잃었다.

말살대抹殺隊!

그가 거느린 부대다. 말살이라는 이름만큼이나 그의 부대원들은 사납기가 하늘을 찌르고 잔인하기는 그보다 더했다. 더불어 두려움이란 찾으려야 찾을 수도 없는 부대였다. 그런데 지금은 어떠한가.

백이란 숫자는 이십으로 줄었고, 그중에서 제대로 움직일 수 있는 자는 채 열 명도 안 된다. 게다가 그들 또한 공포에 질린 얼굴을 하고 있었다. 하긴 세 개의 부대를 투입시킨 상황에서 오십도 안 되는 숫자만 살아남았으니 그들의 표정은 당연한 결과였다.

"호 대주!"

호상기를 크게 부른 오십 대 중반의 사내가 그의 곁으로 다가왔다. 왼팔을 길게 늘어트린 모습이 그도 온전해 보이지는 않았다.

그나마 다행인 것은 왼팔 상박부가 길게 찢어진 것 외에는

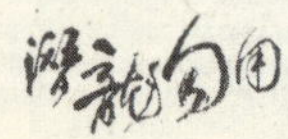

별다른 상처가 보이지 않는다는 것이었다. 아마 위지천 일행이 아닌 죽창에 당한 상처일 것이다. 위지천 일행에게 당했다면 상박부가 아닌 목숨을 내주어야 했을 테니 말이다.

"진 대주는 어떻게 되었는가?"

중년인의 질문에 호상기는 고개를 가로저었다. 말살대와 버금가는 무위를 지닌 호곡대號哭隊의 수장이 겨우 다섯 명에게 죽었다는 뜻이었다.

"하긴 그가 왔으니……."

호상기의 핏발 선 눈이 중년인에게로 돌아갔다.

"상 대주께서는 저들이 누군지 알고 계시는 겁니까?"

"나도 조금 전에 그들의 대화를 듣고서야 알았네."

"누구입니까?"

"위지천이라고 하더군."

호상기의 얼굴이 굳어졌다.

"설마 진귀!"

중년인은 고개를 끄덕였다.

"그가 왜 여기에……?"

"궁귀와 예전부터 알고 있던 사이 같았네."

"그럼 궁귀 때문에 이곳에 왔다는 것입니까?"

"그런 것 같네."

"니기미, 씨발! 궁귀는 대체 우리와 무슨 원수를 졌기에 이곳에 와서 지랄을 한단 말입니까?"

　진귀라는 이름보다 궁귀에 대한 미움이 더 컸는지 호상기의 음성은 사납기 그지없었다.

“그러게 말일세. 그나저나 이제 어떻게 할 텐가?”

“어떻게 하긴요. 여기를 지켜야죠.”

“하긴 그렇구먼.”

　그조차도 상처를 입은 상태다. 지금 여기를 지킬 자는 호상기뿐이었다. 물론 싸우는 것이 아니라 뒤를 쫓는 것에 불과할 테지만 말이다.

“상 대주께서는 올라가셔야겠죠?”

“그래야지. 누군가는 진귀가 합세했다는 사실을 알려야 하지 않겠는가. 참, 몸 성한 놈들은 모두 놔두고 가겠네.”

“알겠습니다.”

　대답은 했지만 몸 성한 놈들이라고 해 봐야 삼십도 채 안 된다. 진귀는 물론이고 궁귀조차 쫓을 수 있을지 장담할 수 없었다. 하지만 현재로써는 방법이 없었다. 그저 채주가 내려오기 전까지 놈들이 움직이지 않기만을 바랄 뿐이었다.

　주위를 둘러보는 호상기의 얼굴이 참담해 보였다.

　그 시각, 위지천은 궁귀와 마주 앉아 있었다.

“무사하셔서 다행입니다.”

“그깟 놈들에게 당할 내가 아니네.”

　대수롭지 않다는 투다. 그러나 그것은 진실이 아니었다.

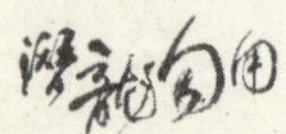

궁귀는 마지막까지 몰렸고 결국 최후의 은신처에 몸을 숨겼다. 이곳에서의 싸움을 끝으로 목숨을 버릴 생각이었던 것이다. 포위된 상태에서 도망갈 곳도 없었지만 말이다.

"그건 그렇고 조금 전에는 왜 막았는가?"

궁귀는 남은 자들을 정리하기 위해 날리려던 화살을 위지천이 막은 이유를 묻고 있었다.

"다시 오면 그때 죽이면 됩니다."

너무나도 간단한 대답이 의외였을까. 궁귀는 어이없는 표정으로 위지천을 쳐다보았다.

"나를 막으러 온 것이 아니었는가?"

"저는 청곤채를 모릅니다. 그리고 저는 모르는 자들을 걱정하거나 그런 사람들을 위해 움직이는 사람이 아닙니다."

"그럼 여기까지 온 것이 나 한 사람 때문이었다는 것인가?"

"선배는 몇 분 안 되는 지인이십니다. 만나러 오는 것이 당연한 것 아니겠습니까."

"천하의 진귀라고 하더니……. 크하하하!"

궁귀는 진한 살기마저 털어 내는 듯한 통쾌한 웃음을 한참 동안이나 흘려 내고서야 자세를 바로 하고 앉았다.

"이제 어떻게 할 생각인가?"

"그거야 선배께서 결정하실 일이지요."

"내 생각이라……. 그럼 내가 청곤채를 쓸어버리겠다고 하면 어떻게 하겠는가?"

"청곤채를 쓸어야겠지요."

"그럼 더 이상 앉아 있을 필요가 없겠군."

궁귀는 툭툭 털고 일어섰다. 위지천 또한 별다른 말 없이 자리에서 일어났다.

쑤우욱!

궁귀는 바닥에 꽂혀 있는 화살을 하나씩 뽑아 화살통에 집어넣었다.

"한 놈도 살려 두지 않을 것이네. 후회하지 않을 자신 있는가?"

"썩 좋은 기분은 아니겠지만 그렇다고 악몽에 시달리지도 않을 것입니다."

"생각과는 다를 것이네."

"알고 있습니다. 저도 전쟁을 겪어 봤으니까요."

마지막 화살을 뽑아 가던 궁귀의 시선이 위지천에게로 돌아갔다.

"전쟁에도 참여했는가?"

"예."

위지천은 짧게 대답했다. 떠올리고 싶지 않은 기억이다. 하지만 그렇다고 지나온 세월을 부정할 마음도 없었다.

"자네 꽤 험한 세월을 살았구먼."

"그게 어찌 저만의 세월이겠습니까. 혼란한 시대를 사는 모든 사람들의 세월이지요."

그리 심오한 말은 아니었다. 그럼에도 궁귀는 마음에 와 닿는 것이 있었다.

궁귀는 시선을 하늘로 돌렸다.

'혼란한 시대라!'

화살에 내공을 실을 줄 알고 그것으로 무림인까지 죽였으니 자신도 무림인이 맞다. 하지만 본인 스스로는 한 번도 무림인이라고 생각해 본 적이 없었다.

복수의 길을 걷다 보니 강호에 발을 들여놓게 되었고, 그로 인해 십칠 초인 중의 한 명 궁귀라는 이름을 얻었을 뿐이었다. 과거로 돌아갈 수만 있다면 그깟 궁귀라는 이름은 지금 당장이라도 시궁창에 버릴 수 있다.

하지만 돌아갈 수 없었다. 그렇다고 혼란한 시대라는 위지천의 말을 그대로 흘려버릴 수도 없었다. 논이나 밭을 갈아 겨우 끼니를 때우던 사람들이 땀으로 일군 땅을 버리고 산으로 숨어들어 초적草賊으로 변한 것을 그도 여러 번 보았기 때문이다.

그러고 보니 자신에게 죽은 자들 중에는 어쩔 수 없이 산적이 된 자도 있었을 것이다. 지금까지 한 번도 생각해 보지 않았던 감정이었다. 괜히 마음이 쓰려 왔다. 하지만 이미 지난 일이었다. 그렇다고 그냥 넘길 수도 없는 일이었다.

"앞으로 인명을 해치지 않은 초적들은 살려 주겠네. 하지만 산적은 안 되네. 특히나 청곤채는 더욱 안 되네. 그들은 산적의 표본이니 말일세."

"그거야 선배께서 결정하실 일이지요. 아무튼 결정이 된 것 같으니 이제 그만 가시지요."

"그러세."

숲을 바라보던 호상기의 시선이 암울해졌다.

흑색 무복에 가죽으로 만든 도갑을 걸친 자 그리고 짧은 도를 허리춤에 매고 있는 자까지…….

적색 무복을 걸친 자와 단창을 든 자는 누구인지 모르겠지만, 다른 세 명은 궁귀와 진귀 그리고 요즘 떠오르는 신진 고수 폭수도暴獸刀 도치가 분명했다. 정체를 모르는 두 사람을 제외한다고 해도 절로 두려움이 이는 전력이었다. 그런데 그들이 산채를 향하고 있었다.

호상기는 위지천에게로 향한 시선을 돌리지도 않은 채 낮은 음성으로 한 사람의 이름을 불렀다.

"타유!"

"예, 대주."

호상기의 뒤에 서 있던 삼십 대 초반의 사내가 고개를 숙였다. 키는 작지만 이마가 좁으며 눈초리가 위로 올라간 것으로 보아 판단력이 좋고 눈치가 빠른 자임을 알 수 있었다.

"지금 즉시 채주에게 가서 진귀가 산채로 간다고 전해라."

"예, 대주."

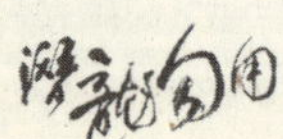

"절대 저들보다 늦어서는 안 될 것이다."

"걱정 마십시오. 제가 누구입니까?"

타유라는 이름보다 날다람쥐라는 별명이 더욱 어울리는 자. 산에서만큼은 그를 따를 자가 없었다. 게다가 이곳은 그가 매일 뛰어놀던 곳이었다. 아무리 무공 고수라고 해도 그가 뒤질 리 없었다.

파바박!

발을 떼는가 싶더니 이내 숲 속으로 사라지는 타유. 어째서 날다람쥐라는 별명이 붙었는지 알 수 있는 순간이었다.

평범한 모습으로 뒤를 따르던 육정기가 위지천의 곁으로 다가갔다.

"쥐새끼 한 마리가 빠져나갔습니다. 어떻게 하시겠습니까?"

"굳이 위험을 자초할 필요는 없지요. 그리고 없애기로 결정했으니 뒤따르는 자들도 이만 정리하는 것이 좋을 것 같소."

"알겠습니다."

대답과 함께 뒤로 물러난 육정기는 이내 허공으로 날아올랐다.

그 모습을 예리한 시선으로 바라보던 궁귀가 위지천에게로 시선을 돌렸다.

"아무리 봐도 평범한 사람은 아닌데, 대체 누구인가?"

"지금은 검중일살로 불리지만 한때는 검귀라고도 불렸던

분입니다.”

우뚝!

궁귀는 걸음을 멈추었다. 소문에 귀를 기울이는 사람은 아니었지만 검귀라는 이름까지 모를 정도로 정세에 어두운 사람도 아니었다.

“그가 왜?”

“어쩌다 보니 인연이 되었습니다.”

“허어!”

검귀가 어쩌다 맺어진 인연에 몸을 맡길 만큼 하찮은 사람이던가.

처음 볼 때부터 범상치 않은 인물인 것은 알고 있었다. 하지만 검귀까지 거느릴 줄은 정말 몰랐다. 폭풍이 불기 전의 잔잔함을 가슴속에 품고 있는 사내가 눈앞에 서 있었다.

‘위지세가의 위대함은 참으로 거대하구나.’

서걱! 서걱!

“끄아아악!”

그리 멀지 않은 곳에서 들려오는 비명 소리. 육정기가 돌아왔음을 알리고 있었다.

“하앗!”

기다렸다는 듯 도치와 구사우가 적들을 향해 뛰쳐나갔다.

“저들이면 충분하겠지?”

“그럴 것입니다.”

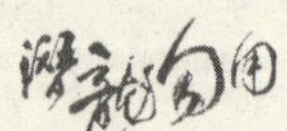

“그럼 주변을 정리하기까지 조금 시간이 있는 것 같으니 한 가지만 물어보겠네.”

“말씀하십시오.”

“그동안 꽤 많은 문파를 정리한 것으로 알고 있네. 이유가 무엇인가?”

“겉으로는 복수를 내세우고 있습니다.”

“진실은 그게 아니라는 말이군.”

“그렇습니다.”

“그 이유를 들을 수 있겠는가? 꼭 감춰야 할 비밀이라면 어쩔 수 없지만 말일세.”

“굳이 감출 것은 없지만 꽤 긴 이야기입니다.”

“상관없네. 조금 지체한다고 해서 청곤채가 사라지는 것은 아니니 말일세.”

“그럼 말씀드리겠습니다. 혹시 선배께서는 십마련이라는 단체에 대해 들어 보셨습니까?”

끊임없이 들려오는 비명 소리 속에서 십마련에 관한 이야기가 흘러나오기 시작했다.

이런 시간이 얼마나 지났을까?

도치와 구사우, 육정기가 복귀한 지 한참이 지나고서야 궁귀의 입에서 탄식이 터져 나왔다.

“하아!”

몰랐다. 정말 몰랐다. 그런 단체가 있다는 것도 몰랐고,

황사라고 불리던 소담 선생과 천하제일 고수라는 흑령, 거기
다 얼마 전까지만 해도 위지세가의 가주로 불리던 위지대운
과 혈사련의 새로운 련주 단수기까지…….

그야말로 강호와 황궁을 아우르는 실력자들이 한곳에 포
함되어 있을 줄은 정말이지 꿈에서도 생각해 본 적이 없었다.

"그러니까 안사의 난도, 황제의 실정도 결국 그놈들이 배
후에 있었다는 말이구먼?"

"전부 다 그렇다고는 할 수 없지만 상당 부분은 그들에게
책임이 있습니다."

꽈아악!

활을 움켜쥔 궁귀의 입에서 이빨을 가는 소리가 흘러나
왔다.

뿌드드득!

자신에게 일어난 모든 일이 황제의 실정 때문에 생긴 것이
라 생각했다. 그러나 황제를 향해 활을 들 수가 없었기에 세
상의 산적을 복수의 대상으로 삼았다.

그런데 전국을 황폐하게 만들고, 그것도 모자라 수많은 민
초들을 죽음으로 몰아넣은 배후에 십마련이 있었다니!

"크아아아아!"

한참 그렇게 분노를 토해 낸 궁귀는 아주 천천히 입을 열
었다.

"나도 끼워 주게."

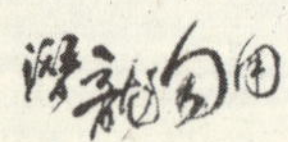

“선배님!”

“지금 기분으로는 나 혼자라도 그들을 향해 활을 겨누고 싶네. 하지만 그럴 경우 너무 가치 없이 죽을까 봐서 그러네. 나도 끼워 주게.”

이 말을 바라고 이곳까지 온 것은 아니었지만 그래도 기다리던 말이었다.

위지천은 곧바로 고개를 끄덕였다.

“그렇게 하시지요.”

“고맙네.”

“고맙기는요. 오히려 제가 고맙죠.”

“그거야 무슨 상관인가. 그나저나 이제 한 식구가 되었으니 서로 인사나 나누는 것이 어떻겠는가.”

“알겠습니다. 그럼 조금 전에 말씀드린 분부터 소개해 드리겠습니다. 검중일살이십니다.”

위지천은 손으로 육정기를 가리켰다.

“궁귀 염득이라 하오.”

“말씀 많이 들었습니다. 검중일살 육정기라고 합니다.”

“내가 어찌 검귀 대협을 모르겠소. 만나서 반갑소이다.”

“검귀는 예전의 이름에 불과할 뿐입니다. 그냥 일살이라고 불러 주십시오.”

“내가 어찌 그렇게 함부로 부를 수 있겠소. 육 대협이라 부르리다.”

“그럼 좋으실 대로 하십시오.”

둘 사이의 인사가 끝나자 위지천은 도치를 소개했다.

“제 의동생 중 셋째 도치입니다.”

“아! 소협이 바로 사나운 야수라고 불리는 폭수도 도치였구먼. 만나서 반갑네.”

“앞으로 활을 쏠 때 거치적거리는 것들은 제가 처리해 드릴게요.”

“하하하! 알았네. 부탁함세.”

“걱정 마세요.”

대화의 기본 예의와는 상관없이 자신만의 방식으로 대화하는 도치의 태도가 무안했는지 위지천은 서둘러 구사우를 소개했다.

“저 애는 저번에 본 적이 있으실 것입니다. 제 의동생 중 넷째 구사우입니다.”

“당연히 알지. 다시 만나서 반갑네, 구 소협.”

“구 소협은요. 그냥 사우라고 불러 주십시오.”

“호칭이야 나중 되면 저절로 정해질 것이고…… . 그나저나 저번과는 확연히 달라진 것을 보니 좋은 일이 있었나 보구먼.”

“대형의 수고 덕분입니다.”

“대형?”

“예.”

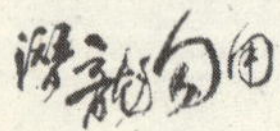

처음 볼 때만 해도 내외공이 물과 기름처럼 겉돌던 청년이었다. 그런데 지금은 눈으로만 보기에도 내외공이 거의 완벽하게 조화를 이루고 있었다. 임독양맥을 타통한 것이 분명했다.

그런데 그런 일을 서른도 안 된 위지천이 해냈다는 말이니 참으로 놀라운 일이 아닐 수 없었다. 궁귀는 위지천에게로 고개를 돌렸다.

“자네 무서운 사람이구먼.”

“하하! 그런가요?”

“암, 그렇지.”

“하하하! 사우가 성취를 이룬 것은 스스로가 열심히 해서 그런 거지, 제가 뭘 했겠습니까. 그건 그렇고, 이제 인사도 모두 끝난 것 같으니 이만 올라가시죠.”

“그래야지. 그런데 자네, 공격 방법은 정했는가?”

“그거야 당연히 선배께서 결정하셔야죠.”

“난 그런 것 모르네. 자네가 지휘하게.”

“그래도…….”

“그동안 나는 혼자서만 싸워 왔네. 그런 내가 어떻게 지휘를 맡겠는가. 단 내가 알고 있는 것은 알려 주지. 지금 청곤채에 남아 있는 자들은 대략 삼백 명 정도네. 자네가 합류했다는 소식을 들었으니까 부녀자와 어린아이들은 은신처로 몸을 숨겼을 것이고.”

위지천은 묵묵히 궁귀의 말을 들었다. 상대를 완전히 파악한 다음에야 움직인다는 궁귀다. 그런 그가 가장 중요한 적의 숫자를 잘못 알고 있을 리가 없었다.

궁귀의 말이 이어졌다.

"대신 무공은 이곳까지 오면서 만났던 자들보다 훨씬 강할 것이네. 그러나 현재 우리의 전력은 그들을 뛰어넘지. 이것이 내가 알고 있는 전부네."

말을 끝낸 궁귀는 입을 다물었다. 더 이상 말을 하지 않겠다는 표시였다.

"선배의 뜻이 그렇다면 별수 없죠. 그럼 이제 제가 지휘를 맡겠습니다. 저도 궁귀 선배처럼 우리의 전력이 청곤채를 뛰어넘는다고 생각합니다. 해서 저는 정면으로 청곤채를 공격할 생각입니다."

궁귀는 고개를 끄덕였다.

진귀가 합류한 것을 아는 이상 적들이 분산될 가능성은 없었다. 그렇다면 방법은 한 가지. 정면으로 부딪치는 것뿐이었다. 위지천은 정확하게 상대의 의중을 꿰뚫고 있었다.

"가장 좌측은 일살께서 맡아 주시고 가장 우측은 도치가 맡아라. 그리고 사우가 좌측, 궁귀 선배는 중앙을 맡으십시오. 제가 우측을 맡겠습니다. 우리는 궁귀 선배를 중심으로 일자진一字陣의 형태로 가다가 적과 만나면서 학익진鶴翼陣을 이룰 것입니다."

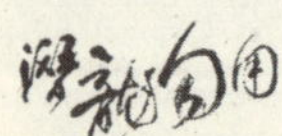

도치가 사우에게로 고개를 돌리더니 아주 작은 목소리로 물었다.

"일자진이 뭐고 학익진이 뭐냐?"

"일자진은 그냥 횡렬로 가는 것이고, 학익진은 좌우가 앞으로 나가고 중앙이 뒤로 물러나면서 적을 포위하는 진형이에요."

"그러니까 일렬로 가다가 적을 만나면 앞으로 나가란 말이지?"

"아뇨. 형은 그대로 있으면 돼요. 우리들이 뒤로 빠지면 되니까요. 대신 옆 사람과의 간격을 잘 맞춰야만 돼요. 안 그러면 그 사이로 적이 빠져나가거든요."

"걱정 마라. 내 곁으로는 한 놈도 빠져나가지 못할 테니. 그런데 왜 그래야 하는 거냐? 그냥 계속 일자진인가 뭔가로 가면서 쓸어버리면 되는 것 아니냐?"

"그럼 도망갈 틈이 많잖아요."

"아하! 그렇구나."

그리 크지 않은 목소리다. 그러나 그 소리를 듣지 못한 사람은 이곳에 아무도 없었다. 당연히 도치가 맡은 자리가 걱정될 것이다. 그럼에도 위지천은 말없이 두 사람의 대화를 들었고 이야기가 끝나고 나서야 도치를 불렀다.

"도치야!"

"예?"

"그깟 진형 같은 것 신경 쓰지 마라. 네 말대로 아무도 빠져나가지 못하게만 만들면 되는 것이니 말이다. 그리고 그것이 진형이다."

위지천이 부를 때만 해도 걱정스러운 기색이 다분하던 도치의 얼굴이 환하게 밝아졌다.

"그런 거라면 걱정 마시오. 내 주위로는 한 놈도 빠져나가지 못할 것이오."

"그럼 됐다. 자, 그럼 가 볼까!"

궁귀를 선두로 한 다섯 명의 산행이 시작되었다.

슈샤삭!

팔이 베이고 다리가 베이고 옆구리나 심장이 갈라진다.

도치는 이미 진형을 생각하지 않고 있다. 그저 무작정 앞으로 돌진하며 거치적거리는 자들을 베어 내고 있을 뿐이었다.

그에 비해 구사우는 아주 냉철하게 적을 상대하고 있었다.

챙챙! 퍼벅!

두 사람이 공격하면 하나는 막고 하나는 심장이나 머리에 구멍을 뚫었다. 셋이면 둘은 막고 하나는 죽였다. 몇 명이 공격을 하든 무조건 하나의 몸에는 창을 박았다. 그것도 다시는 움직일 수 없게 머리나 가슴에다 말이다.

실전에 익숙하지 않을 것이라는 예상과 달리 구사우의 움직임은 좋았다. 하지만 그는 아직 경험이 부족했다. 당연히 시간이 지날수록 그의 몸에는 상처가 하나둘씩 늘어났다. 하지만 상처가 느는 만큼 보법도 완숙해지고 있었다.

피빗!

구사우의 옆구리를 노리던 또 하나의 칼날이 허무하게 허공을 갈랐다.

다섯 사람 중 가장 많이 피를 보는 사람은 육정기였다.

슈아악!

한 번의 칼질에 최소한 두 명의 목이 공중으로 날아올랐다. 한 치도 오차 없는 깔끔한 손속, 피로써만 완성할 수 있다는 야수검이 무엇인지 확실히 보여 주고 있었다.

가장 바쁜 사람은 궁귀였다.

앞으로 달려오는 자를 상대하랴, 도치로 인한 틈을 메우랴 정신이 없을 정도였다. 그나마 다행인 것은 위험할 때마다 위지천이 비수를 날려 도와주고 있다는 것이었다.

만약 위지천의 도움이 없었다면 최소한 세 번은 위험한 순간을 맞았을 정도로 그의 손은 쉴 틈이 없었다.

위지천은 화려하지도 빠르지도 않았다. 그렇다고 날카롭지도 않았다. 그저 가볍게 현호도를 휘두르거나 가끔 왼손으로 비수를 날리는 정도였다. 그럼에도 그가 지나간 길에는 살아 있는 사람이 하나도 없었다.

죽는 모습도 일정하지 않았다. 어떤 자는 목이 잘려 나갔고, 또 어떤 자는 이마나 가슴에 구멍이 뚫렸다. 가끔은 심장이 갈라진 자도 있었다. 다만 확실한 것은 두 번의 칼질을 하지 않았다는 것이다.

이런 시간이 한 시진쯤 흘렀을까!

마침내 온갖 무기들이 내는 소리가 그쳤다. 그리고 선밀대 산의 오대절경 중의 하나인 초한평이 온통 시체로 뒤덮였다.

다섯에 하나는 화살이 꽂힌 채 몸이 잘려 있고, 둘은 목이 베여 있으며, 또 다른 하나는 온몸이 칼자국투성이다. 그나마 시체라도 온전히 남긴 자는 머리와 가슴에 구멍이 뚫린 자들뿐이었다.

"궁귀, 네놈이……."

가슴에는 두 대의 화살이 꽂혀 있고, 신랄하면서도 괴이한 궤적을 그리던 왼팔은 잘렸으며, 오른쪽 다리 또한 절반쯤 잘린 모습으로 땅에 쓰러진 사내가 원독에 찬 눈빛으로 궁귀를 바라보았다. 사지는 물론이고 가슴에서도 피를 흘리는 것이 꽤 처참한 모습이었다.

궁귀는 무심한 표정으로 활에 화살을 재었다.

"혹시라도 다음 세상에서 인간으로 태어난다면 그때는 절대 산적이 되지 마라."

퍼억!

이마에 화살이 꽂힌 사내가 힘없이 뒤로 넘어갔다. 귀령검 鬼靈劍이라는 이름으로 국경을 휘젓고 다니던 청곤채의 채주 마곤의 죽음, 청곤채가 완전히 사라지는 순간이었다.

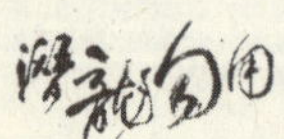

녹림십팔채 중 최고를 달리는 곳이었지만 세 명의 초인, 특히나 위지천이 포함된 일행을 상대하기에는 그들의 힘이 부족했다.

위지천은 천천히 주위를 둘러보았다.

비록 승리를 쟁취하기는 했지만 육정기를 포함한 모두가 상처를 입은 모습이다. 그중에서도 특히 구사우와 도치는 온몸이 상처투성이였다. 그나마 다행인 것은 깊은 상처가 보이지 않는다는 것이었다.

'꽤 힘든 싸움을 했군.'

머리부터 발끝까지 온통 피에 젖어 있는 도치를 바라보는 위지천의 눈이 반짝였다. 목숨을 위협받을 정도로 힘든 싸움이었으면 더욱 좋았겠지만 이 정도만 해도 충분히 만족스러웠다. 비록 그의 상처 대부분이 진형을 무시하고 적진에 뛰어들어 생긴 것이라고 해도 말이다.

도치에게 향한 시선을 거둔 위지천은 아직도 창을 움켜쥐고 있는 구사우에게 다가갔다.

"괜찮으냐?"

"예, 그다지 큰 상처는 없는 것 같습니다."

"상처를 묻는 것이 아니다."

구사우는 그제야 위지천의 질문이 무슨 뜻인지 깨달은 듯 서둘러 창을 회수했다.

"살아야 했기에 다른 생각 할 틈이 없었습니다."

곧고 뚜렷한 음성이다. 충격을 받았는지 받지 않았는지는 며칠 더 두고 봐야겠지만 현재로써는 그다지 걱정할 것이 없어 보였다.

위지천은 잠시 더 구사우를 쳐다보았다. 그러고는 이내 궁귀에게로 시선을 돌렸다.

"근처에 쉴 만한 곳이 있습니까?"

"있네."

"물이 있는 곳이면 더욱 좋겠습니다만."

"걱정 말게. 물은 물론이고 잠자리와 식사도 할 수 있는 곳이니까. 그럼 갈까?"

"예, 가시지요."

잠시 후 궁귀가 안내한 곳에 도착한 위지천은 어이가 없었다.

청곤채青坤寨

거대한 현판과 텅 빈 여러 채의 건물이 그들을 맞이하고 있었다.

인연조차도
가차 없이 버리는 삶이라

진강의 외곽에 위치한 풍우원風雨院의 내실.

윤 총관과 사마소려가 마주 앉아 있었다.

"이것이 무엇입니까?"

오랜만에 찾아온 윤 총관이 다짜고짜 봉투를 내미니 사마소려는 의아할 수밖에 없었다.

"수서각을 정리한 돈과 그동안 운영하면서 생긴 이익금을 합친 것입니다."

"그것을 왜 나에게……?"

"도련님, 아니 가주께서 지시하신 일입니다. 그리고 지금 당장 이곳을 떠나야 하니 서둘러 준비해 주십시오. 참, 설 노야 내외분도 함께 모시라고 했습니다."

"이곳은 어떻게 하실 것입니까?"

"우선은 삼시회에서 관리할 것입니다."

"어디로 가는지도 알려 줄 수 있겠습니까?"

"위지세가로 모실 것입니다."

위지세가!

언젠가는 갈 수 있을 것이라 생각했던 정인의 집이다. 그렇지만 이렇게 급하게, 그것도 정인의 손이 아니라 다른 사람의 안내를 받으며 갈 줄은 몰랐다. 하지만 떠나야 했다. 급하지 않았다면 윤 총관까지 동원하지 않았을 것이기 때문이었다.

"반 시진만 기다려 주세요."

"마차에서 기다리겠습니다."

가볍게 고개를 숙인 윤 총관은 곧바로 내실을 나갔다.

사마소려는 외할머니에게서 받은 몇 가지 귀중품과 옷만 챙긴 후 벽장을 열어 검은색 무복과 도를 꺼냈다. 윤 총관의 보호를 받으니 특별히 칼을 쓸 일은 없을 것이지만 세상일은 어떻게 흘러갈지 알 수 없는 일이었다.

살란정殺爛情 혈후血后, 세 명의 신비객 중 한 명으로 돌아갈 때가 된 것이었다.

그로부터 반 시진 후 한 대의 마차가 소리 없이 풍우장의 후문을 빠져나갔다. 사심요수邪心妖手 윤무서의 모습으로 돌아간 윤 총관과 그의 제자로 이루어진 십팔위十八衛가 그 뒤를 따른 것은 물론이었다.

호조互助의 외곽에 세워진 청하객잔淸河客棧.

규모가 크지 않은 탓에 대규모의 상인이나 표국 사람들보다는 소수의 상인을 손님으로 받는 곳이다. 그런 곳에 궁귀를 포함한 다섯 명의 무림인이 찾아들었다. 당연히 그 소문은 하오문의 귀에 들어갔다.

"다른 사람의 정체는 아직도 알아내지 못했느냐?"

호피 의자에 앉아 짜증 섞인 음성으로 질문을 하는 사람은 손과 발은 물론이고 얼굴에도 칼자국이 수두룩했다. 너무 많은 상처로 인해 두려움보다는 역겨움이 이는 사람, 그가 바로 육합방이라는 하오문을 이끄는 사호문이다.

"지금 알아보는 중입니다."

비수기 꽂힌 전대를 허리에 찬 사내는 고개도 들시 못한 채 자그마한 음성으로 대답했다.

그런 그의 태도가 더욱 맘에 안 들었는지 사호문은 한껏 눈살을 찌푸렸다.

"잡아 오라는 것도 아니고 그냥 누구인지 알아보라는 건데도 아직이란 말이냐?"

"헛된 보고가 들어와서······."

"헛된 보고라니, 그게 무슨 말이냐?"

"두꺼비라는 놈이 두 사람은 진귀와 폭수도 같다는 말을

해서 말입니다. 그게 말이 됩니까. 궁귀 일행에 진귀와 폭수
도가……."
　"두꺼비를 데려와라."
　사호문은 싸늘한 음성으로 사내의 입을 막았다.
　"저, 그게……."
　"두꺼비를 데려오라고 했다."
　"명을 받듭니다."
　사내는 서둘러 고개를 숙였다. 더 이상 말을 했다가는 방주
의 손이 가슴을 파고들어 심장을 터트릴 것이기 때문이었다.

　그 시각 위지천은 철연을 만나고 있었다.
　"사마 소저와 설 노야 내외분께서는 사심요수 윤무서와
십팔위의 호위 아래 풍우원을 떠났어요."
　'역시 밀문이로군.'
　진강의 풍우원은 밀문에도 감춰진 장소였다. 그런데 수서
각의 윤 총관에게 보낸 편지 하나만 가지고 모든 것을 알아
냈다. 그것도 짧은 시간에 말이다. 참으로 감탄할 만한 정보
력이었다.
　철연의 말이 이어졌다.
　"그리고 사호문, 아니 음풍절수陰風絶手 각기원이죠. 아무
튼 그자의 수하들이 가주의 정체를 조사하고 있었어요. 아마
지금쯤이면 각기원도 대충은 알아차렸을 거예요."

“그럼 더 이상 이곳에 있을 필요가 없겠구려.”

“저기 가주님!”

몸을 일으키려던 위지천은 다시 의자에 앉았다.

“할 말이 있소?”

“소문주님께서 어디까지 생각하고 계시냐고 물어보라고 했어요.”

비록 방주가 사호문이라고 해도 육합방은 엄연히 하오문이었다. 그러니 밀문의 소문주인 우연으로서는 육합방의 멸문을 바라보고만 있을 수는 없었을 것이다.

“그 외에 다른 말은 없었소?”

“사호문, 아니 각기원이죠. 아무튼 육합방에 각기원의 수족은 두 명뿐이라고 했어요. 그래서 말씀인데요, 그 두 명만으로 만족하신다면 육합방도를 뒤로 물리는 것은 물론 두 명도 넘겨 드린다고 했어요.”

“그러니까 육합방은 이대로 남겨 달라. 뭐, 그런 말이구려.”

“헤헤헤, 맞아요. 그렇게 해 주실래요?”

위지천은 피식 웃었다.

“그렇게 합시다. 나도 쓸데없는 피는 보기 싫으니까 말이오.”

“알았어요. 그럼 일각 정도 후에 나오세요.”

철연은 서둘러 방을 나섰다.

그로부터 일각 후 방을 나서던 위지천은 반가운 사내를 볼 수 있었다. 혼례복을 걸친 사십 대 초반의 사내, 밀문의 두 가지 힘 중 하나인 야랑夜郞의 대주였다.

"그간 안녕하셨습니까?"

"아니, 야랑주께서 이곳까지 무슨 일이오?"

"소문주님의 지시입니다."

아무리 방주가 각기원이라고 해도 육합방은 그저 흔한 하오문 중의 하나였다. 그럼에도 야랑주를 보냈다는 것은 육합방이 걱정돼서가 아니라 토번국에 들어온 자신 때문일 것이었다.

야랑주를 보낸 우연의 행동이 고마우면서도 부담스러웠다. 하지만 어쩌겠는가. 야랑주는 이미 이곳에 도착해 있는 것을.

이런 생각을 하는 위지천의 표정에서 무언가를 읽은 것일까?

야랑주는 서둘러 입을 열었다.

"각기원의 수족이던 두 명은 이미 생포를 하였고 포룡각捕龍閣 또한 야랑들이 물샐틈없이 지키고 있습니다. 하지만 각기원은 그대로 놔두었습니다."

위지천은 고개를 끄덕였다.

"그는 내가 알아서 하겠소. 그리고 참, 이곳에서의 일은 밖으로 알려지지 않았으면 좋겠소."

"걱정 마십시오. 무림맹과 혈사련도 오늘 이곳에서 일어

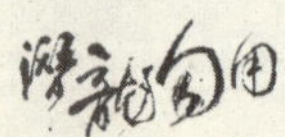

난 일은 알 수 없을 것입니다.”

“고맙소.”

“별말씀을 다 하십니다. 이제 가시겠습니까?”

“그럽시다.”

위지천은 아직 부상이 회복되지 않은 의동생들과 궁귀를 남겨 놓은 채 육정기만을 데리고 야랑주를 따르기 시작했다.

콰앙!

호피 의자가 산산이 부서졌다.

일각이 넘도록 두꺼비는 고사하고 데리러 간 사람까지 오지 않으니 각기원의 성질이 폭발한 것이다. 하지만 포룡각에 서 있는 두 사람은 입을 닫은 채 고개만 숙이고 있었다. 이런 때 섣불리 나섰다가는 이전의 몇몇 사람들처럼 시체로 변해 포룡각을 나갈 것이기 때문이었다.

“짝귀는 또 어디에 있느냐?”

두 사람은 살짝 고개를 돌려 서로를 쳐다보았다. 이런 때 는 대답을 하는 것이 좋은지 아니면 지금처럼 고개를 숙인 채 죽은 듯이 서 있는 게 좋은지 알 수가 없었던 것이다. 물 론 다른 사람이 대답해 주기를 바라는 마음도 그 속에 포함 되어 있었다.

두 사람은 나름대로 머리를 굴렸다고 생각하고 있을 것이 다. 하지만 그들의 행동은 각기원의 분노를 터트리게 만들뿐이었다.

"이 쌍놈의 새끼들이……."

퍽! 퍼벅!

순식간에 이 장의 거리를 날아온 각기원은 두 명의 사내를 두들겨 패기 시작했다. 내공이 실리지도 않았고 초식을 사용하지도 않았다. 그저 동네 왈패들처럼 무식하게 상대를 때렸다. 그러나 위지세가의 오대빈객이었던 각기원의 손이다. 어찌 동네 왈패들과 같겠는가.

"끄으윽!"

"살려 주십… 커헉!"

두 사내는 저항을 포기한 채 신음 소리만 토해 냈다. 막는다고 막을 수 있는 손도 아니지만, 혹시라도 막았다가는 곧바로 자신의 심장이 뽑히는 모습을 볼 수 있었기 때문이다. 지금 그들의 바람은 오직 하나, 누군가 와서 매질을 막아 주었으면 하는 것뿐이었다.

그런 그들의 소원이 하늘에 닿은 것일까!

덜컹!

문이 열리는 소리와 함께 세 명의 사내가 안으로 들어왔다.

"각기원!"

처음 들어 본 이름이다. 하지만 두 사람에게는 생명줄이었다. 금방이라도 두 사람을 죽일 것 같던 방주가 마치 번개라도 맞은 듯 뒤로 물러섰기 때문이다.

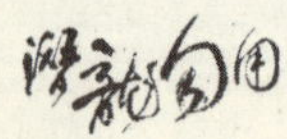

"진귀!"

두 사내는 방주의 입에서 흘러나온 이름을 듣고서야 자신들을 살려 준 사람이 누구인지 알 수 있었다. 검은 무복에 등 뒤로 언뜻 드러나 보이는 검은색 도, 소문으로 듣던 모습과 별로 다른 점이 없었다.

그가 왜 이곳에 왔는지, 어째서 방주를 각기원이라고 부르는지는 중요하지 않았다. 그저 잘하면 맞아 죽지 않을 수도 있겠다는 사실만이 중요했다. 그리고 그런 생각은 진귀 옆에 서 있는 붉은 무복의 사내로 인해 현실화되었다.

"나가라."

두 사람을 밖으로 내보낸 육정기는 방문을 막았다. 그러자 야랑주도 기다렸다는 듯 검을 뽑아 들고는 창문을 막아섰다.

"각, 기, 원."

한 자씩 천천히 불리는 이름에 각기원의 얼굴이 서서히 굳어졌다.

어쩌다 보니 벌레보다 못하다고 생각했던 하오문에 몸을 담게 되었지만 위지세가의 눈을 영원히 피할 수 있을 것이라는 기대는 하지 않았다. 그럼에도 놀란 것은 가주라는 사람이 혈사련과의 전쟁까지도 무시한 채 자신을 찾아올 줄은 몰랐기 때문이다.

"부모님을 죽인 이유가 무엇이냐?"

가슴이 시릴 정도로 차가운 음성. 어지간한 무인이라면 듣는 것만으로도 손발이 떨릴 정도였다. 그러나 각기원은 어지간한 무인이 아니었다.

"내가 그들을 죽였다는 증거라도 있나?"

"네놈의 헛소리를 들으려고 이곳에 온 것이 아니다. 그러니 순순히 대답하는 것이 좋을 것이다."

"크흐흐흐! 하긴 위대한 폭풍세가의 가주께서 그런 것도 알아보지 않고 이곳까지 올 리가 없겠지. 그래, 내가 그들을 죽였다. 그런데 내가 왜 그 이유까지 말해 주어야 하지?"

어느새 평상시의 표정으로 돌아간 각기원의 말투는 위지천을 격동시키기에 충분했다.

"대답하게 해 주지."

쓰으윽!

두 눈 가득 분노의 불길을 담은 위지천은 천천히 두 손을 들어 올렸다.

파르르륵!

잠자고 있던 붉은 용이 눈을 떴다. 주변의 대기와 완벽한 동화를 이룬 무극혈룡지기는 중단전과 하단전을 돌아다니며 온몸에 힘을 실어 주었다.

"처음은 오른팔, 두 번째는 왼팔, 세 번째는 오른쪽 다리, 네 번째는 왼쪽 다리를 부러트려 주마. 그리고 그다음에는 오른손부터 손목, 팔꿈치, 어깨를 순서대로 잘라 주지. 그러니 사지가 전부 잘려 나갈 때까지는 제발 아무 말도 하지 마라."

뚜벅뚜벅!

천천히 걸음을 옮기는 위지천을 중심으로 붉은 기운이 화염처럼 넘실거리기 시작했다.

"자, 잠깐!"

뒤로 물러서는 각기원의 입에서 다급한 목소리가 흘러나왔다. 하지만 이미 배는 떠난 다음이었다.

피빗!

미끄러지듯 앞으로 나아가며 각기원과의 거리를 지워 버린 위지천은 왼손을 앞으로 뻗었다. 그리 빠르지 않은 손속이다. 게다가 미리 말한 대로 오른팔을 노리는 동작이다.

각기원의 눈이 반짝였다.

붉은 기운을 넘실대며 다가올 때만 해도 끝장이라는 생각을 했다. 하지만 이런 정도의 공격이라면 충분히 상대할 자신이 있었다. 칠귀를 누른다는 진귀라는 이름조차 조작되었다는 생각이 들었다.

'호랑이인 줄 알았더니 위지세가의 이름을 등에 업은 고양이에 불과했군.'

강호도 사람의 일인지라 가끔 소문이 과장되는 경우가 있다. 하지만 이렇게까지 과장되는 경우는 특정 세력이 투입되어 한 사람의 이름을 키웠을 경우에만 가능한 일이었다. 각기원은, 진귀라는 이름이 위지세가에 의해 만들어진 것이라 믿었다.

그러나 그는 위지천을 몰라도 너무 몰랐다. 만약 알았다면 그런 생각을 하지도 않았을 것이지만 말이다.

스르륵!

뒤로 물러나던 각기원의 발이 좌로 움직이는가 싶더니 오른팔이 앞으로 나오며 위지천의 팔을 타고 올라갔다. 자신감을 얻어서인지 그의 손은 폭포를 타고 오르는 잉어처럼 활기차면서도 힘이 넘쳤다.

음풍절수陰風絕手, 음공陰功과 금나술擒拏術이 뛰어나기에 얻은 별호다. 한번 잡히면 빠져나갈 수 없고 한 대만 때릴 수 있다면 승리를 장담할 수 있는 자신에게 팔을 내주었다는 것은 그의 목숨이 자신의 것이라는 뜻이었다.

씨이익!

각기원의 입가에 진한 미소가 떠오르는 것과 때를 같이해 뱀의 머리처럼 움직이던 그의 손이 호조虎爪로 바뀌며 위지천의 어깨를 움켜쥐었다.

꽈악!

"크하하하! 너 따위가 진귀라니 세상이 웃을 일이다."

각기원은 의기양양하게 주위를 둘러보았다. 그런데 야랑주는 물론이고 문을 가로막은 놈까지 표정 변화가 없었다.

'이거 혹시…….'

각기원은 문득 자신이 잡은 진귀가 가짜일지도 모른다는 생각이 들었다. 그러고 보니 밀문이 위험할 때만 나타난다는

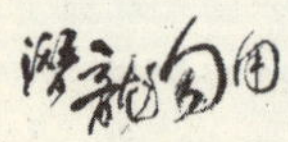

야랑주가 이곳에 온 것도 이상했다.

각기원은 위지천을 노려보았다.

"네놈은 누구냐?"

그때였다. 전혀 움직일 수 없을 것 같았던 위지천의 왼팔이 안쪽으로 비틀리며 각기원의 오른팔을 반대편으로 꺾었다.

우두둑!

각기원은 너무나도 어이없는 상황에 팔이 부러진 통증조차 느끼지 못했다.

위지천은 거골혈巨骨穴이 제압당한 상태였다. 삼십 년이 넘게 고련한 무공이니 실수할 리도 없었다. 그렇다면 위지천은 왼팔은 물론이고 상반신 전체가 마비되어야만 했다. 그런데 그런 팔을 아무렇지도 않게 움직이다니…….

조금 전 위지천의 팔에서는 어떠한 내공 흐름도 느껴지지 않았다. 혈도를 움직이는 이혈공移穴功 따위가 아니라는 뜻이었다. 그렇다면 남은 것은 한 가지뿐이었다.

"무혈지체無穴之體!"

각기원의 두 눈이 더 이상 커질 수 없을 만큼 커졌다.

무공을 익힌 흔적조차 없어져 평범한 사람처럼 보인다는 반박귀진返撲歸眞의 경지에 올라야지만 이룰 수 있다는 꿈의 신체.

혈을 감추거나 이동시키는 것이 아니라 진짜로 사라져 점혈은 고사하고 사혈을 누르는 것조차 불가능한 사람이 그의 눈앞에 서 있었다.

"끄응!"

각기원은 부러진 오른팔의 통증을 이제야 느낄 수 있었다. 그러나 그것은 시작에 불과했다.

쁘드드득!

언제 잡혔는지도 모르는 왼팔을 시작으로 오른쪽 다리와 왼쪽 다리가 산산이 부서졌다. 가볍게 털듯 움직인 손과 슬쩍 앞으로 뻗은 두 번의 발길질에 말이다. 부서진 뼈가 사지를 뚫고 나온 그의 모습은 야랑주조차 고개를 돌리게 만들 정도로 참혹했다.

"끄아아아악!"

위지천은 바닥에 엎드린 채 비명 소리만 토해 내는 각기원을 보며 천천히 비수를 뽑아 들었다.

"이제 약속대로 네놈의 사지를 순서대로 잘라 주마."

"다 말하겠소."

"말하지 마라."

"말하겠단 말이오."

"말하지 말라고 했다."

거듭 각기원의 말을 막은 위지천은 이미 피로 흥건해진 바닥에 쪼그리고 앉았다. 한 치도 흐트러짐 없는 자세다. 위지천은 진짜로 자신의 말을 실천에 옮기려는 생각인 것이다.

"정난사태 때문이었습니다!"

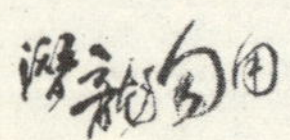

엄청나게 큰 음성이 각기원의 입에서 터져 나왔다.

위지천의 손이 움찔거렸다. 정난사태는 각기원의 입에서 흘러나올 이름이 아니었기 때문이다.

각기원은 그런 위지천의 태도에서 의외의 가능성을 발견했는지 더욱 큰 소리로 말을 이어 나갔다.

"위지 가주, 아니 위지대운이란 놈과 정난사태가 만나는 것을 소주모께서 발견한 것이 원인이었습니다. 둘 사이가 어느 정도인지는 모릅니다. 다만 꽤 오래된 인연이라는 것 정도만 알고 있습니다."

"그것이 전부냐?"

"예. 제가 아는 것은 그것이 전부입니다."

"원사후는 어떠하냐?"

"그도 제가 아는 것 이상은 알지 못할 것입니다."

위지천은 천천히 몸을 일으켰다.

"제발……."

각기원은 애처로운 눈빛으로 편안한 죽음을 갈구했다.

꽈아악!

위지천의 손에 힘이 들어갔다.

살을 발라내고 사지를 자른다고 해도 원한이 풀리지 않을 자였다. 하지만 그런다고 마음이 편해지는 것은 아니었다. 물론 살려 줄 수 있는 자도 아니었다.

퍼억!

위지천의 손을 떠난 비수가 각기원의 이마에 꽂혔다.

"나머지는 밀문의 법대로 처리해 주시오."

"처리가 서운하지는 않으실 것입니다."

야랑주의 대답에 고개를 끄덕인 위지천은 가벼운 손짓으로 비수를 회수하고는 곧바로 몸을 돌렸다.

끼이익!

육정기의 손이 방문을 활짝 열었다. 어두운 밤을 비추기에 더욱 가치가 있는 달빛이 새색시의 마음처럼 조심스럽게 방문을 넘어 안으로 들어왔다.

구름도 넘지 못하는 산등성이를 따라 이동한 지 열흘.

위지천 일행은 황금색 비탈과 크고 작은 비취색 폭포를 넘어 숲의 그림자에 얼굴을 가린 작은 호수들과 깊은 계곡에 갇힌 수많은 연못들이 마치 옥구슬을 꿰어 놓은 듯 연속되는 곳에 도착했다.

궁귀가 있으니 길을 잃지는 않았겠지만, 야랑 중의 한 명인 섭천의 안내가 없었다면 상당히 어렵게 찾아왔을 정도로 원시림이 계속되는 험한 산길이었다.

"오늘은 이곳에서 쉬고 내일 새벽에 출발하겠습니다!"

작은 키의 사내가 큰 소리로 말했다. 이곳까지 길을 안내한 섭천이었다.

"내일부터는 우리끼리 가겠소. 그러니 오늘은 이곳에서

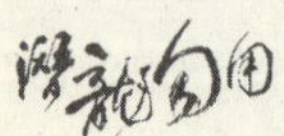

우리와 같이 쉬고 내일 돌아가시오.”

“송반까지 모시겠습니다.”

위지천은 고개를 가로저었다. 어쩔 수 없이 도움을 받기는
했지만 더 이상은 자신의 일이 밀문에 알려지는 것이 달갑지
않았다.

“아니, 되었소. 우리끼리 가겠소.”

“알겠습니다. 그럼 이곳의 위치와 송반으로 가는 길만 가
르쳐 드리겠습니다.”

“그렇게 하시오.”

“이곳은 구채구九寨溝의 초입입니다. 구채구란 이름은 아
홉 개의 토번족이 살고 있어서 붙여진 것이지만, 현재 이곳
에 살고 있는 사람들은 토번국 사람들과 달리 그리 위험하지
않으니 그 때문에 신경 쓰실 일은 거의 없을 것입니다.”

위지천은 고개를 끄덕였다.

섭천의 말이 이어졌다.

“송반은 북동쪽에 위치하고 있습니다. 거리는 이틀 정도
이고요. 다만 숲으로 덮여 있어서 자칫 잘못하면 길을 잃을
위험이 있습니다. 그러니 혹시라도 길을 잃었다 생각되시면
무조건 북쪽으로 가십시오. 그럼 길을 발견할 수 있을 것입
니다.”

“알겠소. 그동안 고마웠소.”

“당연히 해야 할 일이었습니다. 그럼 저는 이만.”

가볍게 고개를 숙인 섭천은 곧바로 숲을 향해 걸음을 옮겼다. 한 시진 후면 어둠이 내려앉을 것이지만 그의 행동에는 거침이 없었다.

아무리 길을 잘 안다고 해도 밤의 산길은 위험하다. 게다가 이곳까지 오는 동안 가지고 있던 음식도 거의 바닥났다. 그럼에도 스스럼없이 산으로 들어간다는 것은 무언가 믿을 것이 있다는 뜻이었다.

설레설레!

위지천은 고개를 가로저었다.

'여기까지 따라왔군.'

위지천은 야랑주가 계속해서 자신을 따르고 있음을 확신했다. 그렇지만 별다른 방법이 없었다. 자신을 도와주기 위해 따라온 자들을 무작정 돌아가라고 할 수도 없는 일이었기 때문이다.

'잘 알아서 하겠지.'

야랑주 정도 되는 사람이라면 나서야 할 곳과 나서지 않아야 할 곳 정도는 충분히 가릴 수 있을 것이다. 그리고 초 원주와 합류하면 알아서 물러날 것이다. 만약 그때도 물러나지 않으면 직접 말해야겠지만 말이다.

위지천이 이런 생각을 하는 사이 일행은 궁귀의 지휘 아래 노숙을 준비했다. 가죽옷을 걸친 채 연방 큰 소리로 뭔가를 지시하는 궁귀를 바라보는 위지천의 입가에 미소가 떠올랐다.

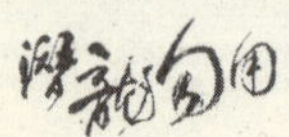

'송반에 도착하면 제일 먼저 옷부터 사 드려야겠군.'

옷차림만으로도 누구인지 바로 알게 되는 그이고 보면, 남들에게는 별로 급하지 않은 일이 그에게는 매우 시급한 일이었다.

"나는 동쪽으로 갈 테니 육 대협은 서쪽으로 가시구려. 누가 큰 놈을 잡아 오는지 내기합시다."

"제가 어찌 염 대협의 실력을 따를 수 있겠습니까. 벌주는 그냥 제가 마시겠습니다."

"그럼 내가 손해 아니오. 나도 술을 좋아한다오."

"하하하! 그러십니까? 그럼 제가 오늘은 무슨 수를 써서라도 큰 놈을 잡아 와야겠군요."

"맞소. 그 덕분에 나도 벌주 좀 마셔 봅시다."

"하하하하! 알겠습니다. 오늘은 제가 꼭 큰 놈을 잡아 오겠습니다."

"부탁하겠소. 허허허!"

웃음을 잃어버리고 살던 두 사람이 어느 순간부터 급속도로 가까워졌다. 어떤 때는 이제야 만난 것을 후회하는 것처럼 보일 정도였다. 가족이 없는 두 사람의 웃음, 위지천에게는 참으로 고마운 일이었다.

커다란 산돼지가 구수한 냄새를 풍기며 익어 가는 모닥불가에 일행이 모여 있다. 노숙치고는 제법 많은 음식이 차려진 것으로 보아 궁귀가 또다시 솜씨를 부렸음을 알 수 있었다.

"쩝쩝. 역시 염 노사의 솜씨는 일품이십니다."

연방 고기를 잘라 입에 집어넣는 도치의 말에 철연이 피식 웃었다. 그러나 도치의 말을 반박하지는 않았다. 그의 말대로 궁귀의 음식 솜씨는 최고였기 때문이다.

"너도 나만큼 노숙을 하면 자연히 터득하게 될 것이다."

"그냥 가르쳐 주시면 안 되겠습니까?"

"그럴 생각 없다."

"그게 무슨 큰 벼슬이라고……."

"뭐라고, 이놈아!"

"아, 아닙니다."

혹시나 저번처럼 다시 고기를 못 먹게 할까 봐서인지 도치는 연방 두 손을 내저었다. 하지만 입을 완전히 닫은 것은 아니었다.

"어떻게 노인네가 나보다 귀가 밝아."

옆 사람도 알아듣지 못할 정도로 아주 조그맣게 중얼거리는 도치다.

어둠이 조금씩 짙어 가는 시간.

주변 정리를 모두 끝낸 구사우가 위지천의 곁으로 다가왔다.

"대형, 여쭤 볼 것이 있습니다."

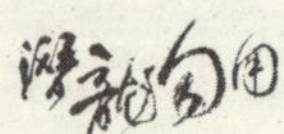

“그래, 무엇이냐?”

“저번에 가르쳐 준 전중혈에 대해서 좀 더 자세히 알고 싶습니다.”

위지천이 빙긋이 웃었다.

“전중혈이 이상하더냐?”

“예. 며칠 전부터 운기를 할 때마다 전중혈이 떨립니다. 분명 기존 혈도에는 없는 것인데도 진기를 움직일 때마다 같이 움직이는 것이 아주 묘한 느낌이었습니다.”

위지천의 미소가 더욱 진해졌다.

“어느 정도냐? 겨울바람에 흔들리는 문풍지와 같은 느낌이냐, 아니면 여름 폭풍을 맞은 고목 같은 느낌이냐?”

“딱 잘라서 말할 수는 없지만 두 가지 중 하나를 고르라면 고목 쪽에 가깝습니다.”

위지천은 만족스러운 표정으로 고개를 끄덕였다.

“이제 전중혈에 대해 자세히 알려 줄 때가 되었구나. 우선 그 전에 너에게 일어난 일은 매우 좋은 일이라는 것을 먼저 말해 주마.”

구사우의 표정이 환하게 밝아졌다. 사실 겉으로 드러내지 않아서 그렇지, 그동안 전중혈 때문에 마음고생이 심했던 그로서는 그 이상 좋은 말이 없었다.

그런 구사우를 보며 위지천은 차분하게 말을 이어 나갔다.

“전중혈의 기본은 저번에 알려 주었으니 이번에는 전중혈

의 근본에 대해 가르쳐 주마. 전중혈은 상기해, 원견이라고
도 불리는 것으로 삼궁三宮 중 중궁中宮에 해당하는 강궁絳宮
이다.”

구사우의 눈이 커졌다.

“전중혈이 중단전이라는 말씀이십니까?”

“그렇다. 지금 너에게 일어난 일은 중단전이 열리려는 것
이다. 그리고 네 말을 들으니 늦어도 하루 이틀이면 중단전
이 열릴 것 같구나.”

“대형!”

토닥토닥!

위지천은 격정에 찬 구사우의 어깨를 가볍게 두드렸다.

“그동안 고생이 많았다. 하지만 아직도 갈 길이 멀다. 중단
전을 연다고 해도 대파심결을 완성한 것은 아니니까 말이다.”

“명심하겠습니다.”

“그런 마음이면 되었다.”

위지천은 시선을 하늘로 돌리며 나직하게 중얼거리기 시
작했다.

“움직임은 움직이지 않는 데서 나타나고, 기운은 뜻이 없
는 곳에서도 일어나나니… 정精이 곧 기氣요, 기氣가 곧 정精
이라.”

구사우가 눈을 감은 채 그 자리에 주저앉았다. 언뜻 듣기
에도 위지천의 말에서 현기가 느껴졌기 때문이다.

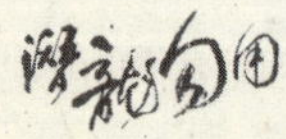

위지천의 말은 계속 이어졌다.

"움직이지 않으면 기운이 잦아들고, 기운이 잦아들면 만물萬物이 살아난다. 기氣는 기氣로써 지키고, 물物은 물物로써 의지하나니, 모든 것은 본래의 뿌리로 돌아간다. 이를 곧 유동지동有動之動이라 하나니……."

구사우의 숨소리가 점차 잦아들더니 어느 순간 깊숙이 가라앉았다. 그와 때를 같이해 위지천의 강론도 멈추었다.

"아무래도 한 이틀은 이곳에 더 머물러야겠소."

"명을 따릅니다."

어느새 위지천의 곁으로 다가온 육정기가 가볍게 고개를 숙였다.

송반의 중심 거리!

쓱쓱!

궁귀가 걸음을 걸으면서도 계속해서 옷을 만지고 있었다. 하긴 이십 년이 넘도록 짐승 가죽만 걸치고 살았으니 어색하기도 할 것이다.

"그만 좀 만지십시오. 그러다 오늘이 가기도 전에 다 닳아 없어지겠습니다."

"이놈이……!"

도치가 고개를 쑥 집어넣더니 이내 철연에게로 고개를 돌리며 딴청을 부리기 시작했다.

“하여튼 저놈은…….”

궁귀는 고개를 설레설레 내저었다. 하지만 얼굴에 노한 기색이 없는 것으로 보아 도치의 수작이 그리 싫지만은 않은 모양이었다.

그때였다. 머리가 하얗게 센 촌부가 철연을 향해 다가가더니 무언가를 손에 쥐여 주고는 이내 사람들 사이로 사라졌다. 일반 사람들은 절대 알아차리지 못할 은밀한 행동이었다. 하지만 위지천 일행은 일반 사람이 아니었다.

“저를 따라오세요.”

손바닥을 힐끗 본 철연의 말에 다섯 명의 사내는 묵묵히 철연을 뒤따랐다. 그리고 잠시 후 위지천은 사연장思燕莊이라는 자그마한 장원에서 야랑주를 만났다.

“그만 돌아가라고 했거늘…….”

“죄송합니다.”

“아니오. 모두 나를 도와주려고 하는 일인데 내 어찌 랑주와 우연 소저를 나무라겠소. 그나저나 우리를 이곳으로 부른 까닭이 있을 것 같은데.”

“예, 있습니다.”

“혹시 원사후 때문이오?”

칠보탈명七寶奪命 원사후에 대한 것은 철연도 알고 있는 사실이니, 밀문에서도 그의 움직임을 주시하고 있을 거라 생각해서 한 질문이었다. 그리고 그 예측은 적중했다.

"예. 그런데 그게 좀 이상합니다."

"무엇이 이상하단 말이오?"

"원사후가 수연표국에 있습니다."

"잡혀갔단 말이오?"

"잡혀간 것인지 스스로 걸어간 것인지는 잘 모르겠습니다. 우리도 알아차릴 수 없을 만큼 은밀하게 움직였으니까요. 다만 원사후가 수연표국에 있는 것만은 확실합니다."

위지천의 눈이 차분하게 가라앉았다.

원사후는 위지세가의 오대빈객 중 한 명이다. 비록 몰락했을 때 끌어들인 인물이기는 하지만 빈객은 아무에게나 붙이는 이름이 아니었다. 그런 자가 어떤 식으로든 표국에 있다는 것은 우습게 볼 일이 아니었다.

야랑주의 말이 이어졌다.

"게다가 더욱 이상한 점은 며칠 전부터 제갈세가와 사마세가의 사람들이 수연표국으로 모이고 있다는 것입니다. 그것도 표두와 표사로 위장해서 말입니다."

"제갈세가와 사마세가의 사람들이 말이오?"

"그렇습니다. 그리고 또 하나, 혈사련에서 수연표국을 감시하고 있습니다. 대부분은 은밀히 움직이는 자들이지만, 가끔 살귀라고 불리는 혈검대도 눈에 띄는 것으로 보아 단순한 경계는 아닌 것 같습니다."

위지천은 고개를 끄덕였다. 혈검대까지 동원했다면 절대

단순한 일일 수가 없었다.

"그나저나 수연표국은 대체 어떤 곳이오?"

"중원 오대표국의 하나로 금당에 위치하고 있으며 제갈포 유의 여동생인 제갈유려가 시집간 곳입니다. 제비 문양을 표기로 삼고 있으며, 국주는 사천에서 다섯 손가락에 든다는 십방도객十方刀客 풍조상이고, 소국주는 섬전일검閃電一劍 풍도진인데 그가 바로 제갈유려의 남편입니다."

"섬전일검이라 불리는 것을 보니 섬전검을 익혔나 보구려."

"그렇습니다. 그가 어떻게 해서 가전 무공 대신 오대쾌검에 들어가는 섬전검을 익히게 되었는지는 알려지지 않았습니다. 다만 알려진 것이라고는 십흉十兇 중의 하나인 흡혈귀마吸血鬼魔가 그의 손에 죽었다는 것뿐입니다."

"비밀이 많은 자이구려?"

"비밀이 많다기보다는 외부 활동을 거의 안 하는 자라고 보는 편이 더욱 정확할 것입니다. 그는 특별한 일이 아니고서는 표국을 떠나지 않으니까요."

"표국을 떠난 일이 없는데 섬전검을 익혔다. 그렇다면 답은 한 가지뿐이구려. 어떻게 얻었는지는 모르지만 풍도진은 섬전검의 비급을 얻었고, 그것을 상당한 수준까지 익혔소. 아마 모르긴 몰라도 최소한 팔 성은 넘겼을 것이오."

"팔 성의 섬전검만으로 흡혈귀마를 죽일 수 있다는 말씀이십니까?"

"충분하오. 섬전검은 그만큼 위험한 검법이니 말이오. 그리고 또 하나 알 수 있는 것은 수연표국에 섬전검을 가르칠 만한 사람이 있다는 것이오. 섬전검은 절대 혼자 배울 수 있는 무공이 아니오."

"가주님의 말씀을 듣고 보니 떠오르는 사람이 한 명 있습니다."

"누구요?"

"절정검絕情劍 탁진기입니다."

"처음 듣는 이름이구려."

"그러실 것입니다. 사람이 없는 곳에서만 검을 뽑고, 뽑았다 하면 절대 살려 두지 않는 자이니까요. 저희들도 우연히 그가 싸우는 장면을 목격하지 못했다면 몰랐을 이름입니다. 아무튼 그자라면 충분히 섬전검을 가르칠 수 있을 것입니다."

"꽤 사나운가 보구려."

"사납기도 하지만 매우 빠르다고 합니다. 보았던 사람의 말로는 순식간에 네 명의 목을 베었다고 하니까요."

"비급이 아니라 그가 직접 가르쳤는지도 모르겠군."

"예?"

"아니오. 그냥 혼잣말이었소. 그건 그렇고 그는 수연표국 사람이오?"

"아닙니다. 제갈유려가 시집올 때 데려온 호위무사들의 수장인데 냉혹하기가 말로 표현할 수 없을 정도입니다. 그가 곁에 서 있기만 해도 서리가 내린다고 할 정도니까요.”

　‘호위무사 수장의 실력이 그 정도라. 제갈포유, 대체 무슨 생각이냐?’

　위지천은 두 손을 앞으로 모으며 의자 깊숙이 몸을 집어넣었다.

　‘제갈포유, 사마궁, 단수기.’

　달갑지 않은 자들의 수하들이 한곳으로 모이고 있었다. 그것도 상당한 실력을 갖춘 자들이 말이다. 그런데 문제는 밀문에서조차 왜 그런지 모른다는 것이었다.

　위지천은 추론할 수 있는 것들을 하나씩 짚어 나가기 시작했다.

　‘단수기와 제갈포유가 나의 진로를 알 수 있었을까?’

　생각해 볼 것도 없었다. 혈사련과 무림맹의 정보력이라면 그 정도는 충분히 가능한 일이었다.

　‘그렇다면 그들이 나와 원사후의 관계를 알고 있었을까?’

　대답은 ‘알 수 있을 것이다’였다. 모든 것을 알지는 못하겠지만 최소한 오대빈객 중 네 명이 자신의 손에 죽었고 원사후가 마지막 남은 사람이라는 것 정도는 알아낼 수 있었을 것이다. 다만 문제는 왜 원사후를 데려갔는가 하는 것이었다.

　‘나를 노리고?’

　위지천은 고개를 가로저었다. 단수기라면 모르지만 제갈포유로서는 실행하기 어려운 일이었다.

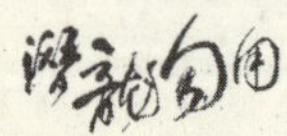

지금 무림맹과 위지세가는 힘을 합쳐 혈사련을 치고 있는 중이었다. 그런데 그런 동맹 관계에 있는 가문의 가주를 무림맹의 군사가 공격한다는 것은 상식적으로 생각할 수 없는 일이었다.

그런 짓이 밝혀질 경우 제갈포유는 물론이고 제갈세가 또한 무림의 공적이 될 것이다.

'그럼 대체 무엇 때문이지?'

위지천은 답답하기 그지없었다. 제갈포유의 지시에 따라 일어난 일이 아니라면 수연표국과 관련된 일이라는 것인데, 그런 경우 무작정 원사후를 내놓으라고 할 수는 없는 일이었다.

'그런데 왜 은밀하게 움직인 거지? 그것도 사마세가와 함께.'

위지천은 제갈포유의 얼굴을 떠올렸다. 여우의 심성과 적의에 찬 눈빛, 분명 적을 대하는 자의 표정이었다. 하지만 이미 그 생각은 이치상으로 맞지 않다고 결론을 내린 상태였다. 그런데 문득 한 가지 생각이 위지천의 뇌리를 스치고 지나갔다.

'아무도 모르게 나를 죽일 수 있다고 생각한다면 어떻게 될까? 그때도 나를 노리지 않을까?'

위지천의 눈이 반짝였다.

그런 오판을 하고 있다면 제갈포유는 충분히 자신을 노릴 만했다. 지금 같은 시기에 자신이 원인 모르게 죽음 당한다면 혈사련의 짓으로 판명 날 가능성이 높기 때문이다.

'만약 그런 생각을 하고 있다면 어떤 방법으로 나를 노릴까?'

가장 먼저 떠오르는 것은 원사후를 미끼로 사용하는 것이었다. 그런 경우 원사후가 있는 곳은 어떻게든 자신의 귀에 들어올 것이다. 그것도 은밀한 장소로 말이다.

다음으로 생각나는 것은 수연표국으로 가는 길에 자신을 노리는 것이었다. 지금까지 온 길로 보아 금당金堂으로 가는 길 또한 쉽지 않을 것이다. 그렇다면 자신을 노릴 만한 장소 또한 여러 군데가 된다는 뜻이었다.

이것은 제갈포유뿐만 아니라 단수기에게도 해당되는 장소였다. 수연표국에 쳐들어가 원사후를 확보할 수 없는 단수기로서는 이 길만이 유일하게 자신을 노릴 수 있는 곳이었다.

마지막으로 예상되는 곳은 수연표국 내에서 도모하는 경우였다. 자신을 수연표국으로 부르고 제갈세가와 사마세가의 사람들 그리고 수연표국의 표사들까지 동원해 자신을 공격할 수 있었다. 제일 위험 부담이 많은 일이지만 승리를 자신한다면 못 할 일도 아니었다.

'결국 원사후에 대한 소식에 귀를 기울이며 조심해서 움직이고, 수연표국에 도착할 때까지 아무런 소식도 없으면 수연표국에서의 일을 대비하면 되는 것인가.'

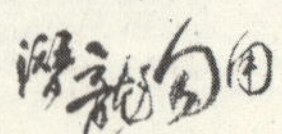

위지천은 몸을 곧추세웠다. 결정이 내려진 이상 우물쭈물할 필요가 없었다.

"금당까지의 지도를 준비해 주시오. 자세한 것일수록 좋소. 그리고 금당까지 가는 동안 주변 상황에 대한 정보가 필요하오."

"지도는 바로 갖다 드리라고 하겠습니다. 그리고 주변에 대한 정보는 저희가 직접 챙겨 드리겠습니다."

"고맙소."

"밀문의 은인이신데 이 정도야 당연한 것이지요. 그럼 저는 이만."

야랑주가 떠나고 난 방에 홀로 남은 위지천의 눈이 조금씩 붉어지고 있었다.

'피를 원한다면… 좋다. 보기 싫을 만큼의 피를 보게 해 주지.'

피리링! 퍼억!

가슴에 꽂힌 화살을 멍하니 바라보던 사내가 피를 토하며 뒤로 넘어갔다.

"이거 벌써 몇 명째야?"

"마흔세 명입니다."

"너는 그런 것도 세냐?"

"당연한 것 아닙니까. 노사께서 잡은 간세의 숫자가 저보다 셋이나 많으니 말입니다.”

“그러니까 나보다 적게 잡아서 세고 있었다, 이 말이구나.”

“그렇지요.”

“허허! 하여튼 네놈은……”

궁귀와 도치의 시끌벅적한 대화 속에서도 위지천은 묵묵히 정면을 바라보고 있었다.

송반을 떠나온 지 이게 겨우 이틀, 그럼에도 다가오는 자들의 숫자는 점점 늘어 어느덧 정리된 숫자만 마흔이 넘었다. 그러나 아직도 닷새는 더 가야 하는 길이었다. 얼마나 많은 숫자를 정리해야 할지 짐작도 하기 어려웠다.

‘그나저나 도망갈 수 없다고 느끼기만 하면 바로 자진해 버리니……’

위지천의 고민이 바로 이것이었다. 가까이 다가가기만 하면 자진해 버리니 점혈은 고사하고 정체도 알아낼 수가 없던 것이다. 물론 짚이는 곳은 있었다. 순식간에 죽을 수 있는 독을 가지고 있고, 은신술을 익힌 자들을 이 정도로 동원할 수 있는 곳은 혈사련뿐이었다.

그럼에도 위지천은 확신할 수가 없었다. 사마세가에서 자신이 복원한 무공 중에도 은신술이 있었고, 제갈세가 또한 섬전검을 살려 낼 정도라면 은신술 몇 개 정도는 가지고 있을 것이기 때문이었다. 그리고 그들이라면 자진하는 독 정도는 어렵지 않게 구할 수 있었다.

"조금만 옆으로 가면 쉴 만한 곳이 나오는데, 오늘은 그곳에서 쉬는 것이 어떠한가?"

해도 떨어지지 않은 시간, 거기다 북천北川까지는 천천히 걷는다고 해도 반 시진이면 도착할 수 있는 거리다. 그럼에도 궁귀는 노숙을 말하고 있었다. 끊임없이 모여드는 자들로 인해 혹시라도 일반인을 죽일까 걱정하는 것이 한눈에 보였다.

위지천은 꼬리에 꼬리를 무는 생각을 잠시 접고는 궁귀를 쳐다보며 고개를 끄덕였다.

"그렇게 하시지요."

"알았네. 그럼 우리 먼저 가서 준비해 놓을 테니 천천히 오시게."

도치와 철연, 구사우를 거느린 궁귀는 곧바로 길을 벗어나 산을 오르기 시작했다.

잠시 후 그들이 모두 사라지자 위지천의 시선이 육정기에게로 돌아갔다.

"야랑주를 만나야겠소."

"철연 소저를 불러올……."

위지천은 고개를 저었다.

"그냥 우리끼리 갑시다. 북천까지만 가면 랑주가 알아서 찾아올 것이니 말이오. 간 김에 세상 소식도 좀 듣고 옵시다."

"모시겠습니다."

타악!

한쪽 발을 구르는 것만으로 공중으로 치솟아 오른 육정기의 신형이 미끄러지듯 앞으로 나아가기 시작했다.

"젠장."

아삼은 요즘 불만이 많다. 손님이 평소보다 배는 늘었는데도 주인은 여전히 사람을 구하지 않고, 주방장도 자신을 불러 일만 시키지 주방으로 불러들일 생각을 하지 않았다. 점소이 생활만 육 년, 이제 떳떳이 주방에 들어가 음식을 배울 시기가 되었음에도 말이다.

아삼은 문을 닦던 손을 멈추고 위를 쳐다보았다.

초하루草河樓

북천 최고임을 알리는 붉은색 간판이 눈에 들어왔다. 처음 이곳에 들어왔을 때는 저 간판만 보아도 좋았다. 그런데 지금은 쳐다보기조차 싫었다.

"젠장."

아삼의 입에서 또다시 불평의 소리가 흘러나왔다.

"비켜라."

아삼은 등 뒤에서 들려온 목소리에 소름이 돋았다. 수많은 사람들, 거기다 무림인까지 상당수 상대해 본 그지만 지금처럼 차가운 목소리는 들어 본 적이 없었다.

후다닥!

아삼은 서둘러 옆으로 비켜섰다. 굳이 경험을 들먹거리지 않아도 이런 목소리를 가진 사람은 위험했다.

"어서 오십시오."

아삼은 허리를 깊숙이 굽힌 채 최대한 공손하게 말했다. 이 순간 그는 이렇게 허리를 심하게 굽힌 것이 이 년 만이라는 사실조차 까마득히 잊어버리고 있었다.

뚜벅뚜벅!

육정기를 따라 주루에 들어선 위지천은 천천히 주위를 둘러보았다.

대부분은 일반인이나 상인이다. 하지만 제비 문양이 새겨진 무복의 사내도 그리 어렵지 않게 볼 수 있었다. 사천에서 수연표국이 차지하는 위치가 어느 정도인지 한눈에 알 수 있는 광경이었다.

"이층으로 오르시지요."

맑은 음성과 함께 제법 인심 좋게 생긴 중년인이 웃으면서 다가왔다. 부지런히 좌우로 움직이는 점소이들과는 확연히 구별되는 옷차림을 하고서 의젓하게 말문을 연 것으로 보아 최소한 총관이거나 아니면 주인일 것이다.

"안내하시오."

육정기의 차가운 음성은 점소이에 이어 중년인의 얼굴까

지도 굳게 만들었다. 하지만 오랜 세월 수많은 사람을 상대한 자의 노련미는 예상을 뛰어넘었다.

"제가 모시겠습니다."

어느새 미소를 회복한 중년인은 조금도 거리낌 없이 위지천과 육정기를 이층의 창가로 안내했다. 무공을 익히지 않은 자라는 것이 의심스러울 정도로 자연스러운 태도였다.

"저희 집은 유구한……."

"소흥주 있소?"

자리에 앉자마자 무자비하게 상대의 말을 잘라 버리는 육정기의 태도는 위지천까지도 무안할 정도였다. 그럼에도 중년인은 여전히 미소 띤 얼굴로 공손히 대답했다.

"예, 있습니다."

"그럼 그것 두 병과 안주 될 만한 것 아무거나 하나 가져다주시오."

"알겠습니다. 바로 준비해 드리겠습니다."

공손히 머리를 숙인 중년인은 곧바로 몸을 돌려 계단을 내려갔다.

"평범한 자가 아니구려."

"독절수사毒絶修士를 평범하다고 할 수는 없지요. 저런 자하고는 오래 이야기를 나누지 않는 것이 현명하지요."

'저자가…….'

위지천의 눈이 반짝였다.

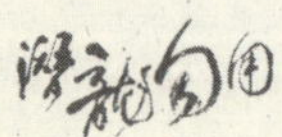

　　신체의 결함으로 인해 내공을 익히지는 못했지만 용독술만큼은 사천당가의 장로에 버금간다는 자다. 그런데 그런 자가 이처럼 외진 곳에 있을 줄은 몰랐다.

　　'사람 사는 곳이 모두 강호라고 하더니… 참으로 요지경 속이군.'

　　위지천은 강호의 위험성에 고개를 내저었다.

　　그런 위지천을 보며 육정기의 음성이 이어졌다.

　　―이층 입구에 앉아 있던 놈을 기억하십니까?

　　―누구를 말하는 것이오?

　　―탁자 위에 검을 올려놓고 있던 놈 말입니다.

　　위지천은 가볍게 고개를 끄덕였다. 제법 사나운 기세를 풍기기에 올라오면서 유심히 봐 두었던 인물이었다.

　　―그놈이 바로 좌수검으로 유명한 수라일검修羅一劍 고량입니다. 호남에서는 다섯 손가락 안에 들지요. 그리고 박도를 탁자 밑에 감춘 채 앉아 있는 얼굴 시커먼 놈은 흑면랑黑面狼 유동부라고 하는데, 저와는 인연이 좀 있습니다.

　　수라일검은 몰라도 흑면랑은 한 번도 들어 보지 못한 이름이다. 그럼에도 육정기가 그 이름을 논했다는 것은 흑면랑 또한 수라일검 못지않은 자라는 이야기였다. 위지천이 아는 육정기는 인연에 얽매여 쓸데없는 이름을 말할 사람이 아니었다.

　　그런데 그런 자들이 사천으로 모이고 있었다. 뭔가 석연치 않은 냄새가 진하게 풍기고 있었다.

위지천은 문득 탁자 위에 놓여 있던 철검이 떠올랐다. 손때가 묻은 듯 반지르르한 손잡이와 정체 모를 얼룩이 가득했던 검집, 보는 것만으로도 주인의 성품을 알아볼 수 있는 물건이었다.

'검갑에 묻어 있는 얼룩은 사람의 피겠군. 그리고 자신의 무기를 탁자로 교묘하게 가린 흑면랑. 둘 다 썩 마음에 들지는 않는군.'

―그 외에도 무림인이 몇 명 있기는 하지만 나머지는 아실 필요가 없습니다.

두 사람 외에는 모두 싸잡아 별것 아니라고 치부해 버리는 육정기다. 하긴 검귀의 위치라면 충분히 그럴 수 있었다.

피식 웃은 위지천은 오른쪽으로 시선을 돌렸다. 들어올 때부터 육정기를 유심히 바라보던 수라일검 고량이 흑면랑 유동부와 함께 다가오고 있었기 때문이다.

"오랜만에 뵈어서 하마터면 못 알아볼 뻔했소이다. 그동안 안녕하셨소이까?"

수라일검의 인사에 육정기는 고개도 돌리지 않은 채 싸늘하게 대답했다.

"다시는 만나고 싶지 않다고 했음에도 불구하고 이렇게 다가오는 것은 내 말을 무시하겠다는 것이냐?"

"그럴 리가 있겠소이까. 천하의 검귀신데……."

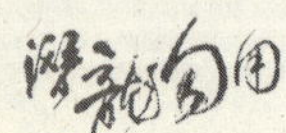

내용과는 달리 그의 말투에는 빈정대는 투가 역력했다.

육정기의 눈초리가 위로 들리며 입에 가느다란 선이 그려졌다.

"이제는 내 말이 우습다는 것이군. 좋아, 피를 보고 싶다면 보여 주지."

육정기는 손을 뻗어 탁자 위에 놓인 검을 잡아 갔다.

그때였다.

육정기의 뒤편에 자리를 잡은 흑면랑이 박도를 잡아 가며 왼쪽 어깨를 아래로 늘어트렸다.

"그러시지 않는 것이 좋을 것입니다."

"흑면랑, 네놈이!"

육정기의 몸이 심하게 떨렸다.

그런 모습이 의외였을까. 흑면랑의 손이 살짝 떨렸다. 하지만 그것뿐이었다.

금방이라도 도를 뽑을 듯이 몸을 웅크리고 있는 흑면랑과 왼손을 검 자루에 올려놓은 채 차가운 시선으로 육정기를 내려다보는 수라일검 그리고 탁자 위에 손을 올려놓은 채 입술만 깨물고 있는 육정기까지…….

지금 당장 피가 튄다고 해도 전혀 이상할 것이 없는 광경이었다.

그때였다. 육정기와 흑면랑을 번갈아 쳐다보던 위지천이 천천히 자리에서 일어났다.

"검귀와 무슨 사이인지는 모르겠지만 그냥 앉아 있는 것
이 좋을 것이다."

피식!

입꼬리를 살짝 치켜올린 위지천은 고개를 돌려 수라일검
을 쳐다보았다.

"당신이 무슨 연유로 이런 짓을 벌이는지는 모르겠소. 알
고 싶지도 않고. 하지만 당신 옆에 있는 사람과는 할 말이 있
을 것 같소."

"쓸데없이 오지랖만 넓으면 눈먼 칼에 맞아 뒈지는 수가
있다."

"충고는 고맙소. 하지만 그 말을 하기 전에 당신부터 조심
해야 할 것 같소. 지금처럼 계속 나만 쳐다보고 있다가는 좋
지 않은 꼴을 당하게 될 테니 말이오."

수라일검의 시선이 순간적으로 육정기에게로 돌아갔다.

그 순간 위지천의 움직임이 시작되었다.

오른발을 옆으로 비트는 것만으로 탁자에서 빠져나온 그
는 왼발을 앞으로 슬쩍 내디뎌 흑면랑과의 거리를 줄이더니
곧이어 박도를 뽑으려는 흑면랑의 오른손을 지그시 밟았다.

우두둑!

위지천의 오른발 밑에서 들려오는 소리는 심각했다. 하지
만 그것이 끝이 아니었다.

피리링!

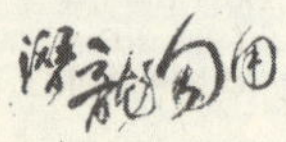

손목을 밟은 탄력을 이용해 공중으로 치솟은 위지천은 몸을 좌로 비틀어 수라일검과의 거리를 좁히더니 곧이어 왼발을 일자 형태로 벌려 수라일검의 어깨를 찼다.

바삭!

"우욱!"

어깨가 부서진 수라일검은 자신도 모르게 신음 소리를 내뱉었다. 옆구리에 칼이 꽂히고도 웃음을 보였기에 수라修羅라 불렸고, 그런 독기 때문에 강호인이라면 그와 칼을 마주 대하기 꺼려 했다. 하지만 지금처럼 부지불식간에 생겨난 고통은 그로서도 참기 어려웠다.

육정기의 손이 움직인 때가 그때였다.

검을 집어 든 육정기의 몸이 뒤로 돌아가는가 싶더니 곧이어 새파란 철검이 횡으로 움직였다.

추아앙!

서걱!

목이 잘린 수라일검이 통나무처럼 뒤로 넘어갔다. 괴이하면서도 독랄한 좌수검으로 한 시대를 풍미하던 자의 죽음치고는 너무나도 허망했다.

하지만 부러진 손목을 움켜쥔 채 안타까운 시선으로 수라일검을 바라보는 흑면랑을 제외하고는 이층의 누구도 그의 죽음에 관심을 갖지 않았다. 그들의 눈에는 오직 검귀만이 있을 뿐이었다.

그런데 그런 검귀가 고개를 숙였다.

"제가 너무 자만했습니다."

"아니오. 나라도 인연이 있는 자가 칼을 겨눌 줄은 몰랐을 것이오."

"강호의 인연이 은혜와 원수로 확연히 구분 지어진다면 얼마나 좋겠습니까."

그렇지 않다는 역설이다. 위지천도 강호가 그렇지 않다는 것 정도는 안다. 그럼에도 인연을 논했던 것은 육정기의 신세가 안타까웠기 때문이다.

"그나저나 저자는 어떻게 할 것이오?"

위지천은 손으로 흑면랑을 가리켰다.

육정기의 눈이 살짝 떨렸다. 하지만 그런 모습은 이내 사라졌다.

"저는 저에게 칼을 겨누는 자까지 용서하는 사람이 아닙니다."

냉철하고 차가운 평소의 표정으로 돌아간 육정기는 흑면랑을 향해 몸을 돌렸다.

"너와의 인연은 여기가 끝인 것 같구나."

"형님!"

육정기의 검이 미세하게 흔들렸다.

"형님을 해치려 한 것은 아니었습니다. 다만 형님이 움직이지 못하게만 막아 달라고 해서……"

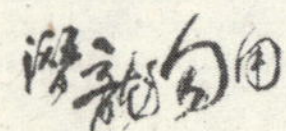

"내가 움직였다면 너는 분명히 나를 향해 도를 휘둘렀을 것이다. 그런데도 변명을 하는 것을 보니 안 보는 사이에 너도 많이 변했구나."

흑면랑은 고개를 숙였다.

"이번 일만 도와주면 수연표국에서 경매하는 낭아도를 얻게 해 주겠다고 하기에……. 죄송합니다. 제가 그만 낭아도에 눈이 뒤집혔습니다."

위지천의 눈이 반짝였다.

낭아도狼牙刀.

백 년이 지났지만 지금도 역대 낭인들 중 최고로 평가받는 낭왕狼王의 무기다. 낭왕의 절기인 낭아십팔도가 그 도 안에 숨겨져 있다는 소문도 있다. 그런데 그런 무기가 흑면랑의 입에서 흘러나왔다.

"그런 소리에 마음이 흔들릴 내가 아님은 누구보다도 네가 더 잘 알 것이다. 그러니 그만 자결해라."

흑면랑이 바닥에 넙죽 엎드렸다.

"형님! 제발 수아를 생각해서라도……."

육정기의 얼굴이 순간적으로 싸늘해졌다.

"너는 그 말만은 하지 말았어야 했다."

육정기는 검을 쥐고 있지 않은 왼손을 뻗어 흑면랑의 뇌호혈을 눌렀다. 마음 같아서는 목을 베어 버리고 싶지만 그에게만큼은 그런 식으로 검을 휘두를 수가 없었다.

“수아는 예전에 제가…….”

위지천은 손을 저어 육정기의 말을 막았다.

“그런 이야기는 지금 듣고 싶지 않소. 그러니 나중에 정말로 말하고 싶은 때가 되면 그때 얘기해 주시오.”

육정기는 더 이상 말을 하지 않았다. 대신 엎드린 채 죽어 있는 흑면랑의 몸을 가지런히 눕히고는 멀리서 눈치만 보는 점소이를 불러 은자 세 냥을 건넸다.

“실력 있는 장의사에게 맡겨 장례를 치르도록 해라.”

말을 끝낸 육정기는 곧바로 몸을 일으켰다.

“그만 가시지요.”

위지천은 고개를 끄덕였다. 두 명이 죽어 있는 곳, 그라고 술 마실 기분이 날 리 없었다.

툭!

은자 한 냥을 탁자에 던진 위지천은 정문을 지키는 독절수사를 뒤로한 채 객잔을 빠져나왔다.

“또 들러 주십시오.”

처음 만났을 때와 전혀 달라진 것이 없는 독절수사의 음성이 문을 나서는 위지천의 귀에 들려왔다.

‘사람의 죽음마저도 가볍게 흘려보내는 사람이라. 강호에 알려진 것보다 더 무서운 인물인지도 모르겠군.’

“다른 곳으로 가시겠습니까?”

위지천은 고개를 가로저었다.

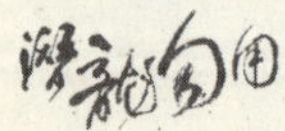

"그냥 돌아갑시다. 지금쯤이면 야랑주도 우리의 소식을 들었을 것이오."

"알겠습니다."

대답과 함께 몸을 돌린 육정기는 천천히 걸음을 옮기기 시작했다.

평소와 전혀 다를 것이 없는 행동이다. 하지만 위지천은 그 속에서 강호인의 아픔을 느낄 수 있었다.

'이익이라면 인연조차도 가차 없이 버리는 삶이라. 아프군.'

일반인의 삶이라고 다를 바는 없을 것이다. 하지만 위지천은 오늘따라 유난히 육정기의 뒷모습이 슬퍼 보였다. 위지천은 걸음을 멈추고 고개를 들어 하늘을 쳐다보았다. 멀리 보이는 노을이 유난히 붉게 느껴졌다.

미련은 남기지 않는 법

초록색 천으로 장식된 방.

스무 명도 넘게 앉을 수 있는 곳임에도 불구하고 오래된 탁자 하나와 거기에 어울리는 의자 여섯 개만이 덩그러니 놓여 있는 이곳이 바로 수연표국의 국주 집무실이다.

"그의 행적이 드러났소. 그런데 우리 외에도 그를 쫓는 자들이 있다는 보고요."

무표정한 얼굴로 말문을 연 사람은 오 척이 겨우 넘는 키에 얼굴에는 주름살이 가득한 노인이었다. 언뜻 보기에는 이곳에 앉아 있는 것조차도 어울리지 않는 그런 초라한 모습인 것이다.

하지만 방 안에 있는 사람들 중 어느 누구도 그 말을 하지 못했다. 그가 바로 온 중원을 좁다고 돌아다니며 지금의 수연표국을 만들어 낸 표국주 십방도객 풍조상이었기 때문이다.

그 옆에는 서른 살가량의 사내가 앉아 있는데, 그가 바로 제갈세가의 사위이자 사천의 신성新星이라고 불리는 섬전일검 풍도진이다. 왜소한 모습의 아버지와는 달리 육 척이 훌쩍 넘는 키에 훤칠한 외모를 가진 것이 특징이라면 특징이었다.

집무실에는 그들 외에도 두 명이 더 있었다. 한 명은 푸른색 유삼을 걸친 청수한 모습의 중년인이었고, 다른 한 명은 보는 것만으로도 소름이 오싹 돋을 정도로 차가운 기운을 내뿜는 오십 대 초반의 사내, 다름 아닌 사마세가의 지각주 유지현이었다.

풍조상의 시선 속에서 제일 먼저 말문을 연 사람은 청수한 모습의 중년인이었다.

"그들이 누구인지는 아직 알아내지 못하신 모양이군요."

"그렇소. 워낙 은밀하게 움직이는 자들인지라 도무지 찾을 수가 없다고 했소. 다만 그가 지나간 자리에 그들로 추정되는 시체만이 남아 있다고 하는구려."

"어떤 일이 있어도 가까이 가지 말라는 아버님의 지시만 아니었다면 그들의 정체 정도는 진작 밝혀냈을 것입니다."

실룩!

거의 표정이 없는 풍조상의 얼굴이 살짝 찌푸려졌다. 영리하기는 하지만 상황이 어떻게 돌아가는지도 모르는 철부지

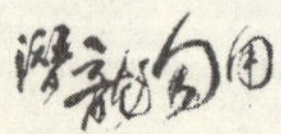

아들이 눈에 거슬렸다. 조금 있으면 한 아이의 아비가 될 놈이라고 생각하니 더욱 답답했다.

지금 비록 제갈세가가 성세를 누리고는 있지만 위지세가는 전통의 명문이자 아직도 최강의 무가로 꼽히는 곳이다. 그런 곳의 주인을 노리는 것이니, 만약 이번 일이 잘못되면 제갈세가와 사마세가는 물론이고 자신의 수연표국도 강호에서 완전히 지워질 것이었다.

그런데 그것도 모르고 불구덩이 속으로 머리를 집어넣은 다음에야 자신에게 알려 왔으니 참으로 환장할 노릇이었다. 하지만 어쩌겠는가. 아들이라고는 고작 하나뿐인 것을.

그런 풍도상과 풍도진을 번갈아 바라보던 푸른색 유삼의 중년인의 얼굴에 희미한 미소가 스치고 지나갔다. 깊이 관여되는 것을 싫어하는 표정이 역력한 풍조상과 달리 말 한마디에 발끈하고 나서는 풍도진의 대응이 우스웠던 것이다.

그러나 그는 그런 표정을 밖으로 드러낼 만큼 단순한 자가 아니었다. 어느새 평상시의 표정으로 돌아온 중년인은 예의 청수한 모습으로 풍도진을 쳐다보았다.

"자네라면 충분히 그럴 것이네. 그나저나 만도산에 관한 건은 어떻게 되어 가고 있는가?"

"경매 무기가 만도산의 보고에서 나왔다는 소문은 사천을 넘어 호남에까지 알려졌습니다."

"만도산의 보고가 연상곡이 맞았다는 소문도 마찬가지

겠지?"

"물론입니다. 그리고 연상곡에 펼치는 진법도 내일이면 모두 끝날 것입니다."

"오호, 그래? 쉬운 일이 아니었을 텐데 자네가 참으로 고생이 많았구먼."

"별일 아니었습니다."

청수한 중년인의 입가에 다시금 미소가 떠올랐다. 하지만 이번은 처음에 지었던 뜻 모를 미소와 달리 뚜렷하면서도 흡족한 미소였다.

초절정의 무인을 상대하기 위해 제갈세가에서 만들어 낸 팔괘팔진도八掛八陣圖.

초대 조사이신 제갈량이 창안한 진법을 시대에 맞춰 변환한 것으로 건乾·태兌·이離·진震·손巽·감坎·간艮·곤坤의 팔괘가 존재하며, 생문과 사문이 팔괘의 기운을 바탕으로 서로 번갈아 가며 변화를 부려 한 번이라도 잘못 들어서면 영영 빠져나오지 못한다.

그런데 거기에 또다시 절정의 무인 이백을 투입하여 팔로금쇄진八路禁碎陣을 이루었고, 마지막으로 만화곡의 폭뢰구까지 심어 놓았다. 자신은 물론이고 가주라도 한번 들어가면 죽음을 맞이할 수밖에 없는 절진이 만들어진 것이다.

그런데 그런 진법을 보름도 안 된 기간에 거의 대부분을 완성했다고 하니, 제갈세가의 진문전陣刎殿을 담당하는 그로서도 감탄할 수밖에 없었다.

'잘난 질녀가 왜 하필이면 이놈을 선택했나 했더니 다 이 유가 있었군. 그나저나 팔로금쇄진만으로는 안심할 수 없다 는 가주의 말이 영 마음이 걸리는군. 그를 죽이지 못하면 전 해 주라는 말도 그렇고.'

중년인의 표정이 일순 어두워졌다.

그런 표정 때문이었을까. 지금까지 차가운 기운만을 뿌리 며 묵묵히 앉아 있던 지각주 유지현이 입을 열었다.

"무슨 걱정이 있으시오?"

"아닙니다. 잠시 생각나는 것이 있어 그랬습니다. 아무튼 이제 준비는 모두 끝난 것 같으니 내일 아침에 연상곡으로 출발하시지요."

"그래도 되겠소?"

"이곳에서 무작정 기다리는 것보다는 현장에서 진법을 겪 어 보는 쪽이 더 좋을 것입니다."

"하긴 그렇구려. 그나저나 이번 일이 끝나면 원사후는 어 떻게 처리할 생각이오?"

"저희 세가에서 잘 모실 생각입니다. 그런데 그가 그것을 원할지는 잘 모르겠습니다."

씨이익!

중년인의 입가에 비릿한 미소가 떠올랐다. 청수한 모습과 는 너무나 다른 모습이기에 괴이하다는 느낌마저 받게 하는 그런 미소였다.

피식!

지각주 유지현의 얼굴에도 미소가 피어올랐다. 그런데 전혀 다른 느낌을 풍기는 두 사람의 미소가 왠지 비슷해 보이는 것은 분명 착각이 아니었다.

그런 그들의 얼굴을 바라보던 풍조상의 눈빛이 어두워졌다.

'절대 끼어들어서는 안 되는 판이거늘……'

풍조상은 다시금 자신의 아들이 원망스러웠다. 하지만 그들이 탄 배는 이미 항구를 떠난 상태였다.

지금 당장 무너져도 전혀 이상할 것이 없는 허름한 도관의 앞마당.

위지천과 궁귀, 육정기와 야랑주가 모닥불 곁에 둘러앉아 있었다. 도치를 비롯한 젊은이들이 보이지 않는 것으로 보아 그들은 또 어디선가 칼과 창을 휘두르고 있는 모양이었다.

"만도산의 보고가 원사후에 의해 연상곡에서 발견되었다는 소문이 돌고 있습니다."

야랑주의 말에 위지천의 눈이 반짝였다.

만도산萬刀山.

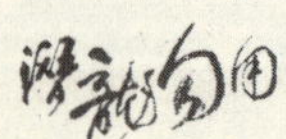

　백여 년 전 세상의 도를 모두 거두어들이겠다는 만도산주 호요둔의 일성으로 강호행을 시작한 문파다.

　전체 인원이 채 백도 안 되는 문파인지라 처음 그들이 강호에 들어섰을 때만 해도 강호인들은 그들을 웃음거리 정도로밖에 여기지 않았다.

　그러나 그 웃음은 채 이 년도 지나지 않아 완전히 사라졌다. 이후 만도산주와 그의 제자 열 명으로 구성된 도산검위는 거침없이 강호를 종횡했다.

　그들의 목표는 한 번의 실패도 없이 전부 이루어졌고 그럴수록 만도산이란 위명은 더욱 커져만 갔다. 그런데 그들은 십팔 년 후 만도산주의 돌연한 죽음을 끝으로 강호에서 완전히 사라졌다.

　두 사람의 협공이면 이기지 못할 자가 없다는 도산검위까지도 말이다. 그야말로 흔적도 없이 사라졌기에 사람들은 만도산이 멸문되었다는 소문을 믿지 못했다.

　그로부터 몇 년 후 연상곡에서 폐허가 된 하나의 건물이 발견되었다. 만도산이라는 편액과 함께 말이다. 사람들은 그 폐허를 완전히 파헤쳤다. 혹시라도 그들이 가져간 보도를 얻을 수 있을까 하는 욕심에서 저지른 일이었다.

　하지만 그들이 얻은 것이라고는 팔십여 구에 달하는 시체뿐이었다. 그리고 그들 중 몇 명은 도산검위로 확인되었다. 사람들은 그제야 만도산의 멸문을 믿게 되었다. 그들이 가져간 도는 영원히 비밀 속으로 사라졌고 말이다.

그런데 그런 만도산의 보고를 며칠 전까지도 송반에서 객잔을 운영하던 원사후가 갑자기 연상곡에서 발견했다는 말이니, 위지천은 절로 웃음이 흘러나왔다.

"원사후도 연상곡으로 이동했겠군요."

"예. 그저께 새벽에 이동한 것으로 파악되었습니다. 그리고 제갈세가와 사마세가의 사람들도 그 틈에 섞여 들어간 것 같습니다."

"그나저나 그런 소문이 난 이유가 뭡니까?"

"수연표국에서 낭아도와 몇몇 보도를 경매에 부쳤습니다. 원사후와 함께 지난 사 년 동안 연상곡을 발굴해서 얻은 성과라는 설명과 함께 말입니다."

"소문이 날 만하구려."

"그것뿐이 아닙니다."

"또 다른 일이 있었단 말이오?"

"예. 수연표국에서 투자자를 모집했습니다. 이런 일이 벌어진 것은 자금 부족 때문이니, 자금만 충분하면 이런 일을 벌이지 않아도 된다는 것이었습니다."

"사람들이 많이 모였겠구려."

"예. 많았다고 합니다. 특히나 상인이 많이 모였다고 하더군요."

"상인이라……. 소문이 커질 만하군."

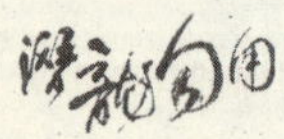

"그렇습니다."

"사람들의 반응은 어떻소?"

"투자는 상당히 진척된 듯 보입니다. 벌써 몇몇 상단에서 동참을 공표했으니까요. 하지만 경매는 조금 다릅니다. 내놓은 물품이 검이 아닌 도이고 값 또한 상상을 초월하는지라 그리 많은 사람이 참석할 것 같지는 않습니다."

"경매에 참석하지는 못하더라도 물품을 노리는 사람은 많을 것 같은데……."

"검보다는 적지만 그래도 제법 많은 수가 도를 사용합니다. 그리고 그중에는 수단과 방법을 안 가리고 욕심을 채우려는 사람도 꽤 있지요. 하지만 굳이 그것까지 신경 쓸 것 있겠습니까?"

위지천은 고개를 끄덕였다. 야랑주의 말이 맞았다. 자신의 목표는 원시후지 그깟 보도가 아니었다.

"그동안 혹시 수연표국에 몰래 침입하거나 연상곡으로 가는 사람은 없었소?"

"왜 없었겠습니까. 하지만 아직까지 성공했다는 사람은 아무도 없습니다."

"연상곡까지 말이오?"

"예. 꽤 이름난 자들이 연상곡으로 향했다는 소식을 듣기는 했습니다만 그것이 끝이었습니다."

"돌아오지도 못했단 말이오?"

“몇몇이 돌아오기는 했습니다. 하지만 그들은 입구에서 철통같은 방어를 보고 그냥 포기하고 돌아온 사람들이었습니다.”

“그러니까 입구가 아닌 다른 곳으로 향한 사람은 돌아오지 못했다는 말이구려.”

“그렇습니다.”

“혹시 밀문에서도 시도해 보셨소?”

야랑주는 고개를 가로저었다.

“제갈세가가 관여한 이상, 진법이 설치된 것이 확실시되는 곳입니다. 굳이 들어가서 어려움을 초래할 필요가 있겠습니까?”

위지천은 고개를 끄덕였다. 굳이 들어가서 자신과 밀문의 관계가 세상에 알려지는 것보다는 차라리 정보가 부족하더라도 지금처럼 멀리서 관찰만 하는 쪽이 오히려 맘 편한 일이었다.

“그럼 그 이야기는 여기서 끝내기로 하고 다른 이야기를 좀 해 봅시다.”

“말씀하십시오.”

“사실 내가 랑주를 만나려고 한 것은 우리를 쫓는 자들이 누구인지 알고 싶어서였소. 혹시 거기에 대한 정보가 있소?”

“저희들도 아직 그들의 정체에 대해서는 단언하지 못하고 있습니다. 다만 지금까지의 정보를 규합해 보면 송매당이 아닌지 의심할 뿐입니다. 참, 송매당은 혈사련이 운영하는 간세 조직입니다."

"송매당에 대해서는 나도 알고 있소. 그나저나 그렇게 생각하는 이유라도 있소?"

"그들의 은신술과 자결하는 방법이 송매당과 비슷합니다. 게다가 수연표국 근처에서 그들과 비슷한 자들이 혈검대와 같이 움직이고 있다는 보고도 있습니다."

그렇지 않아도 혈사련을 의심하고 있었다. 그런데 이런 정보라면 더 이상 들을 것도 없었다. 위지천은 팔짱을 낀 채 생각에 잠겼다.

'수연표국에 똬리를 튼 제갈세가와 사마세가 그리고 그 틈을 노리는 혈사련이라.'

사실 지금 자신의 전력은 결코 만만치 않았다. 초인이라 불리는 육정기와 궁기 그리고 배워야 할 무공을 모두 전수받은 도치와 구사우, 거기다 밀문의 힘이라는 철연과 야랑까지.

그러나 상대는 두 개의 명문 세가와 사파의 종주라는 혈사련이었다. 지금의 전력만으로 상대하기는 버거운 것이 현실이었다.

'섬서로 돌아가야 한단 말인가.'

현재 그가 택할 수 있는 가장 좋은 방법이었다. 하지만 원수를 눈앞에 두고 돌아가기란 쉽지 않은 일이었다.

위지천은 선뜻 결론을 내릴 수가 없었다.

그런 심정을 알기라도 하듯 세 사람은 야랑주가 가져온 술병을 묵묵히 들이켤 뿐이었다. 그렇게 흘러가던 시간이 일각이 가까워졌을 무렵 위지천은 마침내 결정을 내렸다.

"랑주."

"말씀하십시오."

"연상곡에 대해서 아시오?"

"저는 잘 모릅니다. 하지만 궁귀 님은 잘 아실 것입니다. 예전에 그곳에 자리 잡고 있던 호리채를 없애신 분이 궁귀 님이니까요."

위지천의 시선이 궁귀에게로 돌아갔다.

"잘 아십니까?"

"잘 알지. 그런데 왜? 들어가게?"

"들어갈 수도 있습니까?"

"들어갈 수야 있지. 예전에 채주라는 놈이 사용하던 비밀 통로가 있거든. 그런데 꼭 들어가야겠나?"

궁귀의 얼굴에는 걱정이 가득했다.

"원사후를 살려 두고 가면 오늘 일을 두고두고 후회할 것 같습니다."

궁귀는 위지천을 잠시 바라보더니 천천히 고개를 끄덕였다. 복수에 연연하는 것은 그보다 자신이 더했다. 그런 자신이 다른 사람에게 복수를 포기하라고 할 수는 없는 일이었다.

"좋네. 비밀 통로를 알려 주지. 그리고 놈들을 유인할 장

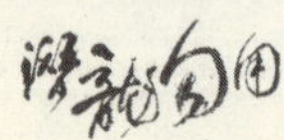

소도 알려 주겠네. 놈들을 그곳으로 데려오게. 백이든 천이
든 남김없이 쓸어 주겠네."

"알겠습니다. 생각해 보겠습니다."

"생각만 해서는 안 되네. 꼭 그렇게 하겠다고 다짐하게."

위지천의 입가에 미소가 피어올랐다. 비록 투박한 말이지
만 그의 말에서는 정이 느껴졌기 때문이다.

"알겠습니다. 꼭 그렇게 하겠습니다."

"크흐흐흐! 제갈세가와 사마세가, 거기다 혈사련까지라.
먹이가 크니 무척이나 바삐 움직여야겠군. 그나저나 그러려
면 사람이 좀 필요한데 어떻게 하지?"

"몇 명이나 필요하십니까?"

"세 명이면 충분하네."

"잘되었습니다. 어차피 금당까지는 저와 일살만 움직일
생각이었으니 다른 사람은 모두 선배께서 데려가십시오."

궁귀는 고개를 끄덕였다.

"그것이 좋겠군. 북천에서의 일이 벌써 많이 알려졌을 테니
두 사람이 떨어지면 오히려 적들이 이상하게 생각할 거야."

"그럴 것입니다."

"좋네. 그럼 내일부터 가주는 관도를 따라 움직이시게. 우
리는 따로 움직이겠네. 그리고 가급적이면 아주 천천히 움직
여 주시게. 우리가 하는 일은 적어도 이레가 필요하니까 말
일세."

"알겠습니다."

"그럼 연상곡에 대해 설명해 주겠네."

궁귀는 나뭇가지 하나를 집어 바닥에 그림을 그리기 시작했다.

"연상곡은 금당의 북서쪽에 위치하고 있고 거리는 금당에서 대략 사십여 리 정도 떨어져 있네. 지형은 입구를 제외한 나머지가 모두 절벽으로 막혀 있는 천혜의 요새라네."

위지천의 눈빛이 차분하게 가라앉았다.

'한번 갇히면 빠져나오기 어려운 곳이지만, 바꿔 생각하면 입구만 막으면 아무도 빠져나올 수 없는 곳이기도 하다. 원사후, 과연 어디로 도망갈 것이냐?'

위지천이 이런 생각을 하는 사이 궁귀는 계속해서 말을 이어 나갔다.

"곡의 내부는 동서의 길이가 백오십 장, 남북의 길이가 삼백 장 정도 되네. 한 문파가 생활하기에 전혀 부족함이 없는 곳이지. 물론 물도 충분하다네. 나머지는 계곡에 들어서면 바로 알 수 있을 것이니 내가 하는 설명만 기억해 두게."

"알겠습니다."

"비밀 통로는 바로 이곳 북서쪽 절벽 위에 있네. 절벽의 갈라진 틈새 사이로 생겨난 곳이라 입구도 위험하지만 출구도 위험하기는 마찬가지네. 나가는 곳이 지면과 대략 이십 장 높이이니까 말일세."

"걱정 마십시오."

궁귀는 고개를 끄덕였다. 하긴 자신만 해도 이십 장 높이는 아무것도 아니었다. 하물며 진귀가 그런 높이를 두려워할 리 없었다. 궁귀는 편안한 마음으로 말을 이어 나갔다.

"이곳에는 자그마한 연못이 하나 있고 그 옆에는 암적림이라는 숲이 하나 있네. 한낮에도 햇빛이 들어오지 않을 정도로 울창한 숲이니 이곳을 중심으로 움직이면 될 것이네."

"알겠습니다."

"마지막으로 자네가 놈들을 유인해야 할 장소네."

쭈우욱!

궁귀는 연상곡과 제법 거리를 둔 곳까지 길게 선을 그은 후 힘차게 나뭇가지를 꽂았다.

푸욱!

"거리는 십이 리, 이름은 세류폭포細流瀑布네. 물줄기가 여러 갈래로 흐르기에 붙은 이름이지. 사실 이름만 그럴싸하지 굳이 가서 볼 필요는 없는 곳이네. 흐르는 물의 양이 얼마 되지 않으니 말일세. 그러나 그것은 겉으로만 보이는 모습이고 진짜는 이 폭포 뒤에 숨어 있네. 내 자네에게 그것을 보여 주지."

"그곳으로 데려가기만 하면 되는 것입니까?"

"그렇지. 그리고 혹시나 해서 말인데 감당할 수 없을 정도로 물의 양이 늘어나면 가차 없이 폭포 안으로 뛰어들게. 그

곳에 밖으로 빠져나올 구멍이 하나 있으니 말일세. 단 그곳
도 안전한 곳은 못 되니 구멍을 보면 곧바로 빠져나오도록
하게.”
　“알겠습니다.”
　“절대 잊지 말게.”
　위지천은 거듭 당부하는 궁귀의 말에서 세류폭포에 숨겨
진 힘을 느낄 수가 있었다.
　“절대 잊지 않겠습니다.”
　“그럼 됐네.”
　말을 끝낸 궁귀는 그대로 바닥에 누웠다. 나뭇잎도 깔리지
않은 맨바닥이었지만 그는 조금도 거리낌이 없었다. 그렇지
않아도 시커멓게 변한 옷이 더욱 새까맣게 변하는 순간이었
다. 역시 그에게는 가죽옷이 어울렸다.

　금당으로 가는 길에 있는 복우진伏牛津.
　비록 오십여 가구밖에 살지 않는 작은 마을이지만 소도 엎
드린다는 이름처럼 워낙 높은 곳에 위치하고 있기에 이곳에
오르는 사람은 대부분 이 마을에서 하루를 묵는다. 올라온
다음에는 내려갈 엄두가 나지 않는 탓이다.
　일행과 헤어진 위지천과 검귀가 그곳에 있었다. 다른 사람
처럼 힘이 들어서도 아니고 내려갈 엄두가 나지 않아서도 아
니었다. 그저 늦게 도착할수록 궁귀의 일에 도움이 될 것이

기에 이렇듯 느긋하게 움직이는 것뿐이었다.

―또 따라붙었습니다.

―알고 있소.

―정리할까요?

―좀 더 두고 봅시다. 한꺼번에 몇이나 모이는지 알아봅시다.

―알겠습니다.

음식을 먹으며 나누는 대화치고는 상당히 살벌하다. 그러나 죽음을 향해 다가오는 자들은 시간이 갈수록 조금씩 늘어났다. 이런 그들의 숫자가 다섯쯤 되었을 때, 위지천의 고개가 창문 쪽으로 움직였다.

'강한 기세로군.'

무인들과는 전혀 다른 심상이 느껴졌다. 이제껏 자신을 쫓는 자들이 박쥐라면 지금 다가오는 자들은 군마軍馬였다. 그것도 잘 훈련된 군마 말이다. 그리고 그들 중 한 명은 전장을 질타하는 투호鬪虎였다.

'구청진 어르신과 같은 심상이라. 무장이로군. 그렇다면 안남도호부로 가는 자들이겠군.'

"열한 명인데 아무래도 무인은 아닌 것 같습니다."

육정기도 다가오는 자들을 느꼈는지 창밖으로 시선을 돌리고 있었다.

"안남도호부로 가는 무장들 같으니 신경 끕시다."

육정기의 시선이 재빨리 원래의 자리로 돌아왔다. 어찌 됐든 탈영한 그들로서는 무장들과의 만남이 그리 기분 좋은 일은 아니었다. 비록 지금은 세상을 달리하는 강호에 산다고 해도 말이다.

그러나 복우진은 객잔이 두 개밖에 없는 자그마한 마을이었다. 그리고 위지천과 육정기가 앉아 있는 곳은 그중에서도 큰 곳이었다.

따그닥 따그닥!

거침없이 달리던 열한 필의 말이 객잔 앞에 멈추어 서더니 곧이어 문이 활짝 열리며 짙은 회색 무복을 걸친 자들이 안으로 들어섰다. 그리고 그들이 만들어 놓은 통로를 따라 푸른색 무복을 걸친 오십 대 초반의 초로인이 걸어 들어왔다.

뚜벅뚜벅!

검갑을 왼손으로 지그시 누른 채 천천히 움직이는 모습에서 진중함이 절로 풍겨 나왔다. 흔들림이 없는 자, 결코 평범한 자가 아니라는 뜻이었다.

"어서 오십시오. 이층으로 모시겠습니다."

객잔 주인의 안내에 따라 열한 명이 이층으로 사라졌다.

─누군가 했더니 광록훈光祿勳 거기장군車騎將軍 온시운이었군요.

광록훈 거기장군이라면 황제의 호위를 담당하는 부대의 이인자라는 뜻이다. 가히 최고의 무관이라 해도 하등 이상할

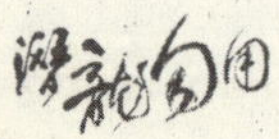

것이 없는 사람이었다. 그런데 그런 사람이 갑옷 대신 무복을 걸치고 나타난 것이다.

－무슨 일인지 모르지만 썩 좋은 일은 아닌 것 같구려.

－제가 보기에도 그렇습니다.

－그나저나 일살께서는 저자를 어떻게 아시오?

－예전에 한 번 본 적이 있습니다. 저자야 저를 기억할 리 없겠지만 말입니다. 아무튼 그때도 황궁 제일의 무인으로 알려져 있던 사람입니다.

황궁의 무예는 내공보다 외공에 치중한다고 알려져 있다. 하지만 온시운에게서는 진한 내공의 향기가 풍기고 있었다. 황궁 무예만 익히지 않았다는 뜻이다.

'황궁에 저렇듯 뛰어난 실력자가 있을 줄은 몰랐군. 역시 세상은 넓어.'

그 생각을 마지막으로 위지천은 온시운에 대한 관심을 끊었다. 그리고 잠시 후 두 사람은 객잔을 떠났다. 두 사람 모두 무관과 같은 객잔에 머무는 것이 꺼림칙했던 것이다.

수연표국의 앞마당과 다름없는 금당의 한 허름한 식당.

위지천은 홀로 술잔을 기울이고 있었다. 끝까지 함께하겠다는 육정기를 궁귀에게 돌려보내는 일이 그리 쉬운 것은 아니었지만, 결국 육정기는 위지천의 뜻에 따라 궁귀에게로 돌아갔다.

'그나저나 시간이 너무 오래 걸리는군.'

야랑주가 만나자고 한 객잔이었다. 그럼에도 아직까지 아무런 행동도 하지 않는 것은 자신의 신분이 확인되지 않았기 때문일 것이다.

이런 지루한 시간이 반 식경쯤 흘렀을까.

터억!

투박한 그릇에 담긴 음식을 대충 탁자에 내려놓은 점소이의 손이 탁자를 스치기 시작했다.

일각 안에 오신다고 합니다. 오시면 온수면이란 말로 알려
드릴 테니 상오방上五房으로 올라가십시오.

이제 열여섯도 안 돼 보이는 점소이지만 탁자를 닦는 동작 속에 글을 숨기는 솜씨만큼은 일품이었다.

'배수排手로군.'

위지천은 한눈에 점소이의 진짜 직업을 알아보았다. 하지만 자신과는 관계없는 일이었다.

딱딱!

젓가락으로 탁자를 두 번 친 것으로 알았다는 것을 표현한 위지천은 묵묵히 술잔을 들어 올렸다.

쭈우욱!

소흥주의 달콤한 향기가 코끝을 지나 목구멍으로 사라졌

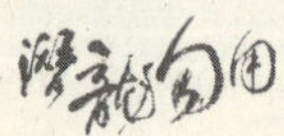

다. 허름한 객잔에서 이런 술을 마실 수 있을 것이라고 생각하지 않아서인지는 모르지만 오늘따라 유난히 술의 향이 더 좋게 느껴지는 위지천이다.

천천히 술잔을 비우던 위지천이 마지막 술잔을 들었을 때였다.

"야! 온수면은 안 된다고 했잖아. 다른 것 시키라고 해."

쭈우욱!

들고 있던 술잔을 입에 털어 넣은 위지천은 자리에서 일어나 이층 계단을 오르기 시작했다. 자신의 방을 찾아가는 듯 자연스러운 행동이었다. 그럼에도 위지천의 움직임에 눈길이 돌아가는 사람이 몇몇 있었다.

그러나 위지천은 그런 사람들의 시선을 전혀 의식하지 않는 듯 천천히 걸음을 옮겼고, 상오上五라고 적힌 방으로 사라졌다. 그리고 방 안에서 기다리던 사람의 안내를 받아 비밀 통로를 걸었고, 잠시 후 평범한 가정집에 도착해서야 야랑주를 만날 수 있었다.

"이쪽으로 앉으시지요."

야랑주는 본연의 복장이 아닌 상인의 복장으로 위지천을 맞이했다.

"상황이 묘하게 변하고 있습니다."

야랑주는 위지천이 자리에 앉자마자 입을 열었다. 그가 지금의 상황을 얼마나 곤혹스럽게 느끼는지 알게 해 주는 행동이었다.

"연상곡에 관련된 일이오?"

"아닙니다. 혈사련의 일입니다."

"그들이 왜?"

"공격을 시작했습니다."

"어디를 말이오?"

"청해의 창오방彰悟房과 강서의 의검문義劍門입니다."

둘 다 무림맹에 속한 곳이다. 하지만 두 곳은 질적으로 달랐다. 창오방이 혈사련의 움직임을 파악하는 전초기지라면 의검문은 무림맹의 한 축을 담당하는 무력 단체였다. 그런데 그 두 곳이 한꺼번에 공격당했다면 결코 일반적인 시위는 아니었다.

"결과는 어떻게 되었소?"

"두 곳 다 멸문입니다."

예상대로였다. 지금까지 당하기만 하던 혈사련이 무슨 이유에서인지 적극적으로 전쟁에 임하고 있었다. 내부적으로 뭔가 일이 일어난 것이 분명했다.

"이곳에 있던 자들은 어떻소?"

"그것 또한 이상합니다. 그저께 밤을 마지막으로 완전히 사라졌습니다."

"혹시 연상곡으로 이동한 것 아니오?"

"그래서 저희들도 연상곡으로 사람을 보내 봤지만 아직까지 그들을 발견했다는 소식은 들리지 않았습니다. 다만 수연림水衍林으로 보낸 자들이 아직 연락이 없습니다.”

“그곳이 어디요?”

“종강으로 가는 길에 있는 숲인데 습기가 많고 우거진 탓에 근처에 사는 사람도 수시로 길을 잃어버리는 곳입니다. 해서 저희들도 그곳에 보낸 자들이 길을 잃었을 것이라 추측하고 있습니다. 물론 죽었을 가능성도 있지만요.”

“연상곡과는 얼마나 떨어져 있소?”

“대략 이십여 리 정도 됩니다.”

“연상곡과는 반 시진도 안 되는 거리에 있다는 말씀이구려.”

“무림인의 관점에서 보면 그렇지요. 한데 그것은 왜 물으십니까?”

“수연림에 보낸 자들은 모두 죽있을 것이오.”

야랑주의 얼굴이 굳어졌다.

“설마…….”

“그렇소. 혈사련은 그곳에 몸을 숨겼을 것이오. 그들은 결코 포기하는 자들이 아니오. 그리고 또 하나, 지금 그들의 전력은 이곳에 있을 때와는 비교할 수 없을 정도로 높아졌을 것이오.”

“어찌 그런 일이…….”

“나도 무슨 일인지는 모르지만 분명 내부에서 뭔가가 있었소. 그렇지 않고서는 지금처럼 갑자기 대응 방법을 바꿀 리가 없으니 말이오."

"하면 수연림은 저희가……."

설레설레.

위지천은 고개를 내저었다.

"이것은 나의 싸움이오. 그러니 야랑주는 지금처럼만 나를 도와주면 되오."

"그들의 전력이 더욱 높아졌을 것이라 하지 않았습니까? 그런데 어찌 혼자 상대하겠다고 하십니까."

"걱정하지 마시오. 그들은 한 군데에 모여 있는 것이 얼마나 미련한 짓인지 곧 알게 될 테니 말이오."

"혹시 수연림부터 정리하실 생각이십니까?"

"아무래도 그래야 할 것 같소. 유인하다가 가로막히면 유인이 아니라 포위가 되니까 말이오."

"그게 또 그렇게 되는군요. 아무튼 알겠습니다. 그럼 이제 마지막 정보를 말씀드리기 전에 한 가지 여쭐 것이 있습니다. 혹시 광록훈 거기장군 온시운이란 분을 아십니까?"

"우연히 한 번 본 적은 있지만 아는 사람은 아니오."

"진짜로 모르시는 분입니까?"

"그렇소. 그런데 그것은 왜 묻는 것이오?"

"제가 마지막으로 알려 드릴 것이 바로 그분에 대한 것입니다. 그분이 가주님을 찾고 있습니다."

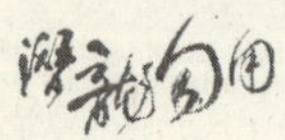

위지천은 고개를 갸웃거렸다. 며칠 전 객잔에서 슬쩍 본 것이 처음이자 마지막인 사람이었다. 아무리 생각해 봐도 그가 자신을 찾을 이유가 없었다.

"랑주도 그가 무엇 때문에 나를 찾는지는 모르는 모양이구려."

"예. 저도 그가 은밀히 가주님을 찾는다는 보고만 받았습니다. 그런데 악의는 없는 것 같다고 하더군요."

"악의는 없다……."

"예. 최대한 예의를 갖춰 조사하고 있다고 합니다. 제가 관부에 대해서는 잘 모르지만 그런 정도라면 최소한 만나서 나쁠 일은 없을 것 같습니다. 한번 만나 보시겠습니까?"

위지천은 고개를 저었다.

"그건 나중에 생각합시다. 지금은 눈앞의 일이 우선이오."

"알겠습니다. 그럼 나중에 결정하시면 알려 주십시오. 그때까지는 가주님의 행방을 감추겠습니다."

"고맙소. 그럼 다음에 또 봅시다."

문을 열고 나가는 위지천의 뒤로 어둠이 조금씩 내려앉고 있었다.

주르륵.

“에이, 씨발!”

바닥에 미끄러져 온몸에 수액을 묻힌 사내의 입에서 욕이 튀어나왔다.

혈검 이대 척후조 조장 오삼. 그의 직함이다. 내당 소속 전투대의 조장이라는 이름만큼이나 자부심이 대단한 그가 나무에서 흘러나온 수액에 미끄러졌으니 창피하기도 할 것이다.

“그나저나 갑자기 이게 무슨 일이야?”

처음 들어왔을 때부터 습기가 많은 곳이기는 했다. 하지만 지금은 나무에 손만 대도 물기가 줄줄 흐른다. 거기다 언제 생겨난 것인지도 알 수 없는 안개가 조금씩 숲을 뒤덮고 있다. 웃기는 일이지만 이대로 가다가는 자신도 길을 잃어버릴 수 있었다.

피식!

길을 잃어버린다는 생각 때문이었을까. 오삼은 잠시 과거로 돌아갔다. 친구들과 같이 물장구를 치며 놀던 강과 갖가지 과일나무로 우거진 뒷산이 추억이라는 이름으로 떠올랐다.

‘그때로 돌아간다면…….’

쓸데없는 생각이었다.

짜악!

오삼은 왼손으로 이마를 때려 머리에 떠오른 생각을 지워

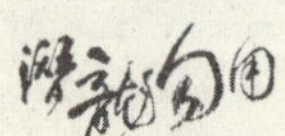

버렸다.

그때였다.

사르르르.

한 줄기 바람이 목을 스치고 지나갔다. 어렸을 때 맡았던 풀숲의 상큼한 냄새까지 느끼게 할 만큼 시원하면서도 상큼한 바람이었다.

'좋구나. 정말 좋…….'

생각이 이어지지가 않았다. 그리고 하늘이 돌았다.

털썩!

머리를 잃어버린 오삼이 잘린 나무토막처럼 바닥에 쓰러졌다.

'마흔아홉.'

현호도를 뽑아 든 위지천이 싸늘하게 식어 가는 오삼의 곁을 스치고 지나갔다.

어느 누구도 느끼지 못할 바람이 되어 숲을 거니는 위지천!

수연림은 이미 공간을 다스리는 이공술理空術 둔갑遁甲의 세상, 위지천의 세상이었다.

마랑魔郎!

그는 고아다. 아니, 고아였다. 그것도 꼽추인 고아였다. 당연히 그의 인생은 외롭고 고달플 수밖에 없었다.

그러나 지금은 보천궁에도 셋밖에 남지 않은 스승, 즉 궁사宮師다. 혈사련은 물론이고 당금 무림에서 그를 무시할 수 있는 존재가 채 백도 안 된다는 뜻인 것이다. 그래서 그는 백 살이 되던 지난해에 스스로 이름을 바꿨다.

마랑!

남들에게는 섬뜩하고 무섭게 들릴지 몰라도 그는 이 이름이 좋았다. 그래서 이름을 지은 날 처음으로 술에 취했다. 그리고 그 이름 덕분인지는 몰라도 살아서는 나갈 수 없을 것 같았던 보천궁이 구십팔 년 만에 다시 열렸다.

그것도 장로들만 출궁할 수 있는 부분 개방이 아니라 보천궁에 속한 모두가 출궁할 수 있는 완전 개방이었다. 만약 부분 개방이었다면 나이로 보아 자신과 두 명의 궁사는 보천궁에서 죽음을 맞이할 수밖에 없었는데도 말이다.

아무튼 마랑은 제일 먼저 보천궁을 나왔다. 그리고 즐거운 마음으로 이곳에 왔다. 이곳에서의 일이 끝나면 갈 곳도 미리 정해 놓았다.

사천당가!

어린 시절 추억이 많은 곳이다. 그것이 즐거운 추억이 아니라 나쁜 기억들뿐이지만 말이다. 당가에서의 기억을 떠올리던 마랑의 입가에 가느다란 선이 그려졌다. 꼭 죽여야 할 자들의 이름이 아직도 선명히 떠오르는 것이 그리 나쁜 기분은 아니었다.

씨이익!

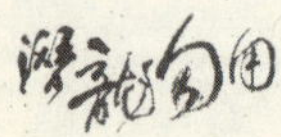

그렇지 않아도 기괴한 용모가 입가에 그려진 선으로 인해 더욱 기괴하게 변했다. 하지만 그는 그런 것에 신경을 쓰지 않았다. 아니, 신경 쓸 필요가 없었다. 예전과 달리 지금은 사람들이 그의 눈치를 봐야 했기 때문이다.

"삼몽."

"예, 어르신."

삼몽의 고개가 깊숙이 숙여졌다. 혈사련에서도 삼상三相으로 불리며 존귀함을 받던 그이지만 궁사라 불리는 마랑 앞에서는 감히 고개도 뻣뻣이 들지 못했다. 삼몽과 보천궁의 궁사는 그만큼 심한 차이가 있었다.

"당가는 많이 변했겠지?"

"그렇지는 않을 것입니다. 그들의 세월도 적은 것은 아니니까요."

"하긴 그렇구나. 그놈들 오래도 살았지. 그나저나 오늘은 왜 이리 빨리 어두워지는 것이냐?"

"그러게 말입니다. 척후 나갔던 놈들도 안 돌아오고……."

쓰윽!

마랑이 손을 들어 삼몽의 입을 막았다.

─무슨 일입니까?

─방금 근처에 있던 애들의 기척이 사라졌다.

마랑 때문에 기를 못 펴고는 있지만 삼몽 또한 평범한 사람은 아니었다. 하물며 잘못된 것이 무엇인지 말해 준 상태가 아니던가.

삼몽은 눈을 감은 채 주변의 기척을 살피기 시작했다.

'하나, 둘, 셋…….'

시간이 갈수록 숫자를 세는 속도가 점점 느려졌다. 더해지는 숫자만큼이나 사라지는 숫자가 많았기 때문이다. 결국 세는 것을 포기한 삼몽은 눈을 떠 마랑을 쳐다보았다.

─이게 대체 무슨 일입니까?

─진법의 일종 같은데 무엇인지는 잘 모르겠다. 하지만 진법은 자연의 질서를 교묘하게 비틀어 이익을 취하는 것에 불과하다. 고로 진법은 모두 허점이 있지. 특히나 지금처럼 빠른 시간에 설치하는 것은 더욱 그렇다.

─진법이라면 혹시…….

─그렇지. 네놈이 감춘다고 노력은 했지만 결국 제갈세가 놈들에게 들킨 거지. 이 근방에서 숲 전체를 진법으로 감쌀 수 있는 것은 그놈들뿐이니까.

─소 닭 보듯 하던 그놈들이 왜 이제 와서 우리를 노린다는 것입니까?

─그거야 나보다 네놈이 더 잘 알 것 아니냐. 어쨌든 확실한 것은 그놈들이 우리에게 칼을 겨눴다는 것이지.

─내 이놈들을……!

─흥분할 일이 아니다. 우리가 이곳에 숨은 것을 어떻게

알아냈는지는 모르지만 우리를 찾아낸 것이 그들에겐 천추의 한이 될 테니까. 우선 기척이 파악된 자들부터 이쪽으로 불러라.

-진법은 어떻게 하실 것입니까?

-조금 전에 말했지 않느냐. 진법은 절대 완전할 수 없다고. 그리고 완전하지 않은 진법은 결코 나를 막을 수 없다. 그러니 너는 혈검대부터 모아라. 나머지는 내가 알아서 하마.

-천무天武 님들은 어떻게 할까요?

어지간한 중소 문파는 세 명만으로도 충분하다는 보천궁의 장로들을 부르는 칭호가 바로 천무다. 그런데 지금 이곳에는 그런 자들이 자그마치 일곱이나 파견되어 있다.

그들의 숫자가 총 스물한 명에 불과하다는 점을 감안하면 혈사련이 이번 일에 얼마나 많은 노력을 기울이는지 알 수 있었다.

-그들은 혼자서도 자신의 앞가림 정도는 충분히 할 수 있는 애들이다. 네가 신경 쓸 일이 아니다.

-알겠습니다.

대답을 마친 삼몽은 곧바로 온몸의 내공을 모아 숲이 떠나갈 정도로 크게 외쳤다.

"내 목소리가 들리는 혈검대원들은 지금 즉시 내 곁으로 와라!"

숲의 중심부를 향해 움직이던 위지천도 삼몽의 소리를 들었다.

'둔갑을 어렴풋이나마 느끼는 자가 있다니······.'

동굴 속에서 밤을 기다리는 박쥐의 느낌을 주는 자!

위지천은 진작부터 마랑의 존재를 느끼고 있었다. 그러나 크게 걱정하지는 않았다.

둔갑은 무공이 높다고 깰 수 있는 것이 아니었다. 천지간의 조화라는 상단전을 열지 않은 자는 절대로 둔갑을 깨트릴 수 없다. 물론 둔갑이 모든 문제를 해결해 주는 것은 아니었다.

둔갑으로 보호를 받는다고 해도 칼에 맞으면 다치고 그것이 심하면 죽을 수도 있다. 물론 보이지 않으니 그런 일이 쉽게 일어날 리는 없겠지만 말이다. 여하튼 상대는 조심해야 할 자였다.

그리고 또 다른 자들. 지금까지 그가 상대했던 혈검대와는 달리 진한 회색 무복을 걸친 오십 대 후반의 노인들. 그리 가까운 거리가 아님에도 그들에게서는 검붉은 늑대의 심상이 확연히 그려진다.

육정기처럼 격식이 없는 자연의 무예를 익힌 것이 분명했다. 이런 자들은 본능적으로 움직인다. 그렇기에 무섭다. 지금도 본능적으로 누군가 다가오는 것을 느끼고 도를 무릎에 올려놓은 채 호흡을 가다듬고 있지 않은가!

'이런 자들이 일곱이라.'

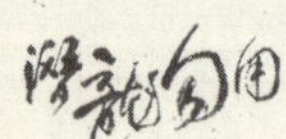

혈사련에서 육월성이란 이름으로 생활했을 때도 본 적이 없는 자들이었다. 혈사련의 숨겨 둔 힘 중 하나가 개방되었음을 알 수 있었다.

'역시 혈사련인가!'

하긴 이 정도도 아니면 무림맹과 함께 강호를 양분하지도 못했을 것이다.

위지천은 눈앞에 있는 자가 아까웠다. 아니, 그의 세월이 아까웠다. 하지만 그는 적이었다. 그리고 적의 삶을 안타까워하는 것 자체가 웃기는 짓이었다.

꽈아악!

현호도를 움켜쥔 위지천은 회색 무복 노인을 향해 다가갔다.

가볍게 털어 낸 현호도가 바람의 결을 타고 흐르듯 자연스럽게 흘러가며 노인의 목을 노렸다.

차앙!

예상대로 노인의 대응은 훌륭했다. 비록 목이 살짝 긁히기는 했지만 이곳까지 오면서 누구도 막지 못했던 현호도를 순간적인 동작만으로 쳐 냈다. 그러나 공중으로 치솟은 현호도가 미끄러지듯 아래로 파고들며 심장을 노린 두 번째 공격만큼은 그도 피하지 못했다.

"컥!"

외마디 비명을 끝으로 노인은 고개를 떨어뜨렸다.

쑤욱!

심장을 빠져나온 현호도가 다시 허공 속으로 사라졌다.

'십 성의 한적치광開摘取光이라. 절정의 경지를 바라보는 것이 세가의 호법과 비슷한 수준이군.'

상대를 잘 아는 것은 승리의 절대 요건이다. 그리고 그 사실을 위지천은 잘 알고 있다. 혈사련의 정보가 위지천의 뇌리에 차곡차곡 쌓이고 있었다.

어디선가 한 줄기 바람이 불어왔다.

휘리링!

위지천의 머리가 흩날리며 한겨울에 빛나는 별처럼 차가우면서도 깊은 눈빛이 살짝 모습을 드러냈다.

"이백여든두 명. 이제 백열하나만 남았다."

나직한 음성으로 숫자를 센 위지천의 걸음이 다시 시작되었다.

귀천鬼天.

마랑의 손에 들린 검의 이름이다. 길이 일 척 사 촌에 불과한 중검中劍 주제에 무슨 이름을 가지고 있냐고 할 것이지만, 이백 년 전만 해도 귀천검은 사람들에게 죽음을 내리는 사망 도구였다.

귀신처럼 검을 사용한다고 해서 귀검鬼劍이라 불리고, 워낙 많은 사람을 죽였기에 천악天惡이라 불린 귀검천악鬼劍天

惡 사무예가 사용한 검이 바로 귀천검이었기 때문이다.

그 귀천검이 중천中天을 향해 천천히 움직였다.

우우우웅!

검신합일劍身合一을 이루어야만 나타난다는 검명劍鳴이 귀천검의 몸을 통해 나지막이 울려 퍼졌다. 그리고 중천을 향해 곧게 뻗은 귀천검이 대지를 향해 길게 그어졌다.

"타앗!"

안개가 갈라졌다. 그리고 안개 속에 숨어 있던 십여 그루의 나무가 힘없이 넘어갔다.

콰과과광!

한 번의 칼질이 만들어 낸 일이라고 하기에는 너무나도 엄청난 광경이었다. 하지만 그것뿐이었다. 안개는 언제 갈라졌냐는 듯 다시 공간을 채워 갔고, 마랑을 중심으로 서 있던 혈검대원들도 여전히 한 명씩 공간 속으로 사라졌다.

이제 그의 곁에 남은 자는 삼몽을 포함해도 고작 삼십 명 정도였다.

"크크크크! 이번에도 그렇단 말이지."

허무하게 사라지는 검의 흔적을 보며 괴소를 흘리던 마랑의 기운이 변하기 시작했다.

츠츠츳.

귀천검에 새겨진 요결을 익히면서 얻게 된 귀천기鬼天氣가 움직였다. 한번 꿈틀거리기 시작하면 제어가 어려운 귀기로 만들어진 기운이다 보니 그도 가급적이면 사용을 자제한다.

귀천기를 십 성으로 끌어 올리면 하루가 넘게 귀천기에 먹힌다. 그때의 자신은 마랑이 아닌 귀천기의 망령일 뿐이었다. 그럼에도 마랑은 귀천기를 끌어 올렸다. 조금씩 다가오는 무언가가 마랑으로 하여금 더 이상 참을 수 없게 만들었기 때문이다.

음산하면서도 괴이한 기운이 마랑을 감싸는가 싶더니 귀천검의 끝에 풀잎에 맺힌 이슬처럼 영롱한 구슬이 생겨나기 시작했다.

검의 뜻을 알아야지만 나타난다는 검탄劍彈이 분명해 보였다. 그렇게 세상에 모습을 드러낸 검탄은 시간이 갈수록 점점 더 커졌고, 마침내 자두만 한 크기가 되었을 때 귀천검이 움직였다.

스파팟!

절대로 사라지지 않을 것 같던 안개가 부서지고 있었다. 그리고 사라졌던 혈검대원들의 모습도 안개 사이로 하나둘씩 드러났다. 그런데 그들 중 살아 있는 사람은 아무도 없었다.

'제갈세가의 능력이 이 정도였단 말인가!'

삼몽은 눈앞의 현실을 믿을 수가 없었다.

자그마치 삼백일흔세 명, 그것도 궁사 한 분과 천무 일곱 분 그리고 혈검대에서 제일 강하다는 일, 이, 삼 조와 송매당의 최정예 요원으로 구성된 조직이었다. 수연표국조차도

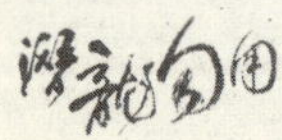

눈에 들지 않을 전력이었다.

그럼에도 결과는 상대를 보지도 못한 상태에서 삼십여 명만 생존해 있다. 게다가 천무 일곱 분은 살아 있는지조차도 확인이 안 된다. 전멸이라고 해도 하나도 이상할 것이 없는 상황이었다.

그런데 그런 결과를 만들어 낸 안개가 또다시 옆으로 퍼지며 나타났던 풍경을 지우고 있었다.

"크르르륵. 진짜 해보자는 거군."

몇 번의 실패를 겪은 궁사 또한 이미 정상적인 모습이 아니었다.

음산하면서도 괴이한 기운은 더욱 음산해졌고, 얼굴은 일그러졌으며, 눈은 회색빛 살기로 번뜩였다. 거기다 온몸의 핏줄까지 모두 튀어나와 있으니 그야말로 보는 것만으로도 두려움이 일었다.

그런 그의 손이 다시 움직이기 시작했다.

츠츠츠츠.

그때였다.

사르르르!

절대로 사라지지 않을 것 같던 안개가 서서히 걷히며 입가에 피가 묻어 있는 사내가 나타났다.

검은 무복에 검은색의 기형도 그리고 등 뒤로 보이는 가죽도집.

삼몽의 뇌리에 한 사람의 이름이 떠올랐다.

"진귀!"

놀란 얼굴로 자신의 별호를 부른 삼몽을 슬쩍 쳐다본 위지천은 곧바로 마랑에게로 시선을 돌렸다.

'귀기로군.'

마랑을 감싸고 있는 기운이 한눈에 들어왔다. 바로 자신이 펼쳐 놓은 둔갑의 일부를 깨트린 힘이었다.

쓰으윽!

위지천은 손을 들어 움직임이 멈춰 버린 중단전과 상단전을 살짝 쓰다듬었다.

둔갑이 약간 흐트러진 것만으로 엄청난 타격을 받았다. 물론 직접적으로 타격을 받은 것이 아니니 회복하는 데는 그리 오랜 시간이 걸리지 않을 것이다. 하지만 지금 당장 힘들게 된 것만은 사실이었다.

'참으로 묘한 것이로군.'

묘산요록은 알면 알수록 더 어려웠다. 오늘만 하더라도 둔갑이 타격을 받으면 자신 또한 타격을 받는다는 사실을 처음 알게 되었다. 하긴 남들이 한 번도 안 가 본 길이었다. 이런 정도의 어려움은 이미 예측하고 있었다.

'둔갑이 타인의 기운에 영향을 받지 않기 위해서는 십일 단계, 태극太極과 태허太虛의 경지에 들어서야 하는 것인가?'

위지천은 대충 그럴 것이라 짐작했다. 하지만 그것도 그

경지에 오르기 전에는 알 수 없는 일이었다.

"크크크크! 이번 일을 저지른 놈이 네놈이구나."

온몸의 귀천기를 모두 끌어 올린 마랑은 진귀조차 알아보지 못했다.

"귀기에 먹혔군."

처음부터 이곳에 있는 자는 한 명도 살려 주지 않을 생각이었지만, 이자는 특히나 위험했다. 상단전이 열리지 않은 자에게 귀기는 피를 부르는 마물이었기 때문이다.

위지천은 현호도를 늘어트리며 하단세의 자세를 취했다.

'피하지 않는다.'

사실 피할 생각이었다면 둔갑의 여력이 남았을 때 몸을 숨겼을 것이다. 그리고 아직은 무극혈룡지기와 하단전이 남아 있었다.

"와라."

화르르륵!

위지천의 의지에 따라 붉은 용이 눈을 떴다. 중단전이 멈추는 것과 동시에 기경팔맥으로 자리를 옮긴 무극혈룡지기가 하단전과 소통하며 진한 홍염紅焰의 꼬리를 드러냈다.

"크크크크. 용이라. 먹고 싶군."

마랑은 진짜로 먹음 직한 먹이를 본 사람처럼 입맛을 다시며 위지천을 향해 천천히 걸어가기 시작했다.

그런 마랑을 보며 고개를 내저은 삼몽은 내공을 끌어 올려 주위를 살폈다.

휘이잉!

스르륵!

나뭇가지를 스치는 바람과 떨어진 낙엽 사이를 미끄러지듯 나아가는 뱀의 움직임이 확연히 느껴진다. 하지만 그 어디에도 사람의 기척은 없었다.

'진짜로 혼자서 한 짓이란 말인가!'

삼몽은 믿을 수가 없었다. 하지만 방금 전까지 자신의 눈앞에서 일어났던 일이 아니던가. 믿지 않을 수가 없었다. 그나마 다행인 것은 진귀가 내상을 입은 것처럼 보인다는 점이었다.

'궁사께서 이길 수 있을까?'

삼몽은 고개를 가로저었다. 지금까지 일어났던 일을 모두 무시한다고 해도 상대는 십칠 초인 중의 한 명이었다. 궁사 혼자서는 상대할 수 없는 인물이었다.

스르렁.

삼몽은 검을 뽑아 들었다. 궁사께서 적과 아군을 구별할 수 있는지조차 확인이 안 된 상황이다. 하지만 합공 외에 다른 방법이 없었다.

"쳐라!"

혈검대원들의 허리춤에 꽂혀 있던 비수가 일제히 허공을 갈랐다.

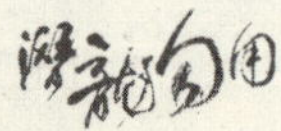

슈슈슉!

어떠한 형태를 그리며 날아가는 것은 아니지만 서른한 명이 날린 비수는 충분히 위지천을 위협할 만했다.

실룩!

위지천의 눈자위가 움직였다.

천천히 다가오는 마랑과 기세 싸움을 하는 상황이다. 움직인다면 상대에게 기회를 넘겨줄 수밖에 없었다. 하지만 그냥 서서 받기에는 서른한 개의 비수가 만만치 않았다.

'어쩔 수 없군.'

현호도를 살짝 들어 올린 위지천은 미끄러지듯 좌로 움직이며 현호도를 휘둘렀다.

따다당!

미처 피하지 못한 세 개의 비수가 현호도에 걸려 떨어졌다.

그때였다. 아주 느린 속도로 위지천을 향해 걸어오던 마랑의 몸이 튕겨지듯 앞으로 튀어나왔다.

우우웅!

괴이한 울음을 토해 내는 귀천검은 순식간에 위지천의 곁에 도착했다.

사방에서 몰려드는 서른두 명과 심장을 향해 날아오는 귀천검. 쉽지 않은 상황이다. 하지만 비수를 막기 위해 몸을 돌렸을 때부터 예상했던 일이었다.

차앙!

현호도를 살짝 비틀어 귀천검을 막아 낸 위지천은 곧장 공중으로 몸을 솟구친 후 귀신처럼 허공을 움직여 뒤쪽에서 다가오던 혈검대원들 사이로 파고들었다.

귀령초현鬼靈初現, 귀령진천鬼靈振天과 비응전신飛鷹電身이 섞인 귀령유보는 혈검대원들의 눈까지 휘둥그레지게 할 만큼 매끄러웠다. 그러나 그것은 죽음을 부르는 도무刀舞의 시작을 알리는 신호에 불과했다.

스사삭!

땅에 발을 디디는 것과 동시에 두 명의 목숨을 빼앗은 위지천은 계속해서 앞으로 움직이며 세 명의 목숨을 더 거두어들였고 좌로 미끄러지며 다시 두 사람의 목과 가슴을 베었다.

서걱!

"커헉."

위지천의 현호도는 비명 소리마저 길게 내지 못할 정도로 매서웠다. 두려움을 안겨 주기에 충분했다. 그러나 진짜로 혈검대원들을 두렵게 만든 사람은 마랑이었다.

"크르르르!"

악령의 울음소리와 비슷한 소리를 내며 위지천을 쫓는 그는 적과 아군을 가리지 않고 닥치는 대로 검을 휘둘렀다.

스팟!

빠른 속도로 움직이는 마랑에 의해 혈검대원들의 팔이 잘려 나가고 배가 갈라졌으며 허리가 베었다.

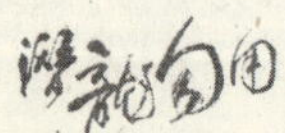

"끄아아아아악!"

사태가 이 지경으로 흐르자 삼몽은 난감하기 그지없었다. 하지만 이미 호랑이의 등에 올라탄 형세였다. 여기서 무사히 빠져나갈 수 있을지도 알 수 없지만, 설령 무사히 복귀한다고 해도 자신에게 돌아올 것은 죽음뿐이었다.

그렇지만 이제 움직일 수 있는 자는 겨우 열다섯이다. 거기다 숫자는 지금도 계속해서 줄고 있다. 진귀가 혈검대원들을 향해 움직이면 마랑이 동조라도 하듯 그를 따라다니며 검을 휘두르고 있었기 때문이다.

사사삭!

"끄아아악!"

또다시 세 명의 혈검대원이 시체로 변했다. 이대로 가다가는 진귀도 진귀지만 마랑의 손에 모두 죽게 될 판이었다.

질끈!

아랫입술을 깨문 삼몽은 골편으로 만든 두 개의 비수를 품속에서 꺼냈다.

부들부들!

비수를 쥔 손이 눈에 띌 정도로 심하게 떨렸다.

초혼귀령招魂鬼聆!

혼을 불러 귀신을 다스린다는 희대의 술법. 초혼사란 자에 의해 세상에 모습을 드러냈으며, 너무도 극악하기에 정파와 사파 모두 금지공으로 규정한 술법이다.

　그런 술법을 혈사련은 칠십 년 동안 연구했고 결국 피해를 최소화하는 방법을 찾아냈다. 그리고 그 술법은 삼몽에게로 이어졌다. 삼몽이 굳이 마랑과 함께 이곳으로 온 것은 바로 그가 가진 초혼귀령 때문이었던 것이다.

　그럼에도 삼몽은 선뜻 초혼귀령을 사용할 수가 없었다. 마랑의 눈이 회색빛만 아니면 한 개의 귀령비만으로 충분히 제어할 수 있다고 했다. 하지만 지금처럼 마랑의 눈이 회색빛으로 변하면 두 개의 귀령비를 모두 사용해야만 제어할 수 있을 것이라 했다.

　초혼귀령을 대충 알고 사람들은 한 개나 두 개나 모두 몸에 꽂는 것이니 별 차이가 없는 것 아니냐고 말할 수도 있겠지만, 사실 그것은 초혼귀령에 대해 아무것도 모른다고 실토하는 것이나 다름없다.

　초혼귀령은 한 개만 꽂으면 시간을 두고 내공을 회복할 수 있다. 하지만 두 개를 꽂으면 초혼귀령이 몸 안의 내공을 모두 빨아먹는다. 그야말로 평범한 사람이 되고 마는 것이다. 무인으로서 내공을 잃는다는 것, 그것은 곧 죽음이었다.

　'결국 이렇게 되는 것인가.'

　초혼귀령을 배울 때부터 언젠가는 이런 날이 올 줄 알았다. 그럼에도 삼몽은 혈사련이 원망스러웠다. 하지만 다른 선택이 없었다. 선택이란 지금 그가 할 수 있는 일이 아니었기 때문이다.

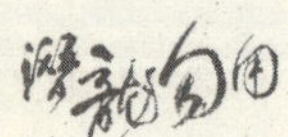

귀령비를 쥔 삼몽의 손에 힘이 들어갔다.

푹! 푸욱!

단중혈과 기해혈에 귀령비가 꽂혔다.

"끼아아아악!"

머리카락이 솟구칠 정도의 송연한 외침과 함께 삼몽의 모습이 빠르게 변해 갔다. 머리는 순식간에 백발이 되었고, 눈은 죽음을 앞둔 늙은이의 눈처럼 회색으로 변했으며, 얼굴과 손 또한 탱탱한 부분을 찾아볼 수 없을 만큼 쭈글쭈글해졌다.

"귀령은 내 뜻을 따라라."

끊임없이 좌우로 움직이던 마랑이 제자리에 멈춰 섰다.

"귀령은 지금 즉시 진귀를 공격해라."

귀기로 가득 찬 마랑의 눈동자가 위지천에게로 고정됐다.

"그를 죽여라. 죽이지 못하면 네가 죽는다."

"끼아아악!"

귀신의 울부짖음을 내지른 마랑이 허공으로 치솟는가 싶더니 이내 위지천의 눈앞에 나타났다.

슈아아악!

위지천으로서는 한 번도 경험해 보지 못한 엄청난 속도였다.

팔랑!

잘린 소맷자락이 공중으로 날아올랐다.

위지천은 마랑이 나타나는 것과 동시에 뒤로 물러섰다. 그럼에도 귀천검을 완전히 피하지 못했다. 상단전이 온전했다면 결과는 달라졌을 것이다. 하지만 그런 것에 마음을 쓸 여유가 없었다.

"끼아아악!"

또다시 괴성을 내지른 마랑이 마치 누군가에 의해 들린 것처럼 허공으로 떠오르더니 이내 좌우로 움직인다. 깃털처럼 표홀히 움직이는 것이 진짜 귀신의 움직임 같다.

'귀령에 먹힌 자들의 움직임이 세상의 이치를 무시한다고 하더니…….'

현호도를 늘어트린 위지천의 손에 힘이 들어갔다. 움직임이 자연의 섭리를 무시한다면 공격도 그와 같을 것이기 때문이다.

이런 생각을 하는 사이 홀연히 위지천의 우측에 나타난 마랑의 귀천검이 허공을 갈랐다.

하지만 이미 준비를 하고 있던 위지천이다. 순순히 당해줄 리가 없었다. 좌측 발을 반보 내딛는 것만으로 몸을 우측으로 튼 위지천은 다가오는 귀천검을 향해 현호도를 뻗었다.

슈아아악!

밑에서부터 쳐 올라간 현호도가 빠른 속도로 귀천검을 향해 갔다.

파앙!

연거푸 뒤로 세 발자국을 물러선 마랑의 눈이 이제는 하얗

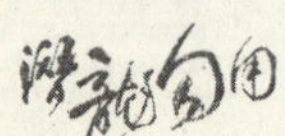

게 변했다.

"끄아아악!"

마랑조차 한 번도 사용해 본 적이 없는 십이 성의 귀천기가 그의 몸을 휘감아 돌기 시작했다. 이제 마랑이 어떻게 변할지는 하늘만이 알 일이었다. 그런 마랑의 손이 빠르게 움직이기 시작했다.

휘리리릭!

끊임없이 좌우로 움직이는 귀천검의 모습이 뚝뚝 끊어진다. 너무도 빨리 움직이는 탓에 눈이 좇아가지 못하는 것이다.

위지천은 현호도를 중단으로 고쳐 잡은 후 검의 궤적을 좇기 시작했다. 지금 마랑이 사용하는 무기는 괴이독랄하게 움직이는 편鞭이 아니라 일정하게 움직이는 검이다. 궤적만 좇는다면 절대 놓칠 리가 없었다.

이런 상황에서 검의 모습이 나타났나 사라지고 다시 나타나기를 얼마 정도 반복했을까!

스르륵!

마랑의 모습이 허공 속으로 녹아들었다. 이제 위지천의 눈에 보이는 것은 그리 멀지 않은 곳에서 요사한 빛을 내뿜고 있는 검 한 자루와 엉거주춤한 자세로 멀리서 위지천을 포위하고 있는 몇 명의 혈검대원 그리고 이제 죽을 날만 기다리는 모습으로 변한 삼몽뿐이었다.

'이 상태로 기다리는 것은 어리석은 짓이다.'

최선의 방어가 공격이라는 사실은 고대로부터 내려온 진리였다.

꽈악!

현호도를 쥔 위지천의 손에 힘이 들어갔다.

"타앗!"

고래의 진리에 따라 몸을 움직인 위지천은 귀천검의 뒤편을 향해 현호도를 움직였다. 마랑을 볼 수는 없지만 귀천검의 뒤에 그가 있을 것은 불을 보듯 명확한 일이었다.

부우욱!

천을 가르는 소리와 함께 허공을 가른 현호도는 한 치도 어긋남 없이 귀천검의 뒤 공간을 갈랐다.

위지천은 이제 피가 튀고 그 공간에서 마랑이 튀어나올 것임을 믿어 의심치 않았다. 하지만 현실은 그의 생각과 달랐다.

피잇!

위지천이 움직인 만큼 가까워진 귀천검이 그의 오른쪽 어깨를 스치고 지나갔다. 귀천검이 옆으로 움직인 것을 보고 재빨리 피하지 않았다면 아마 어깨가 통째로 잘려 나갔을 것이다.

'어째서……?'

분명히 귀천검의 뒤 공간을 갈랐다. 그런데 어떻게 아무런 영향도 받지 않고 귀천검이 움직였는지 도무지 알 수가 없었

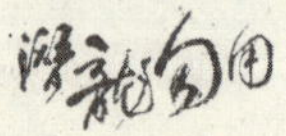

다. 그런데 그것보다 더욱 큰 문제는 이런 생각을 하는 사이
에도 귀천검은 여전히 움직이고 있다는 것이었다.

피리리링!

귀천검은 자유자재로 허공을 날고 있다. 보이지가 않아서
그렇지 만약 보인다면 이 순간 마랑의 몸은 팔꿈치와 어깨는
물론 허리까지도 자유자재로 꺾이고 있을 것이다. 아니면 지
금의 궤적이 나올 수 없었다.

휘릭! 휘리리릭!

위지천은 팔을 타고 흐르는 피조차 무시한 채 극성으로 귀
령유보를 펼쳤다. 그렇게 하지 않으면 금방이라도 몸이 잘릴
것 같았기 때문이다.

좌로 움직이는 것 같다가도 이내 뒤로 움직이고, 뒤로 움
직이는 것 같다가도 어느새 앞으로 나가는 그의 몸은 귀신의
움직임이 무엇인지를 여실히 보여 주고 있었다. 하지만 위지
천을 따르는 귀천검의 움직임도 만만치 않았다.

'어떻게 한다.'

지금처럼 수비만 하다가는 정말로 목숨을 잃을 수가 있
다. 하지만 공격은 고사하고 실체도 찾지 못하는 형편이 아
니던가.

'실체!'

위지천의 눈이 반짝였다.

'눈을 가릴 수는 있지만 기운까지 감출 수는 없을 것이다.

그렇다면……'
번쩍!
위지천의 눈이 순간적으로 묘산안으로 변했다. 푸른색으로 변한 그의 눈동자 위에 바람의 결과 대지의 선, 물의 흐름이 그려졌다. 그리고 죽음의 색깔인 회색빛 망령이 나타났다.

등은 꼽추에 왼쪽 팔꿈치는 휘어져서 등에 붙고 오른쪽 어깨는 탈골된 듯 덜렁거렸으며 왼쪽 다리는 뒤로 완전히 꺾여 있다. 그럼에도 회색빛 망령인 마랑은 멀쩡하게 움직이고 있다.

'귀령체鬼靈體!'
위지천은 한눈에 마랑의 상태를 알아보았다.
귀기는 인간이 감당할 수 있는 기운이 아니다. 그래서 귀기에 당한 인간은 대부분 미치거나 죽는다. 하지만 어떤 연유에서든 귀기를 몸 안에 품고도 살 수 있는 자가 있다.

그리고 그런 인간이 감당할 수 없는 귀기에 휩싸이면 인간도 귀신도 아닌 존재가 되어 버린다. 그것이 바로 귀령체다.

묘산요록, 그것도 뒷부분에 가서야 기술된 신체. 그곳에는 귀령체에 대한 자세한 설명과 그것을 없애기 위해서는 묘산요록이 칠 단계에 올라야 한다는 것 그리고 귀령체는 발견 즉시 참살해야 한다고 적혀 있다.

귀령체를 놓치면 세상이 피로 물들고 귀신의 울음소리가

천지를 뒤덮을 것이라는 첨언도 달려 있지만 말이다.

'세상이 어찌 되려고 살정기에 이어 귀령체까지…….'

오랜 시간 감춰진 것들이 하나둘씩 세상에 모습을 드러내고 있었다.

후아악!

시체가 썩는 것 같은 퀴퀴한 냄새가 코끝을 스쳐 가는 것 같다.

이런 생각을 하는 사이에도 귀천검은 여전히 위지천을 위협하고 있다. 하지만 모든 것이 드러난 마랑은 이제 한낱 귀령일 뿐이었다.

"파破!"

목소리는 힘이 되고 그 힘은 다시 둔갑이 되어 마랑을 덮쳐 갔다.

"끄아아악!"

칼로도 베지 못한 마랑이 위지천의 말 한마디에 비명을 지르며 몸을 비틀기 시작했다. 어차피 다시는 인간 세상으로 돌아올 수 없는 자다. 묘산요록의 글귀가 아니더라도 마랑은 세상에서 사라져야 할 자였다.

위지천의 왼손이 수결을 그리는가 싶더니 이내 현호도를 따라 움직였다.

"암왕의 뜻이 여기에 머문다. 명冥!"

죽음을 다스리는 명도술冥到術이 둔갑의 묘리에 따라 현호도에 펼쳐졌다. 그리고 현호도가 허공을 갈랐다.

서걱!

화르르륵!

한 줄기 회색 연기와 함께 회색빛 망령으로 변한 마랑이 사라졌다.

무심한 시선으로 그 모습을 바라보던 위지천은 천천히 현호도의 방향을 바꿨다. 몇 명 남지 않은 혈검대원과 금방 죽어도 이상할 것이 없는 삼몽이 그 끝에 있었다.

"미련은 남기지 않는 법. 타앗!"

현호도를 곧추세운 위지천이 땅을 박차고 앞으로 나아갔다.

몇 개씩 나눠 가진 것이냐

한중漢中!

섬서성 남서부에 위치한 도시로, 진령산맥과 대파산맥의 중간에 있는 거대 분지의 중심에 자리 잡고 있다. 도시 옆으로는 한수漢水가 흐르고 밑으로는 남부를 잇는 관도가 통과한다. 한중이 호북, 사천, 감숙을 잇는 수상, 육상 교통의 중심지가 되는 이유였다.

그 때문인지는 모르지만 삼 성의 물건들은 거의 이곳에 모인다. 그중에 특히 약초는 대륙 전체로 퍼져 가는 상품 중의 상품이다. 당연히 이곳에는 그것들을 취급하는 선방船房과 마방馬房이 즐비했다.

그런 마방 중 하나인 이마역易馬驛.

자신들 나름대로는 한중의 마방 중 최고라고 자부하는 곳이다. 그렇기에 일 년 사시사철 한 번도 문을 닫은 적이 없다. 그런데 오늘 그곳의 문이 굳게 잠겨 있었다.

또 하나 이상한 점은 말을 돌보며 표사들과 허물없이 지내던 사람들이 말을 버려둔 채 마방 곳곳을 지키고 있다는 것이었다. 그것도 검이나 도 등 무기를 든 채 일정한 거리를 유지하고서 말이다.

그런 마방의 한쪽 구석, 마방에서 제일 오랫동안 일했다고 해서 일부―夫로 불리는 노인이 사는 허름한 모옥에 턱수염만 대충 기른 칠십 대의 노인과 불그스레한 대춧빛 신색을 가진 오십 대 중년인이 마주 앉아 있다.

"누가 왔다고?"

"위지대운입니다."

"그놈이 여길 왜?"

"끈 떨어진 쪽박신세가 되었으니 마지막으로 어르신에게 의지해 보려는 것이 아니겠습니까."

"그놈, 이번에도 연희를 들먹이면서 왔겠지?"

중년인은 아무런 대답도 하지 않았다.

하지만 노인은 그런 태도에서 자신의 예측이 틀리지 않다는 것을 알게 되었는지 긴 한숨과 함께 눈을 감았다.

이런 적막한 시간이 일각쯤 흘렀을까?

노인은 눈을 떠 중년인을 쳐다보았다.

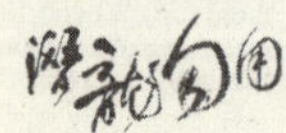

“연희가 마음을 쓰던 애들도 다 죽었다고 했던가?”

“예, 어르신. 하지만 그 일은 진귀가 아니라 혈사련의 살정인이 저지른 짓입니다.”

“난 죽인 자가 아니라 그런 상황을 만든 놈에게 책임이 있다고 생각하는데, 자네는 내 생각과 다른가 보구먼.”

“아닙니다. 소인은 그저 혈사련도 책임을 면할 수가 없다고 생각했을 뿐입니다.”

“첨탁아!”

“예, 어르신!”

“난 요즘도 가끔 연희와 너를 묶어서 생각할 때가 있다.”

“어르신!”

노인을 부르는 중년인의 목소리가 커졌다.

노인은 여전히 나지막한 음성으로 말을 이어 나갔다.

“만약 그랬다면 연희가 아비에 가시노 않았을 것이고 정난사태도 되지 않았겠지. 지금과 같은 소리도 듣지 않았을 테고 말이다. 하지만 어쩌겠느냐? 이것도 내 운명인 것을…….”

중년인은 말없이 고개를 숙였다.

“그나저나 이번 일에 대해서는 누군가 책임을 져야 되겠지?”

기다렸다는 듯 중년인이 고개를 들더니 강렬한 시선으로 노인을 쳐다보았다.

“당연한 말씀이십니다.”

“그럼 너는 누구의 책임이 제일 크다고 생각하는가?”

중년인은 아무런 대답도 하지 않았다. 그저 더욱 강렬해진 시선으로 노인을 바라볼 뿐이었다.

“역시 위지대운 그놈이겠지. 그다음은 진귀고 마지막은 칠공. 이것이 네 생각 아닌가?”

“전 어르신의 지시를 따를 뿐입니다.”

“에이, 못난 놈. 장차 주인의 오른쪽에 서 있을 놈이 그렇게 물러 터져서야 어찌하누.”

“그 자리는 어르신의 것이고 저는 그 아래 조그마한 틈만 있으면 됩니다.”

“에라, 이 못난 놈.”

말은 이렇게 하지만 중년인의 말이 싫지 않은 듯 노인의 안색은 처음과 달리 무척이나 밝았다.

“그나저나 십공의 자리가 비게 생겼군.”

“주인의 허락을 받지 않아도 되겠습니까?”

“주인께서는 이미 두 달 전에 허락을 하셨다. 그때 이미 쓸모없는 놈이라는 평가를 내리신 거지.”

“아씨께서 서운해하실 것입니다.”

피식!

노인의 입가에 쓸쓸한 미소가 스치고 지나갔다.

“서운해하는 정도가 아니라 지금보다도 더 날 미워하겠

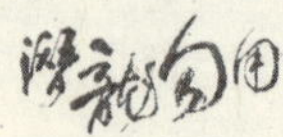

지. 하지만 지금까지의 도움이면 충분했어. 아니, 과했지.”

중년인은 아무런 말도 하지 않았다. 대수롭지 않게 말을 하는 이 순간에도 노인의 마음은 찢어질 듯 아플 것이라는 사실을 그는 알고 있기 때문이었다.

“그건 그렇고 그놈과 만나는 것이 다른 사람 눈에 띄지는 않았겠지?”

“그저 마부와 손님이었을 뿐입니다.”

“하긴 우리는 마부일 뿐이지. 역주인 너도, 일부인 나도 말이다.”

“알고 있습니다.”

“참, 진귀라는 놈은 지금 어디에 있지?”

“사천에 있습니다.”

“사천이라. 먼 곳에 있군.”

“예. 당가나 이미 둘 중 하나인 것 같은데 아직 어딘지는 모르겠습니다.”

“사천이란 말이지. 좋아, 진귀에게는 이사異蛇를 보내고 위지대운에게는 포룡원捕龍院을 보내라. 이사에게 보내는 전서는 평소처럼 삼오三五 전서구를 이용하면 될 것이다.”

‘헉!’

중년인의 눈이 커졌다.

용을 잡는다는 이름의 포룡원은 어르신의 명령을 따르는 곳이니 위지대운의 처리에 동원되는 것이 그리 이상하지 않

다. 하지만 이사는 주인의 명령이 있어야지만 움직이는 집행
인이다.

　가까이에서 주인을 모시는 자신조차도 그들의 얼굴은 물
론 나이도 모른다. 그런데 진귀의 처리에 그들이 동원되고
있었다. 주인께서 진귀를 무림맹주와 동일한 수준으로 보지
않았다면 일어날 수 없는 일이었다.

　'그 정도란 말인가!'

　중년인은 서둘러 놀란 가슴을 가라앉혔다. 아직 자신에게
허락되지 않는 부분까지 엿보려는 것 자체가 얼마나 위험한
지 그는 알기 때문이었다. 하지만 그냥 넘어가서는 안 되는
일이 하나 있었다.

　"삼공께서 가만히 계시겠습니까?"

　"그 문제는 주인께서 알아서 하실 것이다. 그러니 너는 내
지시대로만 하면 된다."

　"알겠습니다."

　"칠공도 조금은 자중하는 것이 좋겠다는 뜻만 적어 보내
라. 때가 되면 내가 직접 그를 만날 것이다."

　번쩍!

　노인의 눈 속 깊숙한 곳에서 진한 살기가 스치고 지나갔
다. 그러나 이미 고개를 숙인 중년인은 그 눈빛을 보지 못
했다.

　"칠공께 연락하겠습니다."

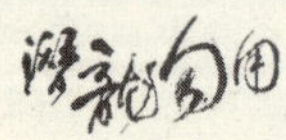

"참, 이사에게 이번에는 좀 조용히 처리하라고 적어 보내
라. 저번에는 너무 많은 사람들이 죽어서 힘들었다고 말이
야. 주인께서 아직 세상을 힘으로 누를 때가 아니라고 생각
하신다는 것도 적어 보내고. 그래야만 말을 들을 놈들이니까
말이다."

"알겠습니다."

"좋다. 그만 나가 봐라. 참, 위지대운은 흔적이 남으면 안
되니 쓸데없이 비석 같은 것에 돈 들이지 마라."

"예, 어르신!"

죽음조차 감추려는 자에게 마지막을 의지하려고 온 위지
대운이 참으로 불쌍해지는 순간이다.

쓱쓱, 쓰윽!

위지천이 막대기로 선을 그리고 있다.

'건乾 · 태兌 · 이離 · 진震 · 손巽 · 감坎 · 간艮 · 곤坤.'

팔괘八掛를 이용한 진법이 분명했다. 거기에 여러 가지를
합치고 사람들까지 이용해 팔괘를 비틀어 놓기는 했지만 그
래도 기본은 팔괘였다.

위지천은 들고 있던 막대기를 던지며 자리에서 일어섰다.

'어리석은 자들.'

무릇 기본을 무시하면 괴리가 생긴다. 그리고 그 괴리는 전체를 흔드는 요인이 된다. 그런데 지금 눈앞의 진법은 너무 변화에 치중한 나머지 근본이 되는 팔괘를 흩트려 놓았다. 더 이상 볼 것이 없었다.

위지천은 힘껏 기지개를 켰다.

우두두둑!

지난 하루의 휴식으로 중단전은 자연의 기운과 원활히 소통하고, 하단전은 무극혈룡지기와 어울려 힘차게 움직인다. 둔갑이 흐트러짐으로써 받은 타격이 완전히 회복되었다는 증거였다. 진법까지 파악한 이상 이곳에 있을 이유가 없었다.

피빗!

가볍게 땅을 찍은 위지천은 길게 펼쳐진 절벽을 따라 움직이기 시작했다. 그런데 그가 밟은 자리에 아무런 흔적도 없었다. 이렇게 움직이던 위지천이 어느 순간 절벽을 향해 날아가더니 이내 흔적도 없이 사라졌다.

서걱. 퍽!

목을 부여잡고 쓰러진 자 뒤로 이마에 비수가 꽂힌 자가 넘어갔다.

쓰우욱!

비수를 뽑아낸 위지천이 주위를 둘러보았다.

사르르륵!

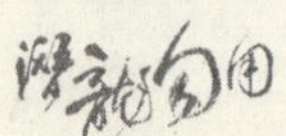

귓가를 간질이던 바람이 잔잔해지는가 싶더니 이내 서북 쪽으로 흐르기 시작한다.

'간艮이 손巽으로 바뀌는군.'

터벅터벅!

위지천은 좌로 이 보, 뒤로 삼 보를 걸은 후 다시 우로 일 보를 내디뎠다.

'그나저나 징그럽군. 일각에 팔방이 두 번씩 바뀌다니.'

이제 겨우 아홉을 정리했다. 그런데 진은 벌써 네 번의 변화를 겪고 있다. 일각에 두 번씩 변화하는 셈이다. 게다가 진법의 영향인지 오 장을 넘어서면 아무것도 느껴지지 않는다.

'너무 지체되고 있다.'

수연림의 일로 인해 하루라는 시간이 날아갔다. 그런데 지금 이대로라면 이곳에 숨어 있는 자들을 정리하는 데만도 하루는 걸릴 일이었다. 아니, 더 걸릴 수도 있다. 체력도 체력이지만 궁귀가 그 시간을 기다려 줄지 알 수가 없었다.

'만약 그들이 기다리지 않고 이곳으로 온다면…….'

설레설레!

위지천은 고개를 가로저었다. 자신조차도 진이 변할 때는 자리를 잡고 기다려야 한다. 그런 곳에 진법도 모르는 자가 들어온다면 그 후의 일은 생각하기도 싫었다. 기본조차 비비 꼬아 버린 진법이지만 흉흉함만큼은 인정해 줘야 했다.

'둔갑을 사용한다면…….'

위지천은 다시 고개를 가로저었다.

둔갑이라면 진 자체를 흔들어 버릴 수 있을 것이다. 당연히 시간도 단축할 수 있을 것이고 말이다. 하지만 이곳에도 수연림에서처럼 둔갑을 어렴풋이나마 느끼는 자가 있고, 거기에 마랑 같은 자까지 함께 있다면 이곳에서의 어려움은 수연림과는 비교할 수 없을 것이다.

태극과 태허에 이르지 못한 이상 둔갑, 인정하기는 싫지만 지금은 득보다 실이 많았다.

'결국 정면 돌파뿐인가.'

하루를 더 소비한다고 해도 궁귀가 기다릴 수는 있다. 하지만 그것을 성공만 한다면 이곳에 있는 자들을 원하는 곳으로 끌고 갈 수 있다.

'어차피 외길이라면…….'

스르르룽!

간방艮房의 축을 향해 몸을 돌린 위지천은 현호도를 뽑아 들었다.

'한 놈도 남김없이 끌고 간다.'

현호도가 천천히 상단으로 움직였다.

파르르륵!

뜻이 열리자 중단전과 하단전을 오가던 무극혈룡지기가 기다렸다는 듯 밖으로 흘러나오며 화염처럼 넘실거리기 시작했다. 그리고 붉은 용이 눈을 떴다.

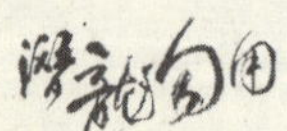

피리링!

처음에는 그저 조금 센 바람인가 싶었다. 그런데 어느 순간 그것이 자그마한 회오리로 변하더니 이내 커다란 폭풍이 되어 위지천의 몸을 감쌌다.

그때였다.

"천붕지파天崩地破(하늘이 무너지고 땅이 갈라진다)!"

중단전과 하단전을 관통한 거대한 힘이 붕崩과 파破의 무리를 담고 대지를 강타했다.

콰아아앙!

삼 보 앞 땅을 중심으로 그려진 동심원이 사방으로 퍼져 나갔다. 땅이 거북이 등처럼 갈라지고 갈라진 조각들은 공중으로 치솟아 올랐다.

퍼억! 퍼버버벅!

"커헉!"

"끄아아아악!"

동심원에 닿는 것은 모조리 파괴되고 부서졌다. 진문전주가 그토록 자랑했던 팔로금쇄진은 물론이고, 그 속에 몸을 숨기고 있던 자들 또한 마찬가지였다. 그런데 그 넓이가 자그마치 반경 이십 장이었다.

'이 정도일 줄이야.'

이전에도 여러 번 중단전의 기운을 사용했고, 그중의 몇 번은 커다란 도움도 받았다. 하지만 지금처럼 시간을 두고 중단전의 기운을 모아서 칠 성의 진력으로 무공을 펼쳐 본 것은 처음이었다. 두 가지 무리를 섞어서 사용한 것도 처음이지만 말이다.

'칠 성의 진력 아니면 두 가지 무리를 합친 파괴력.'

아직 어떤 것이 이런 위력을 만들어 낸 것인지는 모른다. 하지만 언제든지 칠 성 이상의 진력을 뿜어낼 수 있고, 두 가지 이상의 무리를 마음대로 섞어 사용할 수만 있다면 지금보다 더 큰 위력을 발휘할 것만은 확실했다.

'중단전과 무리의 통합이라.'

무리야 어차피 하나로 묶으려고 한 것이니 평생을 두고 노력해야 할 일이다. 하지만 자연의 기운을 사용하는 중단전을 순식간에 칠 성 이상으로 끌어올리는 것은 중단전의 특성상 매우 어려운 일이었다.

'결국 시간인가.'

뜻밖의 일로 자신에게 가장 부족한 것이 무엇인지 알게 되었다. 그리고 그것이면 충분했다. 안다면 노력할 수 있고, 노력하면 언젠가는 자신의 것으로 만들 수 있다는 사실을 그는 경험으로 깨닫고 있었다.

'그래, 이것이면 충분하다.'

위지천은 서둘러 마음을 가다듬었다. 멀리서 꽤 많은 수가 달려오는 소리가 들려왔기 때문이다.

스르르륵!

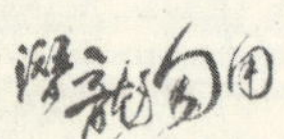

왼쪽으로 몸을 돌린 위지천의 손이 다시금 천천히 위로 올라갔다.

어차피 시끄럽게 만들려고 벌인 일이다. 또다시 시끄러워진다고 해도 전혀 상관없었다. 그리고 조금 전의 느낌도 다시 한 번 겪어 보고 싶었다.

"천붕지파!"

팔 성으로 높아진 진력이 이번에는 태방兌房의 축을 강타했다.

콰과과광!

"끄아아아악!"

전보다는 조금 먼 거리에 반경 이십오 장 정도로 넓어진 동심원이 그려졌다. 그리고 그 위로 갖가지 파편이 떨어졌다.

투드드득.

위지천의 신형이 공중으로 치솟은 것이 그 순간이었다.

"타앗!"

똑바로 솟구친 신형이 정점에 오르는 순간 몸이 비틀리는가 싶더니 이내 좌측으로 방향을 틀어 날아가기 시작했다.

"잡아라!"

"입구로 간다! 안으로 몰아라!"

두 번의 축 공격으로 진법의 태반이 무너진 듯 위지천을 따르는 자들의 움직임에는 거침이 없었다. 하지만 그것은 위지천 또한 마찬가지였다.

휙휙!

주위의 사물들이 순식간에 뒤로 사라진다. 근간에 이렇듯 시원하게 달려 본 적이 없었기 때문일까. 문득 호기가 가슴에 가득 차오른다.

"크하하하하!"

그의 웃음소리가 협곡을 가득 채웠다.

이런 웃음소리는 위지천이 첫 번째 만들어 낸 동심원 위에 서 있는 세 사람에게도 들렸다.

"한 번의 공격만으로 간방의 축이 무너진 것이 확실하오."

"그럼 태방의 축도……."

"그럴 것이오."

제갈상기와 지각주 유지현의 대화를 듣고 있는 섬전일검 풍도진의 얼굴이 하얗다. 대충 봐도 반경 이십여 장에 가까운 크기다. 그런데 앞에 보이는 것은 이보다 더 컸다. 그런데 그것을 한 번에 만들어 냈다고 말하고 있었다.

이곳으로 오기 전 아버지가 슬픈 눈으로 한 말이 문득 떠올랐다.

— 절대 칼을 뽑지 마라. 그런데도 그가 죽이겠다고 하면 그냥 죽어라. 네가 죽으면 나도 살 수 없겠지만 최소한 며느리와 배 속에 있는 아이 그리고 수연표국은 살아남을 것이

아니냐.

　초인 중의 한 명이니 이길 수 없는 상대라는 것은 이미 알았다. 그러나 자신 또한 섬전검이 십 성을 넘어 새로운 경지로 나아가는 중이다.
　거기다 스승이신 절정검絕情劍 탁진기와 제갈세가의 진문전주인 제갈상기 그리고 사마세가의 비밀 세력 중 하나라는 지각주라면 능히 한번 해볼 만하다고 생각했다. 진법과 다른 사람들의 도움이 없더라도 말이다.
　그런데 지금 그가 만들어 놓은 흔적을 보는 순간 자신의 생각이 얼마나 허망한 꿈인지 알게 되었다.
　'아버님의 말씀대로 내가 진짜 수연표국을 멸망으로 밀어 넣은 것인가?'
　아직 젊기에 만용과 용기의 차이를 모르는 풍도진이지만 결코 어리석은 사람은 아니었다. 하긴 그렇기에 진문전주도 어렵다고 하는 팔로금쇄진을 짧은 시간 내에 설치할 수 있었겠지만 말이다.
　'이제 어떻게 한다.'
　순식간에 철부지의 탈을 벗어 버린 풍도진의 뇌리가 빠른 속도로 움직였다.
　이 순간 풍도진만큼 머리가 빨리 움직이는 사람이 한 명 더 있었다.

‘팔로금쇄진이 이렇게 허망하게 부서지다니…….’

멀리 또 하나의 동심원을 바라보는 제갈상기의 머리가 복잡하다. 팔로금쇄진으로는 안 될 것이란 말과 그렇게 될 경우 진귀에게 전해 주라는 말이 연거푸 떠오른다.

‘투수전投獸展만 보낸 이유가 혹시…….’

제갈상기는 고개를 가로저었다.

세가에서 가장 강한 자들은 사령전思翎展 소속이다. 그러나 세가에서 가장 전투를 잘하는 집단은 이곳에 와 있는 투수전이다. 거기에 사마세가의 비밀 세력 중 하나인 지각까지 이곳에 와 있다. 결코 소모품으로 버릴 수 있는 자들이 아니었다.

그런데 결과는 이렇듯 허무하게 한 축이 무너졌다. 가주가 자신을 버린 것이 아니라 가주의 예상대로 진귀가 자신의 예상을 뛰어넘는 자였다. 잠시나마 가주를 의심했던 것이 미안하기까지 했다.

‘그나저나 이제 어떻게 한다.’

아직 완전히 끝난 것은 아니다. 하지만 이 정도면 팔로금쇄진은 끝났다고 봐야 했다. 이럴 줄 알았으면 처음부터 투수전의 투로각의진投路却意陣과 사마세가의 허무변환진虛無變幻陣으로 상대해야 했다.

투로각의진과 허무변환진은 무림맹에서조차 인정하는 합벽진이니 최소한 지금보다는 나았을 것이다. 어쨌든 이제 남

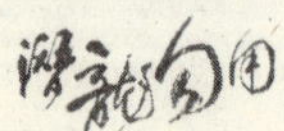

은 것은 만화곡의 폭뢰구와 합벽진조차 갖추지 못한 양 세가
의 무사들뿐이었다.

'돌아가야 하는가?'

실패하면 말만 전해 주고 돌아오라는 가주의 말이 아니더
라도 지금은 실패를 인정하고 돌아가서 다시 계획을 짜는 것
이 최선이었다. 그런데 그놈의 자존심이 그것을 어렵게 했
다. 자신을 보며 비웃는 사람들의 얼굴이 계속해서 뇌리에
떠올랐다.

무릇 어리석은 자는 실패를 인정할 줄 모른다. 그래서 조금
씩 더 깊은 수렁 속으로 빠져들고, 결국 제 발로 헤어 나올 수
없는 구덩이를 찾아 들어간다. 그런데 이상한 것은 그런 자들
대부분이 스스로는 굉장히 뛰어나다고 믿는다는 점이다.

'그럴 수는 없다.'

진을 베어 내고 쪼갠나는 신문선은 제갈세가에서도 중추
중의 중추다. 그런 진문전의 주인 자리를 서른여섯에 오른
제갈상기이고 보면 그는 제갈세가에서도 인정하는 인재 중
의 인재, 아니 천재였다.

하지만 그는 결국 실패를 인정하지 못했다. 그는 천재가
아니라 어리석은 자였다.

아무튼 그가 마음을 정한 후 제일 먼저 한 일은 몸을 돌려
협곡 입구를 바라보는 것이었다.

슉! 슈슈슉!

퍼버벙!

밑에서 쏘아 올린 푸른색 폭죽이 입구를 향해 일직선을 이루고 있었다.

‘곧바로 입구를 향한다. 게다가 입구까지는 아직도 백 장.’

최근에 터진 폭죽을 바라보며 시선을 반짝인 제갈상기는 풍도진을 향해 손을 내밀었다.

“폭죽을 주게.”

생각에 빠져 있던 풍도진은 무심코 손을 가슴에 넣었다.

딸각!

‘내가 지금 무슨 짓을…….’

풍도진은 뭔가에 손가락이 닿고서야 정신을 차렸다.

‘어떻게 한다.’

풍도진은 아직까지도 마음의 결정을 내리지 못하고 있었다.

‘저놈이……!’

그렇지 않아도 마음이 복잡한 제갈상기다. 그런데 이곳에 오기 전까지만 해도 자신의 말이라면 물불을 안 가리던 놈이 간단한 지시조차 뜸을 들이고 있으니 눈이 뒤집힐 일이었다.

쓸데없는 자격지심의 발로다. 그런데 문제는 자신이 그렇게 생각 안 한다는 것이었다. 그저 말을 듣지 않는 풍도진이 미울 뿐이었다. 시간이 부족한 것도 그를 극한의 상황으로 몰아갔다.

“야, 이 새끼야! 폭죽 달란 말이야!”

수연표국에서는 국주의 외동아들로, 세가에서는 뛰어난 사위로 대접을 받던 그가 언제 이런 멸시를 받아 봤겠는가. 풍도진의 얼굴이 굳어졌다. 그리고 이것으로 그의 마음이 정해졌다.

쓰으으윽!

풍도진은 품속에서 꺼낸 폭죽을 제갈상기에게 넘겼다.

“저희는 이만 돌아가겠습니다. 그리고 다시는 이런 일로 저희를 찾지 마십시오.”

“너희가 그러고도 살아남을 수 있을 것 같으냐?”

“그거야 저희가 걱정할 일입니다. 부디 안녕히 돌아가십시오.”

그 말을 끝으로 몸을 돌린 풍도진은 수행원으로 온 몇 명의 표사와 함께 계곡 안쪽으로 걸음을 옮겼다. 진귀와 싸움을 피하기 위해서는 그쪽이 최선이었기 때문이다.

“이런 배은망덕한 놈이…….”

씩씩!

풍조상이 세운 수연표국이지만 제갈세가, 아니 무림맹의 도움이 없었다면 지금처럼 사천을 휘어잡지 못했을 것이기에 제갈상기의 분노는 더욱 컸다. 그러나 그는 분노를 억누를 수밖에 없었다.

슈슈슈슉! 퍼버버벙!

　마지막으로 솟구친 폭죽과 입구까지의 남은 거리는 사십여 장에 불과하다. 더 이상은 지체할 수가 없었다.

　'풍조상! 오늘 일에 대해 해명을 잘해야 할 것이다.'

　오늘 일에 대한 책임은 풍도진이 아닌 풍조상에게 묻기로 하고 제갈상기는 폭죽을 잡아당겼다.

　푸슉! 피리리리링!

　가느다란 휘파람 소리를 내며 공중으로 치솟은 폭죽은 노란 불꽃으로 밤하늘을 가득 수놓았다.

　"지각주, 지금 즉시 입구로 가 주시오."

　"알았소."

　입구로 향하는 유지현의 뒤로 십여 명의 지각 고수들이 따라붙었다.

　곽씨 집안의 셋째 아들인 곽삼은 한 달 전만 해도 세상이 전부 자기 것 같았다. 그토록 오랫동안 기다렸던 투수전에서 자신을 불렀기 때문이다. 그런데 한 달이 지난 지금은 기분이 별로다.

　투수전의 고유 무공과 합벽진을 가르쳐 주지 않은 것은 이해할 수 있다. 이곳으로 오기 전 배웠던 무공도 아직 완전히 자신의 것으로 만들지 못했으니 말이다.

　하지만 사방팔방에서 고함과 비명 소리가 흘러나오는 지금, 쭈그리고 앉아서 무작정 신호를 기다리는 일은 정말 못할 짓이었다.

"니기미."

절로 욕이 흘러나왔다.

그때였다.

퍼버버벙!

하늘 가득 노란 불꽃이 피어올랐다.

금방까지도 욕을 하던 곽삼이 신중한 얼굴로 은색 구체를 집어 들었다.

우우우웅!

내공이 주입되면서 떨기 시작하던 은색 구체가 어느 순간 붉게 달아오르더니 이내 자그마한 소리를 만들어 냈다.

구웅!

철구를 쥔 곽삼의 얼굴에서 식은땀이 솟아나기 시작했다. 이것이 떨어지는 순간 어떤 일이 일이날 것인지 그는 보았기 때문이다.

천천히 손을 움직여 은색 구체를 주머니에 집어넣은 곽삼은 곧바로 협곡을 나와 반대쪽 절벽에 몸을 숨겼다.

'하나, 둘, 셋, 넷……'

타닥! 휘리릭!

열심히 숫자를 세는 곽삼의 귀에 꽤 많은 사람들이 움직이는 소리가 들려왔다. 저들 중에는 자신의 선배도 있을 것이다. 그리고 그들은 잠시 후 형체도 제대로 갖추지 못한 시체로 변할 것이다. 그럼에도 곽삼은 어떠한 행동도 하지 않았다.

이곳에 도착하자마자 제갈상기가 그를 따로 불러 지시한 것 중 첫 번째가 아무에게도 알리지 말라는 말이었기 때문이다.

'미안하오, 선배들. 나도 출세 좀 해 봐야겠소.'

곽삼이 이런 생각을 하는 사이 어느덧 숫자는 여덟을 넘어갔다.

슈아악!

"커헉!"

지금 이 순간 위지천의 현호도는 단순하다. 하지만 치명적이다. 한 번의 칼질에 한 명의 목숨이었다.

'삼십 장에 일곱.'

입구까지 남은 거리와 자신의 앞을 막을 수 있는 적의 숫자다.

이동하면서 해치운 적의 숫자는 스물하나. 진 속에 숨어서 거두어들인 목숨까지 합치면 딱 서른이다. 그리고 앞으로 일곱이 더 달려들 수 있으니 이곳에서 줄일 수 있는 적의 숫자는 최대로 잡아 서른일곱이다. 하지만 아직도 뒤따라오는 자는 백오십이 넘는다.

'많이도 숨겨 났군.'

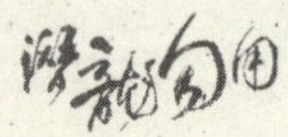

이 정도 숫자라면 포위당했을 경우 자신이라도 안심할 수 없다. 잘못하면 팔다리 중 하나를 내줘야 할지도 몰랐다. 하지만 위지천은 전혀 그럴 생각이 없었다.

스팟!

"끄르르르!"

갈라진 목을 부여잡고 또 한 명이 쓰러졌다.

'이십오 장에 여섯.'

피리링!

현호도가 유려한 곡선을 그리며 좌로 움직이는가 싶더니 곧이어 짧게 허공을 갈랐다.

"커헉."

짧은 비명과 함께 또 한 명의 사내가 바닥에 누웠다. 그의 가슴에서 흘러나온 피가 대지를 붉게 물들였다.

그때였다.

콰과과과광!

연속적인 폭발음과 함께 대지의 파편이 사방으로 치솟았다.

"크윽!"

위지천은 가슴을 움켜쥔 채 바닥에 주저앉아 있었다.

단지 몇 발자국 앞이었다. 만일 자신이 지금 있는 자리가 아니라 몇 발자국만 앞에 있었다면 이처럼 내상만으로 끝나지 않았을 일이다. 그런데 문제는 이게 전부가 아니라는 것이었다.

우우우웅!

눈앞에서 엄청난 힘이 한곳으로 모이고 있었다. 처음에는 그저 폭발이 일어난 무無의 공간이었다. 그런데 계속해서 자연의 기운이 모여들면서 이제는 측량조차 할 수 없는 힘이 되어 가고 있었다.

'저게 다시 터진다면……'

조금 전과는 비교도 할 수 없을 것이었다.

"푸우욱!"

몸을 일으킨 위지천의 입에서 선혈이 뿜어져 나왔다. 내상이 생각보다 심각한 수준이었다. 하지만 지금은 움직여야 할 때였다.

위지천은 억지로 무극혈룡지기를 끌어모아 발끝에 담았다.

"타앗!"

슈우우욱!

짧은 시간이지만 모인 내력이 상당했는지 위지천의 신형은 하나의 화살이 되어 공중으로 날아올랐고 이내 협곡 입구를 통과했다.

콰아아아앙!

조금 전과는 비교할 수도 없는 폭발이 위지천의 등 뒤에서 일어났다.

퍼버벅!

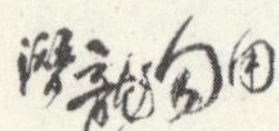

슈아아아악!

위지천을 눈에 보이지도 않을 속도로 날려 버린 충격파는 연이어 협곡을 덮쳤다. 중앙에 있던 숲이 통째로 날아가고, 연못이 바닥을 드러냈으며, 입구 양쪽의 절벽이 무너졌다.

콰르르르르!

작동시키는 시간이 오래 걸려서 그렇지, 터지기만 한다면 하나만 사용해도 장원 한 채를 통째로 날려 버린다는 만화곡의 폭뢰구다. 그런데 자그마치 이십 개가 한꺼번에 터졌다. 그것도 충격파가 빠져나갈 곳이라고는 입구밖에 없는 곳에서 말이다.

"끄아아아악!"

"아악! 내 다리!"

"살려 줘!"

지옥이 따로 없었다. 시체라도 온전히 남긴 자들은 그나마 다행이었다. 목숨을 잃은 자들 대부분은 형체도 알아볼 수 없을 정도로 부서져 있고, 어떤 이는 다리 한쪽이 세상에 남긴 전부였다.

살아남은 자들도 온전한 이는 한 손으로 꼽을 지경이었고, 대부분은 무인 노릇은 고사하고 식사조차 제대로 할 수 있을지 의문시될 정도였다. 그리고 그런 자들 중에는 제갈상기도 있었다.

제갈상기는 커다란 나무가 관통한 아랫배를 움켜쥔 채 온몸의 기력을 모아 자신을 찾아온 사내와 이야기를 나누고 있었다.

"곽삼과… 몇 개씩 나눠… 가진 거냐?"

"무슨 말씀이신지 모르겠습니다."

"그럼 너는… 폭뢰구를 받지… 못한 것이냐?"

"폭뢰구라뇨?"

"이런 개새끼가……."

다른 것도 잘하기에 그것도 알아서 잘 설치할 줄 알았다. 그런데 중앙에서 폭뢰구를 처리해야 할 놈이 받지도 못했다고 하는 것으로 보아 다른 곳도 마찬가지일 확률이 높았다.

풍도진에게 폭뢰구 설치를 맡기는 것이 아니었다.

"스무 개를… 한곳에 설치하… 미친… 꺼흑!"

제갈상기는 흐려진 눈을 입구 쪽으로 돌리며 숨을 거두었다.

그가 그토록 보고 싶어 했던 절벽 입구!

이제는 커다란 구덩이와 절벽의 흔적만이 남아 있다. 그리고 그 흔적의 끝에 흙더미에 파묻혀 죽어 있는 곽삼이 보였다.

또르르르!

곽삼의 머리 위로 부서진 돌 조각이 떨어지고 있었다.

피리리링!

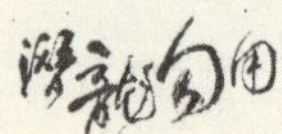

붉은 선이 회전을 하는 것 같더니 곧바로 허공을 가른다.

서걱!

또 하나의 생명이 사라졌다. 그런데 이상한 것은 비명 소리는 고사하고 고함 소리도 들리지 않는다는 것이었다. 꽤 많은 사람이 움직이고 있음에도 말이다.

"포룡원, 너희들만으로는 나를 잡을 수 없다."

위지천과의 싸움으로 자신에게 부족한 것이 무엇인지 알게 된 것이 천만다행이었다. 비록 왼쪽 손은 잃어버렸지만 정과 기를 합일해 하나의 뜻을 이루었고, 하단전도 복구했으며, 중단전도 완전히 자신의 것으로 만들었다.

혹시나 해서 그 사실을 감춘 것도 천운이었다. 아직 가치가 남았다는 것을 알리기 위해 자신의 상태를 밝혔다면 지금처럼 포룡원만 찾아오지 않았을 것이기 때문이었다.

피슝!

붉은 선이 뻗어 나가며 다가오는 자의 머리에 구멍을 뚫었다.

털썩!

이제 남은 자는 일곱. 처음 자신을 찾아온 자가 스물하나였으니 이제 삼분의 일만 남았다. 그럼에도 아직 자신의 기운은 충만하다. 예전과는 비교도 할 수 없는 힘이다.

"위지천, 마사馬師, 이 원한은… 뿌드드득."

피리링!

슈아아악!

적의 갈라진 심장에서 피가 폭포수처럼 쏟아져 내린다.

무심한 눈으로 그 모습을 바라보던 위지대운이 살아남은 자들을 향해 걸어가기 시작했다. 오직 피만 추구하는 모습이다. 하지만 이 순간 위지대운의 머리는 차가우면서도 냉철했다.

'이제 어디로 간다.'

마지막으로 의지했던 자였다. 그런데 그자에게도 버림받았다.

푸슝!

퍼억!

또 하나의 생명이 바닥에 쓰러졌다.

'이대로 사라져야만 하는가.'

분하고 억울하지만 방법이 없었다. 이공은 일공의 지시가 있어야지만 움직이는 자다. 그러니 복수를 하려면 일공을 상대해야 했다.

하지만 그는 전설에서나 들어 봤던 무허無虛의 경지에 들어서야만 상대할 수 있는 자였다. 지금 자신의 손에서 피를 만들어 내는 무공 또한 그의 손에서 나온 것이기 때문이었다.

슈아악!

서걱!

'하지만 어디로…….'

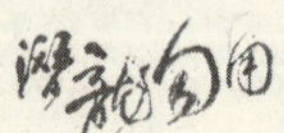

　자신이 알기로 일공의 눈은 천하에 뻗어 있다. 피할 수 있
는 곳이라고는 위지세가와 새외 그리고 황족들조차도 완전
히 알지 못한다는 황실뿐이었다.

　‘황실!’

　온통 피에 젖은 위지대운의 눈이 밝게 빛났다.

　‘그래, 만나 보자. 손을 잡으면 좋은 것이고 못 잡으면 죽
이고 숨으면 된다.’

　십공 중 다른 사람은 몰라도 지금 자신의 머릿속에 떠오른
사람 정도는 충분히 제압할 자신이 있었다. 이제 만날 사람
이 선택되었다.

　“하앗!”

　휘리리링!

　허공을 도는 붉은 선이 더욱 요요하게 변했다.

　“위지천, 마사 그리고 내 배에 칼을 꽂은 놈. 너희들만은
꼭 죽인다.”

　위지대운의 음성이 허공 가득 울려 퍼졌다.

폐하의 뜻이
알려지도록만 해 주게

이른 새벽.

무림맹의 심처에서 고함이 터져 나오고 있었다.

"뭣이 어쩌고 어째? 폭뢰+를 사용해서 상기가 죽고 투수전이 몰살에 가까운 피해를 입었다고?"

"예, 가주."

"거기다 위지천은 행방불명이고, 내가 전하라는 말도 전하지 못했단 말이지?"

"가주의 전언을 전했는지는 아직 확인되지 않았습니다. 다만 그럴 수 있는 시간이 없었을 것이라는……."

"그 말이 그 말 아니냐?"

"그것이 아니오라 상기는 가주의 지시를 따르……."

“닥쳐라! 감히 네가 지금 누구 편을 드는 것이냐? 정녕 너도 상기 곁으로 가고 싶으냐?”

얼굴이 붉게 달아오른 제갈포유는 분노를 참을 수 없는 듯 발밑에 엎드린 사내를 노려보았다. 그러나 천하의 제갈포유다. 분노해서 잠시 이성을 잃기는 했지만 그 분노로 모든 것을 잃어버릴 사람은 아니었다.

“이제 괜찮으니 그만 나가 보아라.”

사내는 그제야 자리에서 일어나 조용히 방을 나갔다.

‘상기의 호승심을 무시한 것이 이런 결과를 낳다니… 참으로 안타깝군. 그나저나 사마궁에게는 어떻게 설명한다지?’

자신의 말을 믿고 지각까지 먹이로 내준 사마궁이었다. 그런데 아무런 소득도 없이 지각을 잃었다는 말을 해야 하니 참으로 답답할 노릇이었다.

“그나저나 이제 어떻게 한다.”

위지천이 똑같은 수에 넘어오지 않을 것은 분명한 사실이었다. 그렇다면 상기를 통해 전하려고 한 것을 다른 방법으로 전하든지, 아니면 다른 방법을 찾아야 했다.

‘위지세가를 흔들어?’

제갈포유는 고개를 내저었다. 직접 흔드는 것은 하책 중의 하책이었다.

‘설국진만 잡으면 되는데…….’

우연히 위지천의 외가가 대천상단이라는 사실을 알게 되

었다. 하지만 그가 찾아갔을 때 이미 대천상단은 다른 사람의 손에 넘어간 상태였다. 그래서 생각해 낸 것이 위지천을 흔들어 설국진을 찾는 것이었다.

그런데 믿었던 놈이 호승심 때문에 일을 망쳐 버렸다. 어차피 살아올 것이라 기대는 하지 않았지만 그래도 계책만큼은 성공시킬 수 있는 놈이라 믿었는데 말이다.

이런 생각을 하니 사사건건 자신의 말에 반기를 든 개방의 태상장로 상노개常盧丐가 더욱 밉다. 개방을 이용할 수만 있었으면 지금처럼 곤란한 경우도 겪지 않았을 것이기 때문이었다.

"늙은 거지새끼."

'정말 이대로 물러서야 하는가?'

설국진은 아직 위지세가로 들어가지 않았다. 그것만은 자신할 수 있었다. 그런데 중요한 사실은 그를 찾을 수 없다는 것이었다.

"애기들의 눈이라도 빌릴 수 있으면 좋겠군."

'눈.'

제갈포유의 눈이 반짝였다. 눈이라면 빌릴 곳이 있다.

하북 상인들을 손가락 하나로 움직인다는 상천商干, 자신의 말이라면 간이라도 빼 줄 듯이 행동하는 자다. 그의 행동 대부분이 가식이라는 것을 알기에 지금까지는 제법 거리를 두어 왔다. 그런데 갑자기 그 이름이 떠올랐다.

‘그를 이용한다면 찾을 수 있을까?’

가능할 수도 있고 불가능할 수도 있다. 하지만 없는 것보다는 나았다. 상인은 많고 그들의 눈 또한 크고도 넓었다. 발도 넓으니 전하고자 하는 것도 쉽게 전할 수 있다. 그 대신 무언가를 줘야겠지만 그 정도는 상관없었다.

“좌포, 상천에게 오늘 저녁이나 같이하자고 전해라. 그리고 사마가주에게는 계획대로 되고 있으니 걱정하지 말라고만 전해라.”

“예, 총사.”

아무도 없는 좌측의 빈 공간에서 나직한 대답이 흘러나왔다.

제갈포유는 붓을 집어 들었다. 제갈상기를 소모품으로 쓰면서까지 전하려고 했던 내용을 은밀히 전할 방법이 생겼으니 쓰지 않을 까닭이 없었다.

‘위지천, 꼭 만나게 될 것이다.’

“우욱!”

쾅!

“깨어났습니다, 깨어났어요.”

후다다닥!

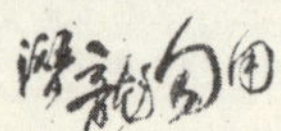

“정신이 드십니까?”

온몸이 답답함을 느끼며 눈을 뜬 위지천의 시야에 제일 먼저 들어온 사람은 얼굴 가득 걱정을 담은 육정기였고, 그 옆으로 도치와 구사우, 뒤로는 궁귀와 철연 그리고 야랑주가 보였다.

“제가 누구인지 알아보시겠습니까?”

피식!

육정기에게 옅은 미소를 지어 보인 위지천은 시선을 아래로 내려 자신의 몸을 보았다. 천으로 칭칭 감긴 모습이 그리 좋아 보이지 않았다. 눈을 뜰 때 왜 그렇게 답답함을 느꼈는지 이제야 알 수 있었다.

“뼈가 많이 부러졌습니다. 그래도 다행인 것은 관절 부위가 다치지 않아서 달포 정도만 조심하시면 움직일 수 있으실 거라 했습니다.”

“그렇군.”

위지천은 마치 자신의 몸이 아닌 양 대수롭지 않게 대답했다.

“내상도 그리 심각한 수준은 아니라고 합니다. 사실 저희는 외상보다 내상을 더 걱정했는데 말입니다.”

“여기가 어디요?”

마치 아무렇지도 않다는 듯 대화의 주제를 돌리는 위지천의 행동이 어이가 없었는지 도치가 앞으로 머리를 디밀어 위지천의 얼굴을 쳐다보았다.

"정말 괜찮소? 아무래도 아닌 것 같은데…….."

피식!

다시금 위지천의 입에서 옅은 미소가 떠올랐다.

"쓸데없는 소리 하지 말고 비켜라."

도치는 여전히 위지천의 상태를 믿지 못하겠다는 듯 고개를 가로저었다. 하지만 위지천의 말을 어길 생각은 없었는지 천천히 뒤로 물러났다.

뒤에서 도치와 위지천을 번갈아 쳐다보던 육정기가 그제야 입을 열었다.

"북천의 객잔입니다."

사실 육정기도 말은 안 하고 있지만 위지천의 대응이 일반적이지는 않다고 생각하고 있었다.

하지만 그가 어찌 알겠는가. 위지천은 깨어나자마자 분심결分心訣을 이용해 무극혈룡지기를 일깨웠고 대화를 하는 이 순간에도 온몸을 구석구석 살피고 있다는 것을 말이다.

'경문, 협곡, 위중, 승근…….'

흐름이 원활하지 못한 혈도가 하나씩 드러나고 있다.

'꽤 심각하군. 아니, 이 정도면 천만다행인가?'

위지천은 자연의 기운을 사용하는 사람이다. 그렇기에 그때 모였던 기운이 얼마나 거대한 것인지를 안다. 어찌 보면 자신이 살아 있는 것 자체가 불가사의한 일이었다.

"그나저나 내가 어떻게 여기에 누워 있는 것이오?"

"연상곡이 완전히 부서졌습니다. 저희는 그것을 보고 이동했고요. 사실 궁귀 선배님이 안 계셨으면 주군을 찾지도 못했을 것입니다. 나뭇잎에 완전히 파묻혀 계셨으니까요."

'그것이었군.'

오랜 세월 쌓인 나뭇잎이 충격을 완충시켜 주었을 것이다. 만약 그렇지 않았다면 지금처럼 이곳에 누워 있지도 못했을 것이지만 말이다.

'천운이었군.'

"멀리서 의원을 데려오느라 야랑주께서 고생을 많이 했습니다."

위지천은 시선을 돌려 야랑주를 쳐다보았다.

"고맙소."

"당연히 해야 할 일이었습니다."

끄덕!

살짝 고개를 움직여 다시 한 번 감사를 표시한 위지천은 육정기에게로 시선을 옮겼다.

"연상곡은 어떻게 되었소?"

"흔적만 남았습니다."

"그럼 그곳에 있던 자들은 어떻게 되었소?"

"풍도진과 몇 명만 살아남은 것으로 알고 있습니다."

"그랬군."

“이제 그만 쉬십시오. 내일 아침에 다시 오겠습니다.”

육정기는 대답도 듣지 않은 채 몸을 돌려 방 안에 있던 사람들을 밖으로 내몬 후 자신도 나갔다.

“그런데 정말 폭뢰구가 맞아요?”

“그렇다니까. 이 자식이 진짜 내 말을 안 믿네.”

“아니, 안 믿는다는 것이 아니라 폭뢰구라는 것이 구슬이라면서요. 그런데 구슬이 어떻게 그 큰 협곡을 그렇게 만들 수 있냐고요?”

“허 참, 이놈이……. 그래, 잘 들어라. 폭뢰구는 만화곡에서 만든 것인데 만들기가 어려워서 그들도 한 해에 겨우 한두 개 만든다. 그런데 그것이 터트리는 시간이 오래 걸리고 범위도 넓지 않아서 무공을 익힌 사람에게는…….”

문밖에서 들리는 소리에 귀를 기울이던 위지천의 눈이 반짝였다.

‘폭뢰구였단 말이지.’

위지천은 그제야 그 엄청난 폭발을 만들어 낸 것이 무엇인지 알게 되었다. 그런데 이상한 것이 하나 있었다. 조금 전에 궁귀도 말했다시피 폭뢰구는 범위가 좁았다. 자신이 알기로도 채 오 장이 안 되었다.

폭발에 휩쓸리면 그 무엇도 남아나지 않지만 범위가 좁아 무공을 익힌 자에게는 별로 소용이 없는 것. 그것이 폭뢰구였다. 그런데 자신의 앞에서 터진 것은 범위가 이십 장에 가까웠다.

'새로 만들어 낸 것인가?'

그럴 수도 있다. 폭뢰구가 만들어진 지 팔십 년이 넘었으니까 말이다. 하지만 진짜로 그런 것이 만들어졌다면 지금쯤 강호는 만화곡을 찾는 사람들로 가득 차야 했다.

폭뢰구처럼 쓸모없는 것이 아니라 진짜로 무림인을 상대할 수 있는 화탄. 강호인들이 목숨을 걸 이유로 충분했다. 그런데 아직 만화곡에 대한 소문은 어디에도 없었다.

'그것이 아니면… 아니, 만화곡에서 감출 수도 있다.'

그럴 수 있었다. 새로운 화탄을 만들었다면 만화곡은 멸문을 걱정해야 한다. 그래서 선택한 것이 제갈세가. 충분히 말이 되었다. 무림맹의 총사라면 만화곡을 능히 지켜 줄 수 있을 것이니 말이다.

'그랬단 말이지.'

위지천은 그렇게 결정을 내렸다. 이것이 나중에 어떤 결과를 가져올지는 그 누구도 알지 못했다.

이런 생각을 하는 사이 몸의 상태를 모두 점검한 위지천은 안도의 한숨을 내쉬었다.

"휴우!"

외상은 생각보다 심각했다. 왼팔과 양쪽 다리는 물론이고 가슴뼈도 온전하지 않았다. 내상도 육정기의 말보다는 훨씬 상태가 안 좋았다. 하지만 중단전과 하단전은 철벽의 보호를 받은 것처럼 아무 이상이 없었다.

'정과 기가 합일하여 스스로를 보호했단 말이지.'

많이 안 좋은 몸이다. 하지만 이 정도면 충분했다. 중단전과 하단전이 온전하니 나머지는 회복시키면 되었다. 그리고 그 시간은 의원이 계산한 것보다 훨씬 빠를 것이다.

위지천은 천천히 눈을 감았다.

'무극無極은 상대허무相對虛無요, 태극太極은 상대시원相對始原이라……'

호흡을 통해 들어온 기운이 승장혈을 통과해 염천혈을 향하자 기다렸다는 듯 무극지공이 움직이기 시작했다.

처음은 중단전이 열리며 자연의 기운을 받아들이는 것으로 시작했다. 그러나 곧이어 하단전이 열렸고, 하단전의 내공까지 흡수한 무극혈룡지기는 광포한 늑대가 되어 온몸을 돌아다니기 시작했다.

퍽! 퍼벅!

"끄으윽!"

손상된 혈맥을 뚫는 것은 엄청난 고통을 동반했다.

'이대로는……'

고통을 참을 수 없게 된 위지천은 자신도 모르게 이심결을 운용하기 시작했다.

'하나이나 둘이요, 둘이나 하나이다. 심心이 곧 이理이니

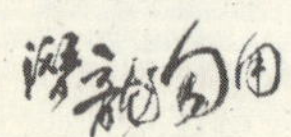

하나요, 성性과 정情으로 나뉘니 둘이라…….'

아직도 완전히 파악하지 못한 호흡법과 무극지공 그리고 무극혈룡지기가 이심결 안에서 움직이기 시작했다.

'분명 화탄이 만들어 낸 힘은 아니었다.'

마음이 나뉜 위지천의 뇌리를 가득 채운 것은 폭발이 아니라 그 후에 보였던 엄청난 힘이었다.

'분명 폭발은 아니었다.'

그 순간에 일어났던 일들이 천천히 뇌리에 떠올랐다.

'폭발이 일어난 순간 분명 아무것도 없는 무無의 공간이 만들어졌다. 그런데 그 공간에 순간적으로 극極에 이르는 기운이 모여들었다. 대체 어떻게……?'

이런 시간이 얼마나 지났을까?

위지천의 몸에서 혈룡이 피어오르더니 곧이어 허공으로 떠올랐다.

츠츠츠츠!

물심일여物心一如.

사물과 마음이 구분이 없이 하나의 근본으로 통합된다고 했던가!

미처 깨닫지 못한 진리의 끈들이 하나로 엮였다. 아직 완전히 회복하지 못한 혈맥들이 배의 크기로 확장하며 남아 있던 내상의 찌꺼기들을 깨끗이 쓸어버렸다.

뿌득! 쁘드드득!

온몸의 뼈들이 새로 맞춰지고 거기에 알맞은 근육이 새로 자리를 잡는가 싶더니, 곧이어 온몸을 감싸고 있던 천과 함께 피부가 터져 나가며 어린아이의 피부처럼 뽀얀 속살이 밝은 빛과 함께 모습을 드러냈다.

츠츠츠츠!

사방으로 퍼져 텅 빈 듯 고요하던 하단전에 스멀스멀 기가 피어오르더니, 곧이어 크기를 짐작할 수도 없게 넓어진 중단전이 모공을 통해 들어온 기운으로 기氣의 밭을 이루었다.

그렇게 두 곳이 모두 기로 가득 찬 순간, 중단전에서 한 마리의 뱀이 나타나 인중으로 파고들었다. 기경팔맥에서 생겨난 여덟 마리의 용이 서로를 휘감으며 위로 치솟아 백회혈에 모였다.

쿠아아앙!

금빛 용이 인중에 자리를 잡았다.

위지천은 황홀경에 빠져들었다.

천지는 기로 가득하고, 손을 뻗으면 하늘이 닿고 발을 내밀면 대지가 부서져 버릴 것 같은 무한한 힘이 느껴졌다.

'하앗!'

머릿속으로 퍼져 가는 위지천의 뜻이 천지에 자신의 존재를 알렸다.

금빛 용이 인중으로 파고들며 위지천이 눈을 떴다. 차분하면서도 고요한 눈빛이 창공을 향해 날아갔다.

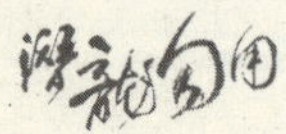

"정기신精氣神을 영靈으로 환원하여 내 모든 것을 공空으로 둔다고 했던가. 무극無極이 무허無虛라니… 천하의 무공이 겨자씨만 한 뜻보다 못하구나. 하하하하!"

아직 완전히 무극지의를 깨달은 것은 아니었다. 하지만 무극이 무엇인지는 확실히 알게 되었다. 상단전도 열렸다. 거기에 묘산요록도 둔갑이라는 이름을 벗고 십일 단계에 이르러 공환空幻이라는 이름으로 다가왔다.

'태극太極이 태허太虛이니 환幻이 공空이로구나.'

코끝을 스치는 것 같은 천상의 향기가 조금씩 멀어져 가고 있었다.

뜻을 담자 백회가 천지를 향해 열렸다. 아직은 살짝 문을 여는 정도에 불과했다. 하지만 지금의 현상은 그것으로도 충분했다.

'이제 공령지유와의 인연도 여기서 끝이구나.'

누가 말해 준 것이 아니었다. 그냥 알게 되었다.

쓰으윽!

발가벗은 몸으로 자리에서 일어난 위지천은 새벽의 미명이 움터 오는 창가로 다가갔다.

"모두 비워야 모두 채울 수 있었던 것을……."

그동안의 배움이 한순간의 자연 이치보다 못하다고 생각하니 조금은 쓸쓸하기까지 했다. 하지만 그런 배움이 없었다면 지금의 깨달음도 없었을 것이라 생각하니 지난날이 후회스럽지는 않았다.

"괜찮으십니까?"

아직은 모든 것이 서툰 구사우의 음성이 방문 밖에서 들려왔다. 자신의 웃음소리에 깼거나 아니면 자신이 깨기만을 기다리고 있었을 것이다.

피식!

옅은 미소를 입가에 띤 위지천은 밝은 음성으로 지시를 내렸다.

"나는 괜찮으니 입을 만한 옷이나 한 벌 가져오너라."

"의원이 아직은 움직이면 안 된다고 하였습니다."

"내 몸은 내가 더 잘 안다. 그러니 내 말대로 해라."

잠시 동안 구사우의 대답이 없었다. 하지만 위지천의 지시를 어길 수는 없었는지 공손한 대답이 흘러나왔다.

"바로 가져오겠습니다."

쓰으윽!

자신도 모르게 왼쪽 뺨을 만지던 위지천이 환하게 웃었다.

무武의 극極을 엿보면 환골탈태換骨奪胎한다고 했던가. 손가락 끝에 닿는 부분이 매끈했다.

또각또각!

이른 새벽, 성도成都를 향하는 관도에 위지천 일행이 있었다.

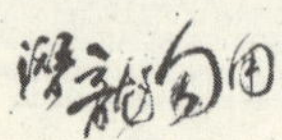

"환골탈태라니, 자네는 세월의 흐름조차 필요 없는 사람이군."

무릇 결과라는 것은 수많은 시행착오 끝에 이루어진다. 그렇기에 세월은 모든 결과에 꼭 필요한 것이다. 그런데 그런 세월조차 무시하고 결과를 얻어 내는 사람이 있으니 하는 말이었다.

위지천은 궁귀의 말에 옅은 웃음을 띠었다.

"누가 나한테는 폭뢰구 같은 것 설치 안 하나. 하기만 하면 금방 넘어설 텐데."

말을 끝낸 도치의 시선이 육정기를 향한다.

피식!

위지천의 입가에 다시금 미소가 떠오른다. 하여튼 천하에 태평한 놈이다.

"당가에 가는 이유를 알이도 되겠습니끼?"

육정기는 약간은 흐트러진 사람들과는 달리 여전히 냉정한 표정이다. 저런 사람이 어떻게 궁귀하고는 그리 죽이 잘 맞는지 궁금할 정도다.

"한 가지 전해 줄 것이 있소."

"꼭 지금 가야 합니까?"

연상곡의 일에 제갈세가가 끼어 있다는 것을 염두에 두는 말이었다. 그럼에도 위지천은 대수롭지 않다는 투로 대답했다.

“이곳까지 다시 올 수는 없는 것이니 그냥 들렀다 갑시다.”

“반갑게 맞이하지는 않을 것입니다.”

“그거야 그들이 결정할 일 아니겠소. 싸우자면 싸우면 되고… 안 그렇소?”

하긴 그랬다. 어차피 찾아가기로 한 것이라면 미리 고민할 필요가 없었다. 위지천의 말대로 싸우자면 싸우면 되는 것이니 말이다.

“그렇군요.”

“그러니 이제 그만 웃으면서 갑시다.”

위지천의 시선이 궁귀에게로 돌아갔다.

“가다가 좋은 곳을 만나면 점심이나 하고 가시죠.”

“좋지.”

철연도 저들의 여유가 위지천에게 기인한다는 것 정도는 안다. 삼십도 안 되는 나이에 무의 종사 반열에 올라 환골탈태를 한 사람이니 자신할 만도 했다.

하지만 지금 가는 곳은 천하가 인정하는 사천 제일의 가문이다. 오죽하면 아미파조차 그들의 권위를 인정하겠는가. 그런데 그곳을 찾아가면서 싸우게 되면 싸우면 된다는 식으로 이야기하고 있으니 답답할 노릇이었다.

‘가주, 그들은 칼로 싸우는 자들이 아니오.’

금방이라도 목구멍에서 튀어나올 말이 뇌리에 계속 맴돈다. 그러나 철연은 끝내 그 말을 하지 못했다. 이곳에 있는 자들 중 그것을 모르는 자는 구사우가 전부일 것이기 때문이었다.

‘그래, 씨발. 한 번 죽지 두 번 죽냐.’

“어이, 기생오라비! 조금 있다가 누가 큰 것 잡는지 내기할까?”

도치만큼이나 생각이 없는 여자. 그녀가 바로 철연이었다.

당문 일족이 거주하는 내성과 데릴사위나 당문에 지대한 공을 세워 당씨 성을 받은 자들이 거주하는 외성으로 이루어진 곳이 사천당가다. 거대하기가 한 식읍食邑과 크기를 같이 할 정도이니 그들의 위세가 어떠한지 알 수 있을 것이다.

그런 사천당가의 대문. 문짝 하나의 넓이가 이 장에 달하고 높이는 삼 장이 넘는다. 그렇기에 평소에는 한쪽 문만 열어 놓고, 일반인은 한쪽에 있는 자그마한 쪽문을 이용해 당가에 들어선다.

그런데 그 문이 활짝 열리고 있었다.

끼이이익!

얼마나 오랫동안 열지 않았는지 소음까지 들린다. 그러나 그런 소음은 이내 큰 소리에 묻혔다.

“사천당가, 위지세가의 가주를 환영합니다!”

차아앙!

이 열로 늘어선 자들이 일제히 뽑아 든 검의 소리가 지나가던 자들의 걸음까지도 멈추었다.

그로 인해 만들어진 검의 길은 언뜻 보아도 오 장이 넘는다. 사천당가의 위용이 어느 정도인지 한눈에 알 수 있었다.

뚜벅뚜벅!

그런데 그 길을 따라 걷는 이들에게는 전혀 두려움이 느껴지지 않는다. 아니, 오히려 여유가 넘쳐흘렀다.

"그러니까 말이야, 내가 처음 대형을 만났을 때 말이야……."

"참 나, 그 이야기 다시 들으면 열 번이 넘는다. 그만해라."

"열 번은 무슨 열 번. 네 번밖에 안 했구먼."

"너 저번에 술에 취해서 한 것은 기억 안 나냐?"

"그럼 다섯 번이네."

"그 전에……."

하여튼 태평한 도치와 철연이다.

각진 얼굴에 딱 바라진 어깨. 암기를 사용하는 자라기보다는 잘 단련된 무인을 보는 것 같은 느낌을 주는 자가 위지천을 향해 가볍게 고개를 숙였다.

"총관 당진표, 가주께 인사 올립니다."

보통 무인들은 처음 자신을 소개할 때 별호를 붙여서 말한다. 자신의 존재감을 나타내기 위해서일 것이다. 그런데 당진표는 자신의 이름만 소개했다. 당가의 총관이라면 결코 이름이 없는 자가 아닐 것임에도 말이다.

'역시 사천당가인가!'

암귀 당천으로 인해 위세만 높아졌지 실세는 예전만 못하
다는 평가를 받고 있는 사천당가다. 하지만 하나를 보면 열
을 안다고 했던가.

위지천은 당가의 힘을 확실히 느꼈다. 하남에서 세 손가락
안에 든다는 천수환도千手還刀 당진표가 부끄러움 없이 고개
를 숙일 수 있는 곳, 역시 당가는 사천 제일이었다.

"위지천이오."

"노가주께서 기다리고 계십니다. 모시겠습니다."

"고맙소."

독수화편毒手華編 당수염.

사천당가에서 만나지 않았다면 여느 노인들과 다를 것이
없어 보였다. 굳이 다른 것을 꼽으라 한다면 칠십이 넘은 것
같음에도 정정하다는 정도였다. 그런 노인이 입가에 미소를
띤 채 위지천을 맞이했다.

"어서 오시게, 위지 가주."

"처음 뵙겠습니다."

"그래, 천하의 위지 가주께서 이 먼 곳까지는 어인 일이
신가?"

위지천은 왼손 중지에 끼어 있는 금강환을 잡았다. 손끝이

아련하다. 자신의 목숨을 구해 준 적이 있는 물건이라서 그럴 것이다. 하지만 물건에 얽매일 단계가 아닌 그다. 미련이 남아 있을 리 없었다.

쑤욱!

위지천은 빼낸 금강환을 탁자 중앙에 내려놓았다.

"이것을 아실 것입니다."

당수염은 금강환을 집어 들더니 곧바로 금강석을 잡아당겼다.

주루루룩!

무형은사가 딸려 나오자 당수염은 그것을 가만히 탁자에 내려놓았다.

"우리 가문의 것이군."

"그럴 것이라 생각했습니다."

"그런데 왜 이것을 가주께서 가지고 계신 것인가?"

"그것의 주인이 당가주께 전해 줬으면 하는 것이 있었습니다."

"이자二者가 말인가?"

그들만의 표식이 있는지 당수염은 금강환의 주인을 쉽게 알아냈다.

"누구인지는 모릅니다."

"하긴 가주께서는 모르시겠군. 그런데 그런 일이면 무림맹으로 가시지, 왜 이곳으로 오셨는가?"

"노가주께서도 아실지 모르겠지만 지금 저는 당가에 그리 큰 호의를 가지고 있지 않습니다."

"내 아들 때문이신가?"

"아니라고는 않겠습니다."

"역시 그러시구먼."

당수염의 얼굴에는 안타까운 표정이 가득했다.

그런 표정을 보며 위지천은 품에서 봉투를 꺼내 탁자에 놓았다.

"그자가 숨을 거두면서까지 전해 주려고 했던 것입니다. 인간의 도의상 받아 두었던 것인데 아무래도 전해 드리는 것이 나을 것 같아 오게 되었습니다."

"무엇인지 아시는가?"

당수염의 시선이 맑다. 이런 자의 자식이 협잡꾼으로 살고 있다는 사실이 믿기지 않을 정도다.

위지천은 말없이 자리에서 일어났다. 하지만 그대로 방문을 나서지는 못했다.

"이자라는 분을 어디로 보냈는지는 묻지 않겠습니다. 다만 그 종이에는 약이면서도 약이 아니고 독이면서도 독이 아닌 것을 없애는 약재가 적혀 있더군요."

"운남의 독로계毒盧契가 어디로 숨어들었는지를 찾으라고 보낸 사람이었네."

문밖을 나서는 위지천의 귀에 들려오는 소리였다.

'운남의 독로계.'

십마와 관련된 또 하나의 사람이 밝혀지고 있었다.

위지천이 사라지고 난 뒤에도 당수염은 자리를 떠나지 않았다. 그렇다고 봉투를 열어 보지도 않았다. 그저 식어 버린 차를 무심히 마실 뿐이었다. 이런 시간이 삼각쯤 지났을 무렵 문이 열리며 당진표가 안으로 들어왔다.

"수빈각秀賓閣으로 모셨습니다."

"쓸데없이 날뛰는 애들은 없겠지?"

"몇몇이 있기는 합니다만 잘 단속했습니다."

"고생했군."

자신의 역량도 모르고 쓸데없이 충성하겠다고 나섰다가 죽기라도 한다면 당수염이라도 어쩔 수가 없다. 당가에 해를 입힌 자는 당가가 망하더라도 복수하는 것이 원칙이었기 때문이다.

그렇기에 당진표는 집안 단속에 더욱 노력을 기울였고, 당수염 또한 수고했다고 하는 것이었다.

"그건 그렇고 자네가 보기에 그는 어떤 사람 같은가?"

"잘 모르겠습니다."

"잘 모르겠다?"

"예. 제가 판단할 수 있는 인물이 아니었습니다."

당수염은 아무런 말도 하지 않았다. 그저 식은 찻잔만 만

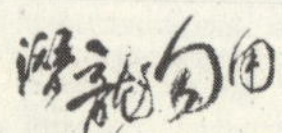

질 뿐이었다.

그런 당수염을 보며 당진표가 말을 이어 나갔다.

"내공의 흐름은 물론 기세도 느끼지 못했습니다."

"역시 그렇군. 내가 잘못 본 것이 아니었어."

"어떻게 하시겠습니까?"

"가주를 불러들이게."

당진표의 눈이 커졌다.

당수염의 말이 이어졌다.

"분타도 전부 폐쇄하고 표국도 사천을 벗어나지 못하게 하게."

"그러면 너무 피해가 큽니다."

"위지가는 패도를 추구하는 곳이지. 거기에 가주는 물불을 안 가리는 나이고. 그것을 받쳐 줄 만한 무공도 갖추었네. 멸문당하는 것보다는 손해 보는 것이 낫지 않겠는가."

멸문까지 논하는 데야 당진표는 더 이상 반대할 수 없었다.

"명을 따릅니다."

"그리고 무림맹에는 이곳에 있는 자들을 치료하는 것으로 그동안의 인연을 정리하겠다고 전하게."

"치료법을 찾아내신 것입니까?"

당수염은 봉투를 집어 들었다.

"당칠의 목숨 값이네. 아니, 위지 가주의 은혜라고 해야 하나?"

끼이익!

의자를 뒤로 밀어 일어설 공간을 만들어 낸 당수염은 무척이나 힘들게 자리에서 일어났다. 그가 지금 느끼는 충격이 어느 정도인지 알 수 있는 대목이었다.

"위지 가주는 자네가 알아서 환송하도록 하게. 한동안 나는 화타전을 못 벗어날 것 같으니 말일세."

죽은 화타가 아니라 살아 있는 화타가 되겠다며 지은 화타전이다. 당연히 치유가 어려운 환자들만 모여 있다.

"명을 따릅니다."

당진표는 고개를 숙였다. 지금까지 그래 왔듯이 노가주는 이제 화타전의 환자들을 치유하기 전에는 화타전을 나오지 않을 것이다.

'그나저나 이 일을 어떻게 설명한다.'

새로운 고민을 떠안은 당진표의 얼굴이 어두웠다. 하지만 당수염은 그런 사실을 아는지 모르는지 천천히 방을 나설 뿐이었다.

"마음에 걸리시는 것이 있으십니까?"

이른 아침 당가를 떠나 중간에 점심까지 먹었으니 꽤 오랜 시간이 흐른 다음이다. 그런데 육정기는 이제야 질문을 던진다. 위지천의 표정이 그만큼 무거웠다는 이야기다.

"별것 아니오."

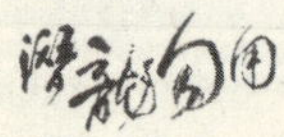

말은 그렇게 하지만 그것이 아니라는 것을 모를 육정기가
아니다.

"불편하시면 저만 다녀오겠습니다."

"아니오. 내가 직접 물을 것이 있소."

정난사태. 어머니의 스승이면서 원수와 인연이 닿아 있는
사람을 만나는 일이니 어찌 마음이 편하겠는가. 하지만 위지
천이 걱정하는 것은 그것이 아니었다.

그는 개인이 아니라 위지세가의 가주다. 고로 그가 움직인
다는 것은 위지세가가 움직인다는 의미였다. 그렇기에 그가
칼을 뽑으면 개인의 문제가 아니라 아미파와 위지세가의 일
이 되어 버리는 것, 그것이 그의 발걸음을 무겁게 만들고 있
었다.

위지천의 이런 분위기 때문이었다. 일행 모두가 입을 다문
채 묵묵히 말을 모는 이유가 밀이다. 하지만 모든 섯은 시작
이 있으면 끝이 있는 법. 위지천의 표정은 한 대의 마차로 인
해 깨어졌다.

두두두두두!

여덟 필의 말이 끄는 팔두마차다. 바퀴 하나의 크기가 삼
척이 넘고 마차의 크기는 일 장이 넘는다. 황실의 인물이 아
니라면 감히 타지도 못할 마차다. 그런데 그런 마차를 바라
보는 위지천의 눈이 붉게 물들었다.

'공형진.'

동관潼關의 절대자 사마우의 책사. 절대 잊을 수 없는 자다.

-마차가 어디로 가는지, 어디 소속인지 밝혀내라.

철연은 머릿속으로 들려오는 소리에 깜짝 놀랐다. 하지만 누구의 지시인지는 말할 필요도 없었다.

"이럇!"

날카로운 외침과 함께 박차에 힘이 들어갔다.

동시에 도치의 말도 땅을 박차고 앞으로 튀어 나갔다.

"대형이 너를 도와주란다."

위지 가주가 그렇게 지시를 내리지 않았으리라는 것은 철연도 안다. 하지만 굳이 토를 달지 않았다. 혼자서 외롭게 뛰어다니는 것보다는 둘이 다니는 것이 낫기 때문이었다.

그들이 만들어 낸 먼지가 가라앉을 무렵, 육정기가 입을 열었다.

"누구입니까?"

"사마우 대장군의 책사 공형진이오. 나를 죽음의 전장으로 내몬 자 중 하나이지."

"어떻게 하실 생각이십니까?"

"두고 봅시다. 지시를 따른 자라 원한은 없지만 그렇다고 아무렇지도 않은 자도 아니니 말이오."

"칼을 뽑으실 수도 있다는 말씀이십니까?"

"지금도 예전처럼 산다면 악연이 될 수도 있을 것이오."

"일이 커질 수가 있네."

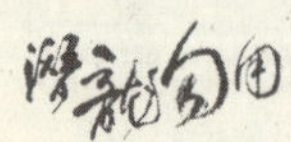

궁귀가 더 이상은 듣고만 있을 수 없었는지 앞으로 나섰다.

"아무리 커다란들 사천당가만 하겠습니까. 특히 이 사천에서 말입니다."

"그렇지 않을 수도 있네. 상대는 대장군이야. 잘못하면 황실과 엮일 수도 있어. 대역 죄인이 될 수도 있단 말일세."

'대역 죄인이라.'

천하를 넘본다는 위지세가이지만 절대 넘지 말아야 할 선이 황실이다. 그리고 그것을 모를 위지천이 아니었다.

"그런 일은 없을 것입니다."

"그렇지. 자네라면 잘 알아서 하겠지. 하지만 자네는 아직 젊네. 혈기가 지나칠 때가 있을 수 있다는 말이지. 그러니 나이 많은 사람의 쓸데없는 걱정이라고 생각하지 말고 무슨 일을 하든지 두 번만 더 생각하게. 언젠가 이 말을 꼭 해 주고 싶었네."

"알겠습니다."

"그래, 자네를 믿네."

궁귀는 할 말을 다 했다는 듯 이내 시선을 다른 곳으로 돌렸다.

"철연을 쫓을까요?"

감사의 눈빛으로 궁귀를 바라보는 위지천의 귀에 육정기의 말이 들려왔다. 위지천은 고개를 돌렸다.

"아니오. 우리는 그냥 아미로 갑시다. 철연이 알아서 찾아올 것이오.”

“알겠습니다.”

관도를 걷던 세 마리의 말에 박차가 가해졌다.

아미산과 하루 거리에 위치한 동구현의 자그마한 객잔.

아직도 마무리되지 않은 전장의 아픔을 선산 중 선산이라는 아미의 도움으로 벗어나고 싶은지 꽤 많은 수의 참배객이 객잔을 가득 메우고 있다.

그런데 이상한 것은 무인으로 보이는 자들이 별로 보이지 않는다는 것이었다. 구대문파로서의 아미파의 위치가 예전보다 못하다는 말이 실감 나는 장면이었다.

그런 객잔의 객실 하나에 위지천 일행이 모두 모여 있었다.

“사마우가 덕창에 있는 서도번진의 수장으로 앉아 있고 공형진이 그의 책사란 말이지?”

“예. 예전에는 만박노조라는 자와 함께 좌우책사로 활동했는데 어느 날 갑자기 만박노조가 사라졌다고 하대요. 저희 쪽에서는 공형진에 의해 제거된 것으로 단정 짓고 있고요. 그리고 또 하나, 무면환사無面幻士가 공형진의 지시를 받고 있고요.”

“무면환사?”

“예. 나이는 쉰둘. 이름은 상초라는 자인데 변장술과 역용술이 기가 막혀 한때는 세상을 크게 어지럽혔던 자래요.

저희 쪽도 그로 인해 피해를 많이 봤고요.”

밀문을 곤란에 빠트리고도 아직까지 살아 있는 자라면 결코 평범한 자가 아니었다.

“그런 자가 공형진의 지시를 받는단 말이지?”

“예. 그 사실을 확인하고 저희 쪽에서도 몇 번이나 손을 쓰려고 했는데 워낙 약삭빠른 놈이라 아직까지 잡지 못하고 있다네요. 또 하나, 이것은 아직 완전히 확인된 것은 아닌데, 염마해鹽魔海의 돈이 서도번진으로 흘러드는 것 같다네요.”

“염마해라면 단수기를 말하는 것이냐?”

“예. 단수기와 서도번진이 연결된 것은 분명한데 어찌나 은밀하게 움직이는지 아직까지도 확증을 잡아내지 못했대요.”

“사마세가와의 관계도 알아봤느냐?”

“알아보기는 했는데 뭐 서운한 것이 있나, 그들과는 전혀 왕래가 없더라고요.”

“휴우. 그냥 넘어갈 수는 없는 일이 되어 버렸군.”

한숨과 함께 흘러나오는 궁귀의 말에 몇 사람은 고개를 숙였다. 궁귀의 말이 아니더라도 이번 일이 잘못되면 어떤 결과가 오리라는 것 정도는 이곳에 있는 사람 모두가 안다. 하지만 십마 중 하나가 관계된 일이었다. 위지천이 그냥 넘어갈 리 없었다.

아니나 다를까! 위지천의 지시가 떨어졌다.

“아미는 나와 사우만 올라가겠습니다. 다른 분들은 모두 덕창으로 이동해 주십시오. 그리고 궁귀 선배께서는 무면환 사를 좀 잡아 주십시오. 될 수 있으면 살아 있는 상태로 보았으면 좋겠습니다."

"알았네."

"고맙습니다."

"고맙기는, 이 일은 내 일도 되네."

어쩔 수 없다고 생각하는 듯 궁귀의 말투에는 무심함까지 흐르고 있었다.

그때 철연이 불현듯 무언가 생각난 듯 자신의 머리를 때렸다.

"아구, 바보."

위지천이 빙긋이 웃으며 입을 열었다.

"나한테 아직 할 말이 남아 있느냐?"

"저기 광록훈 거기장군 온시운 있잖아요."

여러 번 들은 이름이다.

"그래, 그 사람이 왜?"

"글쎄 그 사람이 서창의 대창파까지 와서 가주님을 찾으라고 했답니다."

"대창파가 뭐하는 곳이냐?"

"서창의 하오문 중 하난데요, 그리 큰 것은 아니고 그저 몇 놈을 관리하는 곳에 불과해요."

대창파가 어떤 곳인지는 중요하지 않았다. 문제는 군부의 이인자라고 불리는 사람이 하오문에까지 손을 벌렸다는 것이다.

'대체 무엇 때문에 그런 창피를 무릅쓰면서까지 나를 찾는 것일까?'

아무리 생각해 봐도 그가 자신을 찾을 이유가 없었다. 이런 생각에 빠져 있는 위지천의 귀에 철연의 음성이 다시 들려왔다.

"내일 아미파에도 간다고 하던데, 그것도 가주님을 찾아 달라고 부탁하러 가는 것 같아요."

별로 만나고 싶지 않은 인물이다. 하지만 계속 이런 식이면 자신의 행동 범위가 좁아질 것은 불을 보듯 명확했다.

"내 말을 전해 줄 수 있겠지?"

"예. 아무도 모르게 전할 수 있어요."

"좋다. 그럼 내일 저녁에 아미에서 보자고 해라. 그라면 장문인실도 빌릴 수 있을 것이니 은밀한 곳에서 만났으면 한다는 말도 전하고."

"예, 가주."

철연은 대답과 함께 밖으로 나갔다.

"우리도 그만 일어나자. 덕창까지 가려면 멀다."

궁귀의 말에 도치의 표정이 변한다.

"오랜만에 객잔에 왔는데 그냥 자자고요?"

"그럼 뭐하자고? 너랑 놀아 주랴?"

“그것이 아니고, 오랜만에 편히 쉴 수 있게 되었으니 한잔 쭉. 어떠세요?”

“그놈 참……. 좋다. 나가자. 내가 한잔 사마. 자네도 나오게. 너도 나오고.”

자리에서 일어나는 궁귀의 시선이 육정기와 사우에게까지 미쳤다.

“저는…….”

“괜찮다. 나가 봐라. 강호인이라면 술도 할 줄 알아야 된다.”

위지천의 말이 있고서야 구사우는 자리에서 일어났다.

“저는 잠시 후에 갈 테니 먼저 가서 드십시오.”

육정기의 말을 한 손을 흔드는 것으로 대답한 궁귀는 곧바로 사람들을 데리고 밖으로 나갔다.

일행이 모두 나가고 난 조용한 객실. 육정기가 굳은 낯으로 질문을 던졌다.

“어디까지 생각하고 계십니까?”

“연관되는 자만 정리할 생각이오. 하지만 눈은 남겨 놓지 않을 생각이오.”

다른 번진에 비해 격이 좀 떨어지기는 하지만 그래도 운남을 떠맡고 있는 번진이다. 최소한 병사가 삼천은 넘는다는 소리다. 그런데도 눈을 남겨 놓지 않겠다는 것은 수백, 아니 수천의 목숨도 빼앗을 수 있다는 소리였다.

“그 누구도 알지 못하게 해야겠군요.”

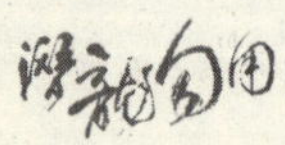

"그렇소. 할 수 있겠소?"

"걱정 마십시오. 아무도 주군의 이름을 듣지 못할 것입니다. 저도 그만 나가서 한잔해야겠습니다."

아무리 검귀라 하나 수많은 사람을 죽일지도 모르는 일이다 보니 그도 속이 탔는지 말을 끝내는 것과 동시에 자리에서 일어났다.

위지천도 고개를 끄덕이는 것만으로 대답을 대신했다.

아미파峨嵋派.

사천성 서부의 아미산에 위치한 문파로 검劍, 장掌, 권拳 어느 것으로도 모습을 드러내기 부끄럽지 않다는 구대문파 중의 하나다. 원래는 여승들만 머무는 곳이었으나 전쟁으로 세상이 어려워진 다음부터 속가의 제자들이 부쩍 늘어난 곳이기도 하다.

그런 아미파의 입구에 위지천과 구사우가 도착했다.

"참배를 원하신다면 오른쪽 문으로 들어가시면 됩니다."

역시 명문이라는 것일까? 아직 서른도 안 된 여승에게서 제법 기세가 묻어난다. 하지만 그런 기세 정도는 이제 가볍게 흘려 버릴 수 있는 구사우였다.

"위지세가의 가주께서 아미의 장문인을 뵙길 청합니다."

"진귀!"

"그렇게 불리기도 하시지요."

여유가 느껴지기까지 하는 구사우의 대응을 무시한 채 여승의 시선은 위지천을 향했다.

검은 무복과 검정색 도 그리고 허리춤으로 살짝 드러나 보이는 비수까지……. 진귀 위지천이 분명했다. 게다가 오전에 진귀가 오면 은밀히 연화전으로 모시라는 지시까지 받았다.

천하의 위지 가주가 겨우 수행원 한 명만을 데리고 왔다는 사실이 못 미덥기는 했지만 여러 정황으로 보아 위지세가의 가주 진귀 위지천이 분명했다.

"모시겠습니다."

몸을 돌려 산을 올라가는 여승의 발걸음이 경쾌하다.

'신행미종보神行迷踪步.'

아미 최고의 보법. 그것도 오의를 읽어 내린 자의 움직임이다. 이 정도라면 최소한 십 년의 고련이 필요했다.

'산문을 지킬 사람은 아니군.'

자신의 방문을 아미가 어떻게 대처하고 있는지 한눈에 알 수 있는 대목이었다.

연화전淵花殿.

연못에 핀 꽃이라는 이름처럼 사방이 연못으로 둘러싸여 있다. 그 연못 위로 놓인 나뭇길을 따라가야만 들어설 수 있는 곳. 은밀한 이야기를 나누기에는 최고의 장소였다.

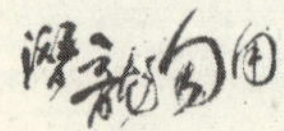

“좋네요.”

석양이 담긴 연못을 방 안에서 바라볼 수 있으니 구사우가 감탄하는 것도 당연한 일이었다.

두 사람이 밖을 내다보는 사이 연화전에는 촛불이 켜졌고 담백하지만 구수한 냄새가 입맛을 돋우는 음식도 차려졌다.

“천천히 드십시오. 식사를 끝내시면 영빈각주께서 모시러 오실 것입니다.”

‘영빈각주라.’

아미에서는 거기장군을 만날 목적으로 방문했다고 알고 있을 것이니 방문객을 책임지는 자가 나서는 것이 당연했다. 정난사태와의 만남을 요구하면 어떻게 바뀔지 모르지만 말이다.

위지천은 생각을 접고 젓가락을 집어 들었다.

“어서 믹자.”

식사를 끝낸 위지천이 한 잔의 차로 여유로움을 만끽하고 있을 때 밖에서 들려오는 소리가 있었다.

“영빈각주인 소유입니다. 들어가도 되겠습니까?”

‘소유?’

수서점에서 화류폭花柳爆을 사 간 중년 여인이 뇌리에 떠올랐다. 아미라는 이름 때문에 특별히 기억에 남는 사람이었다.

‘아미에 오면 자신을 찾으라고 하더니 영빈각주였군.’

위지천은 들고 있던 찻잔을 탁자에 내려놓았다.

"들어오시오."

끼이익!

긴 머리에 승복, 주름살이 한두 개 늘어난 것을 제외하고는 별로 달라진 것이 없는 소유가 안으로 들어섰다.

"음식 맛은 괜찮으셨습니까?"

"아주 좋았습니다."

"좋으셨다니 다행입니다. 그럼 가실까요?"

타악!

구사우가 탁자 옆에 세워 둔 창을 집어 들었다. 따라가겠다는 의지의 표현이다. 위지천도 그의 행동을 말릴 생각이 없는지 묵묵히 자리에서 일어나 밖으로 나갔다.

그런 위지천의 뒷모습을 소유가 유심히 보았다.

'분명히 보았던 자다.'

한 문파의 방문객을 책임지는 자리에 있는 소유다. 눈썰미가 남다를 수밖에 없었다. 그런데 중요한 것은 어디서 봤는지 도무지 알 수가 없다는 것이었다.

그러나 그런 고민은 그리 길지 않았다. 그녀의 임무는 위지천을 어디서 봤는지 알아내는 것이 아니라 그를 한곳으로 안내하는 것이었기 때문이다.

"모시겠습니다."

연화전을 벗어난 소유는 곧바로 숲 속의 외길을 따라 빠르게 달리기 시작했고 두 개의 언덕을 넘어서야 천천히 걷기 시작했다.

"후욱, 후욱."

내공을 모두 쏟아부은 것은 아니지만 어지간한 무인들은 따라올 수 없는 속도다. 그런데 진귀는 물론이고 젊은 수행원조차 한 치도 흐트러짐이 없다.

'천하의 위지세가라고 하더니…….'

소유는 위지세가의 힘을 확실히 느꼈다. 스물 갓 넘은 자조차 무위를 짐작할 수 없는 곳, 역시 무서운 곳이었다.

호흡을 달래 가며 걷던 소유가 멈춘 곳은 자그마한 사당이 내려다보이는 언덕이었다. 칼을 뽑아 든 채 경비를 서고 있는 열 명의 사내가 눈에 들어온다.

"이야기가 끝나시면 그대로 내려가 주십시오."

더 이상 황실이나 군부의 일에 엮이고 싶지 않다는 아미의 표현이다. 하지만 그녀는 그대로 돌아서지 못했다.

"이야기가 끝나면 정난사태를 뵙고 싶습니다."

그 말로 무언가를 깨친 것일까? 소유의 눈이 커졌다.

"시주는……."

머리를 깎지는 않았지만 아미에서의 생활이 몸에 배어서일까? 영빈각주인 소유의 말투도 여느 여승들과 다를 것이 없었다.

피식!

위지천의 입가에 옅은 미소가 떠올랐다.

“나는 한눈에 알아보겠던데 각주께서는 이제야 내가 누군
지 알게 되었나 보군요.”

“그럼 그때 수서점은?”

“도망 다녔을 때 숨었던 곳이라고 해 두죠.”

위지천이 도망 다니다가 위지세가를 찾았다는 것은 이미
강호에 널리 알려진 사실이다.

“정녕 시주가 위지 가주요?”

“왜 믿기지가 않소?”

“시주 같으면 믿으시겠습니까?”

“그건 그렇군요. 그나저나 정난사태를 오늘 중으로 뵈었
으면 하는데 가능하겠소?”

“제가 결정할 수 있는 일이 아닙니다.”

“그럼 결정할 수 있는 분들과 상의해 보고 알려 주시오.
저곳에서 기다리겠소.”

위지천은 손을 들어 거기장군이 기다리는 사당을 가리
켰다.

소유는 잠시 생각에 잠기더니 고개를 끄덕였다.

“알겠습니다.”

“좋소. 그럼 잠시 후에 봅시다.”

말을 끝낸 위지천은 사당을 향해 움직였다. 창을 움켜쥔
구사우가 그 뒤를 따랐다.

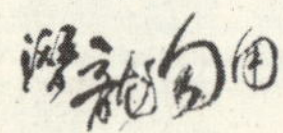

　무슨 신을 모셔 놓은 곳인지는 모르지만 자그마한 불상 하나만이 덩그러니 놓여 있어 볼품없는 곳이다. 그러나 이 순간 사당은 사방이 꽉 찬 듯 무겁다. 위지천이 들어오면서부터 시작된 기세 싸움 때문이었다.

　우우우웅!

　무형의 기운은 이제 소리를 만들어 낼 만큼 사나워졌다. 하지만 위지천은 여전히 무덤덤한 표정으로 상대를 쳐다볼 뿐이다.

　위지천은 사실 이런 정도의 기세라면 가볍게 흘려 버리거나 흡수할 수도 있었다. 그럼에도 굳이 기세를 일으킨 것은 고개를 숙이고 싶지 않다는 의지의 표현이었다. 그렇게 한참의 시간이 지나고서야 온시운은 기세를 거두었다.

　"내 오 성의 기세를 내력도 끌어 올리지 않은 채 본연의 기운으로만 막아 내다니 소문보다 뛰어나군. 나, 온시운이다."

　"위지천이라 하오."

　온시운의 눈이 순간적으로 찌푸려졌다. 몇 사람을 제외하고는 언제나 극상승의 예우를 받던 그이다 보니 위지천의 말투가 마음에 들지 않았다. 하지만 그도 강한 자가 제일이라는 무인의 이치를 모르는 자는 아니다.

　"자격을 갖춘 자의 오만이라. 받아 주지."

　"고맙소."

　씰룩!

받아 준다고 말은 했지만 가슴은 그렇지 않은 듯 온시운의 눈에서 불길이 치솟아 올랐다. 수많은 전장을 다니며 피로 달구어진 살기였다.

위지천은 여전히 무심한 눈으로 온시운을 바라볼 뿐이다.

"크하하하!"

커다란 웃음소리와 함께 온시운의 눈빛이 평상시로 돌아갔다.

"전장에서도 내 눈빛을 받아 내는 자가 없었는데 이런 곳에서 만나다니…… . 역시 천하는 넓은 것인가? 아니, 역시 진귀라고 해야 하나?"

억누르려고만 했던 처음과는 달리 친근함까지 묻어나는 목소리다.

"위지 가주."

위지천을 부르는 목소리조차 다정하다.

"예."

상대가 억누르지 않으니 이쪽도 예의를 갖춘다는 것일까. 위지천의 음성이 공손하다.

"조금 전의 일은 내가 사과하겠소."

"받아들이겠습니다."

"그러고 보니 가주를 전에 다른 객잔에서 본 것 같은데…… ."

씨익!

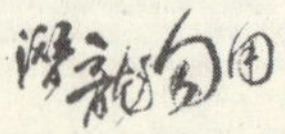

위지천의 입가에 옅은 미소가 떠올랐다.

"그러십니까? 잠깐 뵈었을 뿐인데 기억하고 계시군요."

"허허. 가주를 쫓아 이곳까지 왔으면서도 보고도 지나쳤다니……. 나도 이제 한물갔군."

자신이 가는 곳마다 그의 이름을 들을 수 있었던 이유가 밝혀지고 있었다.

"저희가 바로 피해서 그럴 것입니다. 황실의 관리하고는 별로 친하지 않거든요."

"하하하. 그런가? 그나저나 가주의 얼굴이 조금 바뀐 것 같은데, 내가 잘못 본 것이오?"

"아닙니다. 잘 보셨습니다. 제가 좋은 일이 좀 있었습니다."

"뺨의 상처가 없어질 정도로 좋은 일이라. 엄청 좋은 일이었나 보구려!"

그냥 본 정도가 아니었다. 흔적만 남아 있던 뺨의 상처까지 봤다면 아주 유심히 봤다는 말이었다. 전장의 장수는 눈이 좋아야만 한다는 것이 몸으로 느껴졌다.

피식!

위지천은 웃음으로 대답을 대신했다.

"그럼 이제 인사는 거의 나눈 것 같으니 본론으로 들어갑시다."

"말씀하시지요."

"가주께서는 지금 번진의 횡포에 대해서 알고 있는가?"

번진藩鎭.

절도사를 정점으로 병력과 물자를 자체적으로 조달할 수 있게끔 만든 조직이다. 물론 그곳에도 주자사州刺史나 현령縣令이 파견된다. 하지만 절도사는 무력을 가지고 있고 모병의 권한까지 있다. 주자사나 현령은 대항할 수 있는 상대가 아니었다.

거기다 안사의 난까지 일어나 황제의 권위가 땅에 떨어지다 보니 돈과 무력을 쥔 절도사의 천하가 되었다. 오죽하면 조정에 바치는 상공上供조차 거부하는 자가 생겼겠는가. 당연히 절도사의 수탈과 악정은 끝이 없었다.

온시운은 지금 그것을 말하고 있는 것이었다.

위지천은 고개를 끄덕였다.

"알고 있습니다."

"그럼 말하기가 쉽겠군."

온시운의 자세가 엄숙해졌다.

"폐하께서는 그대의 힘을 빌려 번진과 흉악한 생각을 가진 역적의 무리들을 정리하고자 하신다. 따르겠는가?"

폐하의 뜻이라면 어지御旨다. 그럼에도 승낙의 여부를 묻고 있다. 아직도 어수선한 황실의 분위기가 어느 정도인지 알 수 있었다.

'번진과 역적의 무리라.'

서도번진과 소담 선생을 상대하려는 자신에게 다시없는

좋은 기회다. 그럼에도 위지천은 선뜻 대답을 하지 않았다. 목마른 자가 물을 찾는 것은 정해진 이치. 섣불리 덤빌 필요가 없었다. 그런 침묵의 결과는 금방 나타났다.

"광록훈 간의대부諫義大夫로 책봉될 것이며 황실의 사람을 제외하고는 누구든지 목숨을 거두어도 좋다고 하셨네. 그래도 어려운가?"

광록훈 간의대부.

품계는 없지만 언제든 황제를 만나 직언할 수 있는 고문의 직책이다. 서열만 따지자면 거기장군도 간의대부의 수하다.

거기다 황족만 아니면 누구든지 벨 수 있는 자리. 어지러운 황실의 분위기로 보아 언제까지 유지될지는 모르지만 현재로써는 마다할 이유가 없었다. 하지만 아직은 받아들일 때가 아니었다.

"제가 아니라도 사람은 많습니다."

"알고 있네. 소림은 아니더라도 화산이나 공동, 오대세가는 따르겠지. 아니, 좋다고 나설 거야. 하지만 그래서 안 되네. 그들이 또 다른 위협이 될 수도 있으니 말일세."

그가 뽑아낸 곳 모두 명성을 노리는 곳이다. 꽤 오랫동안 강호를 연구했음이 분명했다.

"그러기로 한다면 본 가는 더 큰 위협이 될 수도 있습니다."

피식!

온시운의 입가에 미소가 떠오른다.

"자네는 위지가가 지금처럼 유지된 것이 온전히 힘으로만 이루어진 것이라 생각하는가?"

위지천은 아무런 대답도 하지 않았다. 그런 침묵을 온시운이 다시 깨트렸다.

"위지가는 나설 곳과 나서지 않아야 할 곳을 알지. 천하를 누를 수 있으면서 앞으로 나서지 않는다. 어려운 일이지. 하지만 위지가는 지금까지 그래 왔네. 폐하께서는 그것을 믿으셨네. 나도 그렇지만 말일세."

자신을 선택한 것에 그의 입김도 들어 있다는 말이었다. 상대의 뜻까지 알았으니 더 이상 기다릴 것이 없었다.

"받아들이겠습니다."

"그럴 줄 알았네."

"대신 폐하의 의지를 보여 줄 수 있는 신물이 있었으면 합니다."

"이를 말인가."

온시운은 품속에서 두 가지 물건을 꺼내 탁자 위에 올려놓았다. 상아로 만든 백색 검갑에 갖가지 보석으로 장식된 화려한 비수와 손바닥만 한 금패였다.

"폐하의 칼임을 나타내는 호제비護帝匕와 폐하의 뜻을 전하는 전어사傳御司임을 보여 주는 제왕령帝王令이네. 이것이면 누구도 그대의 말을 어기지 않을 것일세. 그리고 만약이라도 어기는 자가 있다면 참하여 폐하의 뜻을 알리도록 하게."

“알겠습니다.”

“전부는 바라지 않네. 그저 폐하의 권위만 세상에 알려지도록 해 주게. 나머지는 내가 알아서 하겠네.”

멸시까지는 아니더라도 존중하지 않는 것은 분명한 강호인의 도움을 받아야지만 황제의 권위를 세울 수 있는 세상이 돼 버린 것이니 그로서는 내심 성질도 날 것이다. 하지만 온시운은 끝내 그런 표정을 내비치지 않았다.

“그렇게 하지요.”

“고맙네.”

충정으로 가득 찬 온시운의 눈이 이익에 따라 선택을 한 위지천의 가슴을 무겁게 했다. 하지만 위지천은 그것을 표현할 만큼 어리석은 자가 아니었다.

벌떡!

이야기를 끝냈으니 더 이상 머물 필요가 없다고 생각한 듯 온시운은 거침없이 자리에서 일어났다.

“그럼 부탁하네.”

말을 끝내는 것과 동시에 온시운은 몸을 돌렸다. 한번 결정되면 그뿐. 뒤돌아서거나 물러섬이 없는 것이 어쩔 수 없는 장군이었다.

“가자.”

그의 우렁찬 음성이 사당 밖으로 울려 퍼졌다.

지는 것보다는
죽는 것이 나으니까요

금정봉金頂峰이 올려다 보이는 곳에 위치한 자그마한 전각!

아미파의 장문인실이라고 보기에는 너무나 수수하다. 아니, 초라하기끼지 하디. 하지만 본래 욕심을 멀리해야만 하는 것이 승려의 기본이고 보면 지금의 거처가 그리 나쁘게 보이지만은 않는다.

그런 전각의 자그마한 방에 일곱이나 되는 여승이 앉아 있다.

"정난이 일절 만남을 거부한 지 이십 년이 넘어가네. 그런데 어찌 그런 사람에게 손님을 안내한단 말인가?"

"위지 가주께는 미안하지만 그냥 돌아가라 하시게."

"나도 같은 생각이네."

　　회의에 참석한 대부분의 여승들이 반대 의견을 내놓고 있다. 평소 같으면 금방 끝날 회의인 것이다. 그럼에도 중앙 포단 위에 앉아 있는 사람은 눈을 감은 채 결정을 내리지 않고 있었다.

　　그런 모습이 답답해서일까. 여인의 몸치고는 거대하다고 느낄 정도로 커다란 체구를 가진 여승이 중앙 포단 위에 앉아 있는 여승을 큰 소리로 불렀다.

　　"장문인!"

　　중앙 포단 위에 앉아 있는 여승이 그제야 눈을 떴다.

　　"장로님들의 의견은 잘 들었습니다. 그러니 이번 일은 저에게 맡겨 주셨으면 좋겠습니다."

　　꾸부정한 허리로 힘겹게 앉아 있던 여승이 입을 열었다.

　　"결자해지結者解之 하라는 것이냐?"

　　장문인은 아무런 대답도 하지 않았다. 그러자 노여승이 노여운 낯빛으로 다시 말을 이어 나갔다.

　　"그러면 정난은 죽는다."

　　장문인의 입이 그제야 열렸다.

　　"생사일여生死一如라 하였습니다. 그까짓 것이 무슨 대수이겠습니까?"

　　"허어! 무릇 생生이란 불생불멸不生不滅 불구부정不垢不淨 (생기거나 없어지는 것도 아니고 더러운 것도 깨끗한 것도 아니다)이라 했거늘……. 내가 헛살았구나, 헛살았어. 그래, 네 마음대로 해라."

노여승의 허락은 모든 논란을 불식시켜 버렸다. 그리고 그녀가 장문인실을 나가자 나머지 여승들도 하나둘씩 자리를 떠났다.

잠시 후 그들 모두가 떠난 빈자리에 소유가 들어섰다.

"위지 시주를 모셔 오게."

"명을 받듭니다."

위지천과 아미 장문인이 마주 앉았다.

"수조秀早라 합니다."

"위지천입니다."

서로 누군지 알고 만난 사이다. 게다가 목적도 안다. 인사치레가 길어질 일이 없었다.

"성난을 만나러 오셨다고요?"

"예."

"위지공 때문이십니까?"

위지천의 눈이 반짝였다.

수조사태의 입에서 선친의 함자가 흘러나왔다. 어떻게 알았는지는 모르지만 수조사태는 자신이 찾아온 이유를 정확히 알고 있었다.

"어떻게 알고 계신지 물어도 되겠습니까?"

"그 이야기를 하기 전에 수서점의 이야기부터 하시지요.

소 각주의 말로는 그때부터 정난 사제를 보고 싶어 하셨다는
데, 그 이유가 무엇입니까?”

“장문인께서는 혹시 설지란이라는 이름을 들어 보신 적이
있으십니까?”

“설지란이라. 많이 들어 본 이름인데…….”

손을 머리에 얹은 채 한참을 생각하던 수조사태의 얼굴이
갑자기 밝아졌다.

“맞다, 대천상단! 대천상단의 지란 사질.”

“맞습니다. 그분입니다.”

“그 애라면 잘 알죠. 한때 정난 사제의 속가 제자였는데
무슨 이유에서인지 갑자기 대천상단을 떠났다고 하더군요.
무공에 소질이 뛰어난 애라면서 정난 사제가 꽤 오랫동안 그
리워했지요. 그런데 그 애를 왜 물어보시는 겁니까?”

“그분이 제 어머니 되십니다.”

“그럼 위지공과 함께 돌아가셨던 부인이……?”

“예. 장문인께서 지란 사질로 부르시는 분이었습니다.”

수조사태의 얼굴이 하얗게 변했다.

“수서점에서 정난사태를 여쭤 봤을 때는 단순히 어머니의
스승이라는 이유 때문이었습니다.”

“그럼 이제 아니라는 말씀이시군요?”

“예, 아닙니다.”

조금은 싸늘함이 느껴지는 위지천의 말투를 느끼지 못할

수조사태가 아니었다. 그럼에도 수조사태는 처음의 놀라움을 거둔 담담한 표정으로 위지천을 쳐다보았다.

"시주를 뵙자고 한 것은 혹시라도 제가 도와 드릴 일이 있나 해서였습니다. 그런데 이제 보니 제가 끼어들 일이 아니군요. 다만 시주께 한마디만 말씀드리겠습니다."

"말씀하십시오."

"위지공이 돌아가신 후 정난 사제는 난화원을 떠나지 않았습니다. 왜 떠나지 않았는지는 시주께서 가 보시면 바로 아실 것이니 따로 말씀은 안 드리겠습니다. 다만 정난 사제를 불쌍히 여겨 주십시오."

합장과 함께 말을 끝낸 수조사태는 문 옆에 서 있는 소유에게로 시선을 돌렸다.

"시주를 난화원에 모셔다 드리게."

"예, 장문인."

그들이 떠나고 난 텅 빈 장문인실.

"내가 너무 오래 이 자리에 앉아 있었음이야. 나도 이제 떠날 때가 되었군."

회환으로 가득 찬 수조사태의 음성만이 맴돌고 있었다.

무릇 살아 있는 것에는 생명의 기운이 흐른다. 그렇기에 살아 있는 것을 보면 아름다움과 활기, 생동감을 느낀다. 그런데 이곳에는 전혀 그런 기운이 느껴지지 않았다. 모든 것이 죽어 버린 듯한 느낌이 드는 곳. 바로 난화원蘭花院이었다.

"사조께서 풀 한 포기, 나무 한 그루도 자르지 못하게 해서 이렇습니다."

잡풀로 우거진 정원과 대충 아무렇게나 자란 나무들이 눈에 가득 들어온다. 그런 나무들 사이로 경장 차림을 한 여인이 보이는가 싶더니 어느새 앞을 가로막고 섰다.

"소 각주께서 여기까지 어쩐 일이신가?"

"사조님을 찾아오신 손님이십니다."

아직 젖살도 다 빠지지 않은 이십 대 초반의 여인이다. 그럼에도 소유는 존대를 하고 있었다. 여인의 배분이 소유보다 높다는 것을 알 수 있는 대목이었다.

"사부님을?"

"예. 장문인께서도 허락하신 일입니다."

"으음!"

한 번도 없었던 일이다. 하지만 장문인의 허락이 내려진 사람이라고 하지 않은가. 우선은 알리는 것이 도리였다.

"어디서 오신 분이라고 알리면 되는가?"

"위지가의 가주십니다."

"진귀!"

아무리 왕래가 없다고는 하지만 하루에도 천 리를 가는 것이 소문이고 보면 이곳이라고 예외는 아닌 것 같았다.

위지천을 쳐다보는 여인의 얼굴에 놀라움이 가득하다. 하지만 그 모습은 이내 담담함으로 바뀌었다. 무공도 그렇지만 마음의 수련도 평범함을 넘어선 여인이었다.

"이곳에서 잠시만 기다려 주십시오."

가볍게 합장을 해 보인 후 몸을 돌려 걸어가는 여인의 허리춤에 매달린 검이 위지천의 눈에 들어왔다.

'저 여인을 주려고 화류폭을 샀던 것이군.'

여인을 따라가던 위지천의 시선이 마음으로 바뀌는가 싶더니 이내 난화원을 가득 메웠다.

'막 몽우리를 맺은 수련화와 죽어 가는 고목이라.'

심상을 받아들이는 위지천의 눈빛이 흔들린다. 최소한 나뭇잎은 피어 있을 줄 알았다. 아니, 활짝 핀 목련꽃 같을 줄 알았다. 그런데 죽음을 기다리는 나무로 다가오니 당혹감까지 들 정도다.

마음을 거두어들인 위지천의 시선이 허공을 향했다. 금방이라도 꺼져 버릴 것 같은 별 하나가 눈에 들어온다.

'길어야 한 달인가.'

"후우!"

위지천의 입에서 긴 한숨이 흘러나왔다.

그런 그의 귀에 가냘픈 여인의 음성이 들려왔다.

"모셔 오너라."

저벅저벅!

안내하는 여인의 뒤를 따라 난화원에 들어선 위지천을 제일 먼저 놀라게 한 것은 십 년 이상 피워 놓은 것 같은 짙은 향냄새였다. 그리고 두 번째는 뼈만 앙상하게 남아 있는 정난사태였다.

마지막 세 번째는 정난사태의 시선을 따라 고개를 돌렸을 때 보인 두 개의 위패였다.

　—위지가魏志家 소가주小家主 위지공魏志共 신위神位
　—위지가魏志家 현모양처賢母良妻 위지지란魏志芝蘭 신위

　神位

"이야기는 나중에 해도 되니 우선은 인사부터 올리시게."

자연의 이치에 발을 들여놓아 천지간에 거칠 것이 없는 위지천이다. 그럼에도 천리로 엮인 끈은 그를 아프게 했다.

"끄윽! 끄윽! 으허허허엉!"

아기처럼 흐느껴 울던 울음소리가 어느새 통곡이 되었다. 그렇게 한참을 울고 또 한참을 운 다음에야 재배를 끝낸 위지천은 흘러내리는 눈물도 닦지 않은 채 정난사태와 마주 앉았다.

"시주가 이렇게 장성한 것을 보니 내 오늘 죽어도 여한이 없네."

"저를 보셨습니까?"

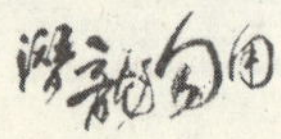

"딱 한 번 보았지. 그리고 오늘 보는 것이니 시주를 만나기 위해 참으로 오랜 시간을 기다려 왔구먼."

위지천을 바라보는 정난사태의 눈에 애정이 가득하다.

위지천은 사실 이곳에 올 때만 해도 칼부터 뽑을 생각이었다. 하지만 대충 본 것만으로도 정난사태의 마음을 알게 된 지금, 그런 생각은 이미 어디론가 사라져 버렸다.

"부모님의 죽음에 대해 알고 싶습니다."

"알아야겠지. 하지만 그 전에 내 이야기부터 하겠네. 내가 검절을 처음 만난 것은 악양루였네. 내 나이 열여덟 살이었지. 그냥 그가 좋았고 그래서 그냥 그를 따라 집에서 나왔네. 치기 어린 가출이었지. 쿨룩! 쿨룩!"

정난사태는 말하는 것조차 매우 힘들어했다. 하지만 정난사태는 말을 멈추지 않았고 위지천 또한 말리지 않았다.

"그러던 어느 날 우리들의 거처로 아버지가 찾아왔네. 비록 말을 모는 마부지만 나를 위해서는 뭐든지 하는 아버지라 생각하던 분이었지. 그런데 그날 아버지는 말을 모는 마부가 아니라 세상을 뒤엎을 만한 무공으로 검절을 제압했네. 위지세가의 신성 검절을 말일세."

위지천의 눈이 반짝였다. 뭔가 이상하다는 느낌을 받은 것이다.

"그리고 그날 내가 들은 것은 십마련이란 곳이 천하를 노린다는 것과 아버지가 그곳의 이인자라는 것 그리고 어떻게 알았는지는 모르지만 검절이 그것을 알고 접근했다는 것이었네. 배신감에 치를 떨었지. 아버지와 검절이 모두 싫었네."

또 한 사람의 십마가 밝혀졌다. 그것도 이인자라는 사람이.

꽈아악!

위지천의 두 손에 힘이 들어갔다. 그러나 그런 행동을 아는지 모르는지 정난사태는 계속해서 가냘픈 음성으로 말을 이어 나갔다.

"그러나 쉽게 떠날 수가 없었네. 아버지와 한 배를 타기로 약속한 검절이 나를 놓아주지 않았거든. 하지만 나 또한 만만치 않은 무공을 지녔기에 아버지가 안 계신 틈을 타 검절을 속임수로 제압하고 그들 곁을 떠났네. 그리고 이곳으로 와서 불제자의 길을 걷기 시작했지. 쿨럭! 쿨럭!"

조금 전보다 훨씬 기침이 심해졌다. 하지만 정난사태는 애써 태연한 표정을 지었다.

"그들을 다시는 안 볼 줄 알았네. 바뀐 이름이니 아무도 날 찾지 않을 것이고, 검절이 있는 곳은 내가 알아서 피해 다녔으니까 말일세. 그러던 어느 날 지란이에게서 연락이 왔네. 너무 반가웠지. 그런데 하필이면 위지가였네. 갈 수가 없었지. 그래서 유정사에서 만나기로 했네."

유정사라면 본가에서 하루 거리에 위치한 사찰로 위지가를 위해 죽은 사람들의 위패가 모셔진 사찰이다. 그렇기에 위지천도 할아버지와 함께 몇 번 간 곳이다.

"그때 위지공과 시주를 처음 보았지. 그런데 거기에 검절이 나타날 것이라고는 꿈에도 생각하지 못했네. 악연이었지. 아니, 흉연凶緣이었네. 다시는 날 찾지 말라고 하는 장면을 지란이가 볼 줄 어찌 알았겠나."

부모님이 돌아가신 이유가 밝혀졌다.

부들부들.

위지천의 양손이 떨리고 있었다.

"그래도 별일은 없을 거라 생각했네. 소가주의 부인이니 아무리 그라도 별수 없을 것이라고 말일세. 내가 너무 안이했던 것이지. 이곳으로 돌아오는 길에 두 사람이 죽었다는 소식을 들었네. 그리고 내 인생은 거기서 끝이 났지. 꺼헉!"

정난사태는 한 움큼의 피를 쏟아 냈다. 하지만 여러 번 겪은 일인 듯 무심한 얼굴로 바닥을 닦아 내더니 허리를 세우고 위지천과 마주했다.

"난 그들의 죽음에 아버지가 관여했다고 믿고 있네. 그때 위지공의 무공은 절정의 경지를 넘어선 상태였으니 말일세. 절대 검절만으로는 위지공을 해칠 수 없었네."

위지천도 모르는 사실이었다.

"내 아버지의 이름은 마사. 한중에 있는 이마역이라는 마방에서 일부—夫로 생활하고 있네. 모두 거짓인 삶이지. 시주께서 그분을 어떻게 할 것인가는 묻지 않겠네. 죄를 지었으면 벌을 받는 것이 하늘의 이치이니 말일세."

위지천이 어떻게 행동할지 모를 정난사태가 아닐 것이다. 그럼에도 정난사태는 담담하다 못해 무심하기까지 한 표정으로 위지천을 대하고 있었다.

"마지막으로 한마디만 더 한다면 십마련을 조심하게. 시주께서 그들을 아는지 모르는지는 알 수 없지만 내가 아는 그들은 은밀하면서도 무섭네. 그러니 내 말이 믿기지 않더라도 그들을 향해 바로 칼을 뽑지는 말게. 어머니를 가르친 늙은이의 마지막 부탁일세."

친아버지보다는 자신을 더욱 생각하는 정난사태의 마음은 위지천을 아프게 했다. 너무 아파서 앉아 있기조차 힘들 지경이었다.

"건강하십시오."

위지천이 할 수 있는 말은 그것이 전부였다. 위지대운이 왔었냐는 물음조차 할 필요가 없었다. 이런 분이라면 결코 자의로 만나지 않았을 것이기 때문이었다.

"부디 뜻하는 바를 이루시게. 나무아미법불."

가냘픈 정난사태의 음성이 돌아서는 위지천의 발을 움켜쥐었다. 어머니의 마지막 흔적이다. 이대로 가면 다시는 못 볼 얼굴이었다.

하지만 위지천은 뒤돌아보지도, 걸음을 멈추지도 않았다. 이제 그녀와의 인연은 여기서 끝이었기 때문이다.

밖으로 나온 위지천의 시선이 다시 하늘로 향했다. 더욱

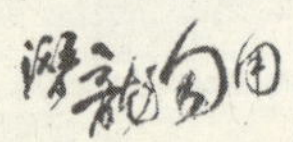

흐려진 별빛이 가슴을 아프게 한다. 가슴에 숨겨 뒀던 이야기를 모두 꺼낸 것이 생명의 불씨조차 꺼트렸음을 알 수 있었다.

"길어야 이레요. 잘 모셔 주시오. 그리고 이것……."

철렁!

묵직한 무게가 느껴지는 은자 주머니가 화류폭을 가진 여인에게 건네졌다.

"가시는 길, 부족하지 않게 해 주시오."

그 말을 끝으로 위지천은 난화원을 떠났다.

가지고 있던 돈을 모두 줘 버린 위지천의 행로는 비참하기 그지없었다. 말만 타고 있을 뿐이지 객잔은 고사하고 만두 하나도 사 먹지 못했다. 그런데 그것이 구사우에게는 절호의 기회였다.

노숙을 하며 창술을 다듬었고 충만한 자연의 기운 속에서 운기조식을 했다. 그런 그의 곁에 위지천이 있었음은 두말할 나위도 없었다.

그렇게 하루가 달라지던 구사우의 창날에 어느 날 문득 이슬이 맺혔다.

"자연과 하나가 된 것을 축하한다."

덕창을 불과 이틀 남기고 이룬 성과였다.

사우가 몸을 씻으러 떠나고 난 자리.

바닥에 떨어진 나뭇가지를 손에 쥔 위지천의 발이 바닥에 그려진 선을 따라 앞으로 나아가는가 싶더니 손에 쥔 나뭇가지가 앞으로 쭉 나아가며 왼손 끝에 잡혔다. 나뭇가지를 놓아 버린 오른손은 어느새 검결로 바뀌어 있다.

오른발을 옆으로 움직이며 나뭇가지를 잡아당겨 다시 두 손으로 잡은 위지천은 완만한 곡선을 그리며 왼쪽으로 움직였다. 그때 나뭇가지가 짧게 사선을 그렸다.

스핏!

전면에 보이는 나뭇가지가 소리 없이 잘려 나간다.

"창기성형槍氣成形!"

위지천은 다시 뒤로 물러나며 나뭇가지를 움켜쥐더니 짧은 원을 그리며 앞으로 나아간다. 분명 사우가 만들어 놓은 흔적을 따라 움직인다. 그런데 결과는 판이했다.

투두두두두!

땅이 들썩이며 깊은 고랑이 만들어진다.

"창풍분진槍風奮盡!"

위지천의 손에 들린 나뭇가지가 하늘을 향한다.

"타앗!"

우렁찬 기합과 함께 공중으로 치솟아 오른 위지천은 쥐고 있던 나뭇가지를 힘차게 내리그었다.

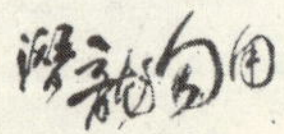

슈아아아악!

바람이 갈라진다. 아니, 바람이 끊어지고 있다. 달라진 것이라고는 나뭇가지 끝에 붉은 기운이 삼 척 길이로 매달려 있다는 것뿐이었다. 그런데 세상이 변하고 있었다.

쩌어억!

삼 장 밖에 위치한 나무가 반으로 갈라지더니, 이제는 바닥에 깔린 나뭇잎이 하나둘씩 공중으로 치솟으며 조각조각 갈라져 가루가 되었다. 그렇게 만들어진 가루는 일 장 밖에 차곡차곡 쌓였다.

이런 시간이 얼마나 지났을까.

"후우!"

위지천이 짧은 숨소리와 함께 나뭇가지를 거두었다. 바닥에는 가루로 만들어진 태극 문양이 선명하다.

"이것이었군. 검강과 검사, 아니 창강槍剛과 장사槍絲인가."

창귀도 이루지 못한 대파산창의 극의가 위지천의 손에 의해 세상에 드러났다. 이제 구사우가 이루어야 할 것이지만 말이다.

덕창에 들어서자마자 다가선 보부상을 따라 위지천이 간 곳은 객잔이 아닌 외딴 집이었다. 여기저기 가죽이 널린 것으로 보아 사냥꾼의 집 같았다.

"어서 오십시오."

“어서 오시게.”

안으로 들어선 위지천은 육정기, 궁귀와 인사를 나누며 주위를 둘러보았다.

“도치와 철연은 어디 갔소?”

육정기에게 던진 질문의 대답이 궁귀에게서 흘러나왔다.

“야랑주와 함께 치소를 보러 갔네.”

“치소요?”

궁귀는 고개를 끄덕였다.

치소治所는 절도사가 머물면서 행정을 보는 곳을 말한다. 당연히 절도사의 친위군인 아군牙軍이 경비를 서는 곳이다. 그런데 그런 곳을 보러 갔다니 황당할 노릇이었다. 그런 걱정을 느끼기라도 한 듯 궁귀의 말이 이어졌다.

“너무 걱정할 것 없네. 치소로 직접 간 것이 아니라 치소가 내려다보이는 총희루에 간 것이니 말일세. 그들이 오면 공형진이 쥐새끼처럼 숨어 버린 곳이 어딘지 알 수 있을 것이네.”

위지천은 그제야 공형진이 이곳에 없는 이유를 알게 되었다. 공형진은 치소에 숨어 버린 것이었다. 어디에 숨었는지도 모를 만큼 깊숙하게 말이다.

“그가 혹시 눈치챈 것 아닙니까?”

“그것은 아닌 것 같네. 밖으로 나올 때를 제외하고는 언제나 그렇게 숨어 버리는 놈이라니까 말일세.”

“다행이군요.”

“참, 거기 탁자에 사마우에 대한 정보가 있네. 상당히 노력했더군. 그나저나 평소에는 옆에서 사람이 죽어 나가도 쳐다보지도 않던 밀문 놈들이 무엇을 노리고 이렇게 열성적으로 하는지 모르겠어.”

지나치듯 흘리는 궁귀의 말에 위지천의 얼굴이 굳어졌다.

‘그 생각을 왜 못 했지?’

절전된 무공을 가르쳐 주었으니 고맙기는 할 것이다. 하지만 그것은 우연과의 계약으로 이뤄진 사항이었다. 우연이 배우고 떠났으니 끝난 관계인 것이다. 그런데도 그들은 계속해서 철연을 보내고 야랑의 죽음을 감수했으며 분타가 드러나는 것까지 받아들이고 있다.

물론 철연이 자신에게 배우는 것 또한 적지 않다. 하지만 그것만으로 철연의 행동을 설명할 수는 없었다. 철연은 지시를 내리는 사람이 아니라 지시를 받는 사람이기 때문이었다.

지금 와서 생각해 보니 당연하다 생각하고 받았던 것들이 전부 과한 것들이었다. 자신과 좋은 관계를 유지하기 위해서 하는 행동이라고 보기에는 그들의 손해가 너무 컸다.

‘아무래도 알아볼 필요가 있겠군.’

어느 정도 생각을 정리한 위지천은 탁자에 놓여 있는 종이를 집어 들었다.

서도번진

덕창을 회부會府로 공진과 출천을 지군支郡으로 두고 있는 곳임.

절도사 : 도성장군 사마우

책사 : 공형진

지군 : 공진군—사평 장군을 진장鎭將으로 팔백의 병사가 외진군外鎭軍을 이루고 있음

출천군—통각우 장군을 진장으로 구백의 병사가 외진군을 이루고 있음

아군 : 표도천 장군을 책임자로 기병 이백, 궁병 이백, 창병 오백으로 구성되어 있으며 치소와 거처의 경비는 물론 지군과의 연락을 책임지고 있음

그 외에도 각 진鎭에 이백에서 삼백 정도의 병사가 진을 치고 있어 전체 병력은 대략 사천에서 사천오백 사이가 될 것으로 사료됨

추신 하나 : 치소 외곽 동북방과 서남방 거처에 상당수의 무림인이 머물고 있는데 그중에 무면환사와 수라일도修羅一刀 동면기, 투심수라偸心修羅 사무, 금마혈번金魔血幡 옥타천 등이 조심할 자이며, 무림맹에서 추살령이 내려진 백견추랑白絹秋浪 각종도 보았다는 사람이 있음

추신 둘 : 표도천 장군과 통각우 장군의 충성심은 의심할

나위가 없으나 사평 장군은 충성심보다는 사리사
욕이 앞서고 명예욕이 높은 자임'

노력했다는 말이 실감 나는 보고서였다.
'공진군의 사평 장군이라. 재밌는 자군.'
종이를 내려놓는 위지천의 입가에 옅은 미소가 스치고 지
나갔다.

덜컹!
"찾았습니다. 찾았어요."
철연과 함께 들어서는 도치의 음성이 크다. 그만큼 공형진
을 찾기 위해 고생했다는 말일 것이다.
"아니, 언제 오셨소?"
말투가 퉁명스럽기는 하지만 위지천을 바라보는 눈에는
반가움이 가득하다.
"조금 됐다."
"미안하오. 아직 못 잡았소."
"상관없다. 이제 잡으면 되니까."
"그럼 오늘 잡는 것이오?"
도치의 눈이 반짝였다. 하지만 그 빛은 이내 사라졌다. 위
지천의 입에서 뜻하지 않은 말이 흘러나왔기 때문이다.
"아니, 그놈을 잡는 것은 잠시 뒤로 미루자. 그 전에 할 일

이 좀 있다.”

“그냥 잡으면 되는 것이지. 그깟 놈 잡는 데 뭔 일은…….”

괜한 바닥만 비벼 대는 도치를 바라보며 피식 웃은 위지천은 이내 시선을 철연에게로 돌렸다.

“편지를 한 장 써 줄 테니 공진군의 사평 장군에게 전해라. 가급적이면 아무도 모르게 전했으면 좋겠다.”

“걱정 마세요.”

자신감 넘치는 표정으로 대답하는 것이 무언가 방법이 있는 것 같았다.

“사마우 휘하의 다른 장수들에 대해서도 좀 더 자세히 알고 싶다.”

“그것은 바로 갖다 드리라고 할게요. 그 정도는 이미 조사가 끝났을 테니까요.”

“좋다. 그럼 잠시만 기다려라. 편지를 써 주마.”

궁귀는 위지천과 육정기를 번갈아 쳐다보며 대체 지금 무슨 일이 일어나고 있는지 알고 싶어 했다. 하지만 육정기도 모르는 것은 마찬가지이니 대답할 말이 있을 리 만무했다. 편지를 기다리는 철연이나 도치의 표정 또한 궁귀와 마찬가지였다.

잠시 후 철연이 떠나고 난 자리에 남아 있던 자들은 위지천의 말을 들을 수가 있었다.

“그러니까 자네가 호제사 겸 전어사가 되었고 사평 장군
을 이용해 사마우를 치겠다는 것이군.”

“꼭 그런 것은 아니지만 대충 비슷합니다.”

“대충 비슷하면 됐지. 우리야 뭐 자네가 하라는 대로 하면
되는 거니까. 그건 그렇고 치소 곁의 무림인들을 먼저 친다
고 했는데 그 일은 언제 할 생각인가?”

“사평 장군을 만난 후에 실행해야 하니까 동북방은 사흘
후, 서남방은 나흘 후에 하겠습니다. 시간은 축시를 생각하
고 있습니다.”

“모두가 잠든 축시라고 해도 소리가 들리면 치소의 병사
들은 물론 다른 쪽의 무림인들도 달려올 텐데 괜찮겠는가?”

“그들은 모를 것입니다.”

“어떻게?”

“제가 그렇게 만들 테니까요.”

궁귀는 도무지 무슨 말인지 모르겠다는 표정이다. 하지만
더 이상 묻지는 않았다. 다른 사람들도 묻지 않기는 마찬가
지였다. 조용한 침묵이 흘렀다. 그런데 그런 침묵을 견디지
못하는 사람이 있었다.

도치가 벌떡 일어섰다.

“사우, 나와라. 시간도 많으니 오랜만에 한번 붙어 보자.”

“좋습니다. 하지만 예전과는 많이 다를 것입니다.”

“다르다고? 그럼 나야 좋지. 흐흐흐.”

도치의 웃음에서 음모의 냄새가 흐른다. 그런데 창을 잡고 일어서는 사우의 미소에서도 그와 똑같은 냄새가 풍기고 있다.

밖으로 나가는 두 사람을 유심히 바라보던 육정기의 시선이 위지천에게로 돌아갔다.

"사우가 많이 달라진 것 같습니다."

"눈치챘소?"

"창을 쥐었음에도 예기가 드러나지 않더군요. 검기성형은 넘어선 것 같은데 제가 잘못 본 것입니까?"

강호에 무인은 하늘의 별만큼이나 많다. 하지만 그들 중에서 절정의 경지에 오르는 자는 극소수다. 한눈에 상대를 파악하고 그의 움직임까지 볼 수 있어야 죽지 않고 절정의 경지에 오를 수 있기 때문이다.

그런데 육정기는 절정의 고수도 아닌 초절정의 고수다. 당연히 사우의 변화를 알아챘다. 그럼에도 위지천에게 질문을 던진 것은 구사우가 너무 빨리 변하기 때문이었다.

위지천의 입가에 옅은 미소가 떠올랐다.

"중단전을 열었다지요, 아마."

육정기는 물론이고 궁귀도 눈이 커졌다.

궁귀는 무공을 배우지 않았다. 아니, 사실대로 말하면 무공이 뭔지도 모른다. 대신 그는 평생을 자연과 호흡했고 자연과 어울려 살았다. 그러다 보니 자연스럽게 자연의 기운에 동화되었다.

물론 그냥 이루어진 것은 아니었다. 열 살 때쯤 노루를 쫓다가 이상한 동굴에 빠져 그곳에 고여 있는 물을 먹고 사흘을 내리 잔 적이 있었다. 그 후 그의 눈에 비친 세상은 예전과 확연하게 달랐다.

새가 어떻게 날아오르는지 또 어떻게 움직이는지 보였고, 보지 않고도 옹달샘이 어디 있는지 알게 되었으며, 조그마한 불씨라도 찾아서 불을 붙일 수 있었다. 그것이 중단전의 힘이라는 것을 안 지는 그리 오래되지 않았다.

아무튼 그는 그런 힘으로 복수를 시작했고 결국 초인이라는 칭호까지 붙게 되었다. 그런 그이기에 중단전의 위력을 누구보다도 확실히 안다. 그런데 그런 중단전을 무공으로만 열었다고 하니 놀라는 것이 당연했다.

육정기 또한 수많은 피를 묻히고 거기에 스승의 죽음까지 겪는 극심한 고통을 이기고 나서야 중단전을 엿보았다. 그중 어느 것 하나라도 부족했다면 중단전을 엿보는 것은 고사하고 하단전도 제대로 운용하지 못했을 것이다.

그런데 이제 이십 대 초반에 불과한 구사우가 자신처럼 중단전을 엿본 것도 아니고 아예 열었다고 하니 경악할 수밖에 없었다.

"괴물이 되겠군요."

자신도 모르게 흘러나오는 육정기의 말에 위지천의 웃음

이 더욱 진해졌다.

슈하학!

공간을 가로지른다고나 할까.

이 장의 거리를 순식간에 좁힌 도치의 둔치도가 구사우의 목을 향해서 날아간다.

이것이 진짜 비무인지 의심이 갈 정도로 독랄한 손속이다. 그럼에도 구사우의 표정은 담담하다 못해 당연하다는 식이었다.

구사우의 창이 위로 솟구치는가 싶더니 둔치도의 궤적을 막아선다.

"좋은 수. 하지만 아직 멀었다."

빙그르르르!

둔치도가 창대를 따라 빙글 돌며 구사우의 목을 향해 새로운 궤적을 그려 냈다. 오른쪽으로 반보 옮기는 것만으로 새로운 궤적을 만들어 낸 것을 보면 그동안 구천비운종을 얼마나 연습했는지 알 수 있었다.

하나 구사우 또한 새로운 힘을 깨달아 가는 사람이다.

쿠웅!

앞으로 내밀 발의 뒤꿈치만 들어 만들어 낸 진각이 대지를 울린다.

"허엇!"

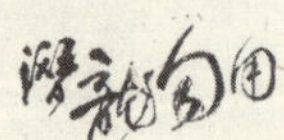

뜻밖의 울림에 놀란 도치의 둔치도가 잠깐 멈추었다. 그로 인해 실낱같은 틈이 생겼다. 그 틈으로 무언가 날아왔다.

푸하학!

거대한 뱀이 바람을 가르며 가슴을 향해 튀어 올라오고 있었다.

'양패구상이다.'

이대로 도를 휘두르면 구사우의 목을 자를 수 있다. 하지만 자신 또한 가슴이 반으로 갈려 죽을 것이다.

타다다닥!

날아가는 도를 손목만으로 회수한 도치는 연거푸 뒤로 물러나 창의 범위를 벗어났다.

"대형께 쓸데없는 수만 배웠구나."

"지는 것보다는 죽는 것이 나으니까요."

피식!

도치의 입가에 환한 미소가 떠오른다.

"이제 무인이 되었군."

"그런가요?"

"죽음에 대한 각오도 되어 있으렷다?"

"공포를 곁에 두고 잘 정도는 됩니다."

"하하하하! 좋아. 이제 본격적으로 놀아 보자."

둔치도가 천천히 우상右上을 향해 움직였다. 오른손은 위로 쳐들고 왼손은 오른손을 받쳐 든 요상한 자세가 만들어졌다.

구사우의 창도 서서히 움직이더니 좌측에 창두를 둔 이상한 자세가 되었다.

"그럼 해 볼까."

둔치도가 다시 아래로 움직이면서 우중右中에 걸쳤다.

구사우의 창이 스르르 내려오더니 창두를 바닥에 두고 오른손으로만 창을 잡는 자세로 바뀌었다.

"오시지요."

"좋아, 간다. 우핫!"

무척이나 특이한 기합 소리와 함께 도치의 발이 땅을 박찼다.

츄하학!

도치의 몸이 늘어나고 있었다. 아니, 순식간에 공간을 좁히고 있었다.

바닥에 늘어져 있던 구사우의 창이 움직인 것은 그때였다.

터엉!

땅을 치고 날아오르는 뱀처럼 공중으로 치솟은 창이 사나운 이빨을 드러내며 도치를 향해 날아갔다. 참斬과 통通, 절切이 창의 이빨이라면 지금의 이빨은 통通이었다.

쑤우욱!

무언가에 이끌리듯 허공으로 치솟아 창두를 뛰어넘은 도치의 신형이 창대를 따라 회전하며 창대 중간에 놓여 있는 구사우의 왼손을 노린다.

빙그르르르!

구사우로서는 난감하기 그지없는 상황이다. 왼손을 놓자니 둔치도가 곧장 오른손을 겨냥할 것 같고, 놓지 않자니 왼손이 잘릴 것이 뻔하기 때문이었다. 하지만 지금의 구사우는 예전의 그가 아니었다.

쓰으윽!

구사우의 오른발이 앞으로 나아가며 왼쪽 어깨가 당겨진다. 그로 인해 창대와 벌어진 오른손은 검결로 바뀌었고 여유가 생긴 왼손은 창대 끝으로 자리를 옮겼다. 순식간에 어깨가 앞으로 나가고 창대가 뒤로 빠진 특이한 자세가 이루어졌다.

약간 비틀어진 자세의 구사우와 회전하는 도치의 몸통이 부딪쳤다.

콰앙!

턱턱!

연속 뒤로 두 발 물러선 도치의 눈이 커졌다.

"고법敲法!"

내기를 이용해 온몸을 무기로 사용하는 방법으로 내공의 입출이 자유롭지 않고는 절대 사용할 수 없는 것이었다.

"그런 것도 가르쳐 줬단 말이지."

위지천이 가르쳐 준 것이 아니었다. 근접에 취약한 창술을 보완하라고 가르쳐 준 풍신퇴를 연습하다 보니 자연스럽게 얻은 능력이었다. 하지만 구사우는 굳이 그런 것까지 말하는 성격이 아니었다.

"좋아, 끝까지 가 보는 거야."

입술을 굳게 다문 도치의 둔치도에 검은 기운이 어리기 시작했다. 진짜로 제대로 하겠다는 의사 표현이다.

"사양하지 않겠습니다."

두 눈 가득 열기를 피워 올린 구사우의 창에도 푸른 이슬이 맺혔다.

열린 문으로 두 사람을 바라보는 육정기의 표정이 밝다. 어쩌면 피를 볼지도 모르는 상황이건만 그의 눈에는 걱정하는 빛이 전혀 없다. 두 사람 모두 공수의 수발을 걱정할 단계는 넘어섰기 때문이다.

"정말 많이 늘었군요. 아무리 봐도 이백 초는 겨뤄야 할 것 같습니다."

설레설레!

위지천은 고개를 가로저었다.

"아니란 말씀이십니까?"

"구사우는 아직 살기에 익숙하지 못하오. 아마 도치가 제대로 한다면 오십 초도 견디지 못할 것이오."

육정기는 고개를 끄덕였다.

무공이 뛰어난 자와 무공은 약간 떨어지지만 살기가 충만

한 자의 싸움이라면 거의 대부분 살기가 충만한 자가 이긴
다. 살기는 그처럼 무공의 고하까지도 뛰어넘을 수 있게 해
주는 엄청난 기세였다.

"하지만 그것만 넘어선다면 도치라고 해도 오백 초 이내
에는 승부를 내지 못할 것이오. 그것이 승리든 패배든 간에
말이오."

낮은 음성으로 속삭이듯 말한 위지천의 시선 속에서 도치
와 구사우의 움직임이 분주하다.

위지천이 한 것이라고는 이곳으로 오면서 꺾은 나뭇가지
를 땅에 꽂은 것뿐이었다. 그런데 지금 이곳은 온통 숲으로
둘러싸여 있다.

풍우헌豐優軒.

앞에 보이는 건물은 분명 자신들이 노리고 온 저택이다.
서 있는 길 또한 자신들이 걸어온 길이었다. 그런데 풍우헌
옆에 있는 건물이나 걸어온 길은 숲 뒤로 사라져 버렸다. 마
치 숲으로 만든 감옥에 갇힌 것처럼 말이다.

"대체 어떻게 한 것인가?"

질문을 하는 궁귀의 눈에 의아함이 가득하다.

"약속을 지켰을 뿐입니다."

“허허!”

별것 아니라는 투로 대답하는 위지천의 태도가 기가 막혔는지 궁귀의 입에서 헛웃음이 흘러나온다. 그런데 생각해 보니 사실 별것이 아니었다. 위지천은 약속을 지켰고 자신들은 목적을 이루면 되는 일이었다.

“하긴 그렇군.”

쓰으윽!

화살통에서 꺼낸 화살이 활시위에 얹혔다.

“그럼 들어가 볼까.”

“제가 앞장을 서지요.”

검을 뽑아 든 육정기가 말과 함께 전면으로 나갔다.

“그럼 내가 우측을 맡겠소.”

구사우와 이백 초를 싸웠다는 것을 불명예로 생각한 도치가 검은 기운을 흘트리며 오른쪽으로 나갔다.

“좌측은 제가 맡겠습니다.”

둔치도에 맞은 멍 자국이 아직도 왼쪽 뺨에 남아 있는 구사우가 왼쪽에 자리를 잡았다.

“씨이, 이번에도 나는 후위네그려. 너희들만 예쁨 받아라, 제기랄.”

철연이 투덜거리며 뒤쪽에 섰다. 하지만 자리를 잡는 순간 그녀의 기세가 사납게 변했다.

“그럼 내가 설 곳은 중앙뿐인가?”

궁귀가 자리를 잡음으로써 진형이 완성되었다.

쑤우욱!

위지천이 후위로 물러서며 두 개의 비수를 뽑아 들었다.

"갑시다."

그 말을 기다렸다는 듯 육정기가 앞으로 나갔다.

슈각! 우당탕탕!

단 한 번의 칼질로 대문을 반으로 갈라 버린 육정기는 곧바로 안으로 뛰어들었다.

"웬 놈이… 크악!"

피를 부르는 죽음의 춤이 시작되었다.

슈하학!

허리를 벤 검이 곧추세워지며 다시 가슴을 벤다. 한 번의 칼질만으로도 죽음을 피할 수 없을 것이지만 육정기는 상대의 목숨을 확실히 취한 후에야 다시 앞으로 나아갔다.

살아 있는 자를 남겨 두지 않기는 도치도 마찬가지였다.

"하압!"

챙강! 서걱!

다만 그는 한 번의 칼질로 무기와 몸통을 단번에 갈랐다. 그렇기에 그와 칼을 맞댄 자들은 비명도 지르지 못하고 죽는다.

그런 도치와 가장 비슷하게 싸우는 사람은 철연이다. 그런데 철연은 자르는 것이 아니라 부수고 있었다.

퍼버버벅!

"끄아아악!"

덩치에 어울리지 않는 거대한 도로 무엇이든지 부숴 버리는 절대의 힘. 그렇다 보니 그녀가 서 있는 곳의 비명 소리도 제일 크다.

가장 화려하게 싸우는 사람은 구사우다.

피비비빗! 스각!

자르고 베고 튕겨 내는 동작이 현란하기 그지없다. 하지만 그만큼 날카로움이 부족하다. 살기에 익숙하지 못하다는 말은 바로 이것일 것이다. 여러 번 휘둘러야만 목숨을 취할 수 있는 구사우이고 보니 시간이 갈수록 적의 숫자가 늘어난다.

그런 구사우를 구해 주는 이가 궁귀였다. 활시위를 떠난 화살이 한 사내의 이마에 꽂힌다.

퍼억!

궁귀의 손을 떠난 화살은 한 대도 헛되이 날아간 법이 없다. 마치 그려 놓은 선을 따라가듯 여지없이 목표에 꽂힌다. 몸을 움직여도 소용이 없고 칼이나 창을 열심히 휘둘러도 소용이 없다. 시간과 공간을 뛰어넘듯 그렇게 날아간다.

위지천의 비도도 궁귀의 화살만큼이나 정확하다. 하지만 한 가지가 달랐다. 궁귀의 화살은 날아가는 것으로 끝이 나지만, 위지천의 비도는 목표에 적중된 다음 저절로 허공을 날아와 위지천의 손에 내려앉았다.

그런 위지천의 움직임을 힐끗힐끗 쳐다보는 철연의 얼굴

에는 경악의 빛이 가득하다.

'격공섭물隔空攝物. 아니, 그 정도가 아니다. 그럼 설마 어기의형御氣意形?'

전설에서나 나오는 수법이다. 어떻게 무형의 기로 사물을 제어할 수 있단 말인가. 하지만 지금 위지천의 비도는 그것 말고는 설명할 방법이 없었다.

이렇듯 잘 맞춰진 수레바퀴처럼 움직이던 진형이 깨진 것은 커다란 누각을 앞에 두었을 때였다.

휘리리릭!

공중제비를 돌듯 그렇게 날아온 세 명이 바닥에 내려서자 기다렸다는 듯 도치와 철연이 앞으로 나선다. 무작정 앞으로 나오는 철연으로 인해 뒤로 밀린 구사우의 얼굴에 서운한 빛이 가득했지만 그런 것에 신경을 쓸 철연이 아니었다.

그와 때를 같이해 사방에서 불이 밝혀졌다.

화악!

해 뜨기 전의 어둠조차 단숨에 걷어 버릴 밝음이다.

"번진의 무사를 공격하다니 겁이 없는 놈들이군."

세 명 중 가운데 선 자가 가소롭다는 표정으로 사방을 둘러본다. 하긴 그의 말이 맞을지도 모른다. 아무리 무공이 뛰어나다고 해도 기병과 궁병, 무림인이 포함된 천여 명의 병사를 소수로 상대한다는 것은 무리였기 때문이다.

그러나 그들이 상대하는 자는 그냥 무공만 뛰어난 무림인이 아니었다. 두려움 자체를 모르는 무림인, 바로 그랬다. 그중에 특히 지금 앞으로 나서는 도치는 그 정도가 심했다.

"오오! 네놈이 하남에서 이름깨나 날렸다는 금마혈번이군."

깃발이 말린 창대를 바라보는 도치의 눈에 흥미로움이 가득하다. 원래부터 예의는 문외한인 그다. 게다가 적으로 판단되면 그 부족한 예의조차 흔적도 없이 사라진다.

"너, 이리 와. 내가 찍었다."

일행에는 그와 비슷한 이가 하나 더 있었다. 좌측으로 자리를 옮긴 철연이 대도를 들고 있는 중년인과 마주 섰다.

"넌 내 거야."

그런 철연의 태도가 어이없었던 것일까. 대도를 쥔 중년인의 입에서 커다란 웃음이 터져 나왔다.

"크하하하! 사천, 재미있는 곳이야."

처음에 지목된 금마혈번과 두 번째 상대로 지목된 수라일도의 얼굴에는 두려움이란 것이 없다. 오히려 가소롭다는 표정이 가득하다. 하지만 남은 한 명은 그렇지 않았다. 두려움이라기보다는 초조함이 가득한 그런 얼굴이었다.

그런 사내를 향해 육정기가 다가갔다.

"왜 아직도 안 오는지 궁금하겠지. 그래도 당신이 이 중에서는 제일 낫군. 하지만 그것뿐이야."

어차피 죽이려고 왔으니 죽이면 그만이라는 뜻이다. 그러나 그런 뜻을 그가 어찌 알까.

슈팟!

검을 뽑는 것과 동시에 한 줄기 선이 허공을 가른다.

푸하하학!

일 장이 넘는 거리를 두고 휘두른 검에 가슴이 갈라지며 피가 솟구친다. 비명도 지르지 못한 즉사다.

상대의 마음을 훔친다 해서 투심偸心이요, 싸울 때는 귀신도 물러선다 해서 수라修羅라 불렸던 자가 주먹 한번 내지르지 못하고 죽었다.

기다렸다는 듯 철연의 도가 바람을 부순다.

부우우욱!

"이런 썩을 놈들이!"

수라일도의 입에서 험악한 말투가 흘러나온다. 피를 본 후라 경각심도 충만하다. 땅을 스치듯 튀어나온 대도가 철연의 도를 맞이한다.

콰앙!

도가 부딪친 소리라고는 믿기지 않는다.

타다닥!

연거푸 뒤로 물러나 충격을 해소하는 것은 똑같다. 하지만 먼저 자세를 잡고 달려드는 것은 철연이다. 그만큼 충격이 덜하다는 뜻이다.

"부서져라!"

부우욱!

바람을 부수고 다가오는 도도 그렇지만 거침없이 치고 나오는 기세 또한 사납다. 아니, 흉포하다.

"니미랄."

수라일도의 얼굴이 구겨졌다. 한 번도 못 본 얼굴이다. 더군다나 상대는 어린 계집에 덩치도 가냘프기 그지없다. 그런데도 힘에서 밀렸다.

푸아아학!

하단을 치다가 상단으로 방향을 바꾼 계집의 도가 심상치 않다. 대도를 쥔 손은 아직까지도 울림이 남아 있다. 백번을 생각해도 피해야 하는 상황이었다. 그런데 그놈의 쓸데없는 자존심이 그를 물러서지 못하게 했다.

"좋아. 죽어라."

슈웨엑!

중단을 가르며 올라온 대도가 철연이 그리는 궤적을 막아섰다. 제법 빠른 손속에 정확도 또한 뛰어났다. 하지만 한 가지가 부족했다. 막기에 급급한 나머지 대도에 힘을 싣지 못했다.

쩌엉! 부르르르!

"우욱!"

목구멍을 따라 솟구친 비릿한 냄새가 입안에 가득 찼다. 대도를 타고 들어온 도기에 의해 경락이 다쳤다. 설마 도기까지 자유자재로 구사하는 계집일 줄은 몰랐다. 만약 알았다면 조금 전과 같은 미친 짓은 하지 않았을 것이다.

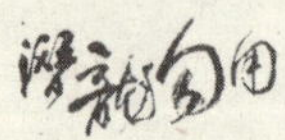

푸확!

피를 토해 내고 나니 조금은 괜찮다. 하지만 조금 전의 충격으로 대도에 금이 갔다. 한두 번은 모르지만 그 이상은 무리였다. 내상 또한 쉽게 가라앉을 것 같지 않다.

"씨부럴."

이런 곤란한 지경에 빠져 본 지가 언제인지도 기억나지 않는다. 그런데 더욱 곤란한 것은 자신을 이 지경으로 만든 계집이 쌩쌩한 얼굴로 달려들고 있다는 것이었다.

"그래, 씨발! 네가 죽나 내가 죽나 해 보자."

사납게 싸우기로 한다면 철연도 도치를 따라가지 못한다. 그런데 지금의 도치는 평소와 다르게 움직임이 요란하다.

터억! 휘리릭!

앞으로 달려들다가노 깃발이 날아오면 뒤로 물러난다. 가끔은 그것도 모자라 바닥에 떨어진 무기까지 발로 차 낸다. 그야말로 피하기 급급한 몸짓이다. 그리고 보니 자잘한 상처도 제법 많다. 거기에 비하면 금마혈번은 상처 하나 없이 깨끗하다.

'제기랄, 대체 어떻게 해야 하는 거야?'

싸우기 전만 해도 깃발은 생각지도 않았다. 그거야 맞아도 그만이라 생각했다. 그런데 실제는 그것이 아니었다. 둔치도를 휘감은 채 날아오던 깃발을 생각하면 지금도 오싹하다.

'만약 그때 피하지 않았다면……'

서걱!

발로 차서 날려 보낸 돌이 깃발에 의해 반으로 갈라진다.

“큭큭, 쥐새끼가 따로 없군.”

뿌드드득!

“개새끼! 그려, 해보자.”

도치는 둔치도를 칼집에 집어넣었다.

철컥!

쓰지도 못하는 둔치도라면 들고 있을 이유가 없었다.

츠츠츠츠!

두 손의 장심이 붉게 변하고 있다. 화적인이 팔 성을 넘으면서부터 변화된 현상이다.

‘부수지 못하면 찢고 태운다.’

퍼러러럭!

도치의 양손이 깃발을 향해 나아간다.

“미친놈.”

어지간한 것은 한 번에 베어 버리는 혈번이다. 그런 혈번을 향해 손을 내미니 우습기 그지없다.

피리릭!

왼손이 혈번 안으로 들어왔다.

“크크큭!”

이제 혈번만 잡아당기면 되었다. 그런데……

화르르륵!

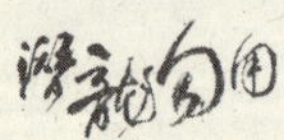

수화불침은 아니지만 그래도 어지간한 불로는 절대 태울
수 없는 혈번이 타고 있었다. 그런데 그것이 끝이 아니었다.
두 손에 붙잡힌 혈번이 종잇조각처럼 찢기고 있었다.
찌이익!
사람들은 종종 너무나 어이가 없으면 멍해진다. 금마혈번
또한 그런 범주를 벗어나지 못했다. 그런 금마혈번을 향해
순간적으로 둔치도를 뽑아 든 도치의 몸이 늘어났다.
푸하악!
창대와 함께 가슴이 반으로 갈린 금마혈번이 미끄러지듯
바닥에 쓰러졌다.
"해 봐! 또 해 봐, 쥐새끼야! 이 쥐새끼야!"
쥐새끼라는 말을 꽤 마음에 담아 두었는지 도치는 죽은 자
를 향해 연거푸 쥐새끼라고 불렀다.
그런 도치의 옆에서 또 하나의 사나운 소리가 들려왔다.
파삭! 서걱!
대도가 산산이 부서지고 수라일도의 머리가 뭉개졌다. 이
러는 사이 주변을 정리한 사람들이 위지천의 곁으로 모였다.
"살아 있는 자는?"
"없습니다."
"좋습니다. 가시지요."
장원을 가리고 있던 숲이 조금씩 허공으로 녹아들고 있
었다.

반항하는 자는 죽을 것이다

푸른빛의 나삼羅衫을 걸친 혈야향과 여전히 마의麻衣 차림인 우연이 마주 앉아 있다.

"삼시회가 산동과 절강을 흡수했습니다. 이름도 삼성회로 바꿨고요."

"도치의 그 삼시회가?"

"예."

"너무 겁이 없군."

차분한 음성이다. 하지만 대수롭지 않아서 그러는 것이 아니라는 것을 우연은 안다. 이런 때 가장 좋은 것이 침묵이라는 것도 말이다.

"우리 쪽 피해는?"

　머리를 숙이고 있던 우연의 얼굴에 안도의 빛이 스치고 지나간다. 이런 질문은 마음을 다스린 후에야 던지는 혈야향이기 때문이었다.
　"없습니다."
　"없어?"
　"예. 우리 쪽은 피하고 철저히 염마해에 관계된 곳만 부쉈습니다. 그 덕분에 저희들은 오히려 더 편해졌습니다."
　"어떻게 해야 하지?"
　"예?"
　"이제 어떻게 해야 하냔 말이다."
　"염마해를 적으로 삼은 자들이니 굳이 낄 필요가 없다고 생각합니다."
　"저희들끼리 싸우게 내버려 두라?"
　"예."
　"그거야 좋지. 그런데 그다음에 우리까지 먹으려 들면 그때는 어떻게 할 거냐?"
　"그럴 리가 있겠습니까?"
　"갈!"
　혈야향의 음성이 크다.
　"황보세가의 이름까지 사용하는 그들이다. 다른 곳에서처럼 다정스럽게 하오문도 사이로 파고들면 우리가 설 곳이 없다는 것을 왜 몰라!"

우연은 고개를 숙였다. 혹시라도 오해할까 봐 황보세가의 이름은 빼고 말했음에도 혈야향은 그것까지 알고 있다. 자신을 속이려 했다고 칼을 들어도 할 말이 없는 상황이 되어 버렸다.

"죄송합니다."

우연의 하얀 목덜미를 바라보는 혈야향의 눈빛에 안쓰러움이 스치고 지나간다.

"너의 마음 한구석에 진귀가 있다는 것을 안다."

"절대 아닙니다."

고개를 든 우연의 표정이 굳어져 있다.

"그렇게 강하게 부정할 필요 없다. 자고로 잘난 놈 싫어하는 여자는 없으니까 말이다. 하지만 여기까지다. 삼시회든 삼성회든 더 이상 날뛰면 그때는 내가 용서하지 않는다. 알겠느냐?"

"알겠습니다."

"우연아, 우리는 남들이 천민이라 부르는 자들의 눈물을 받아먹고 산다. 그것을 잊지 마라."

무림인들은 무공의 고하는 따질지언정 신분의 귀천은 따지지 않는다고 한다. 하지만 그것은 일반적일 때의 이야기이고, 무림인들도 결혼 같은 특별한 일에는 신분을 따진다. 혈야향은 그것을 말하고 있는 것이었다.

우연의 눈빛에 처연함이 스치고 지나간다.

“지시하신 대로 풍우헌에 여장을 풀었습니다. 숫자 또한 휘하 제장들과 오십 명의 병사만 데리고 왔고요.”

“잘하셨소.”

“그런데 진짜 오십 명만으로 되겠습니까?”

“그보다 많으면 이곳까지 올 수나 있었겠소?”

하긴 맞는 말이었다. 치소의 무림인들이 이틀에 걸쳐 몰살한 일로 인해 덕창은 지금 전쟁터나 다름이 없다. 그런 곳에 오십이 넘는 병사를 끌고 온다면 반역자로 의심을 받을 것은 당연했다.

의심을 피하려면 수행하는 병사를 줄이거나 아니면 창의 숲을 헤치고 오는 방법밖에 없었을 것이다. 처음에 오십을 데리고 오는 것만도 못하게 되는 것이다.

“그 점은 생각하지 못했습니다.”

“그거야 뭐, 중요한 일이 아니니 그냥 넘어갑시다. 참, 통각우도 왔겠지요?”

“지금 오는 중이라고 합니다. 처소는 순헌각循憲閣으로 정해졌고요.”

순헌각이라면 그저께 저녁에 정리한 곳이었다. 치소의 무림인들이 모두 죽자 예상대로 사마우는 지번의 장군들을 모두 불러들이고 있었다.

"그럼 다 온 것이오?"

"진에 나가 있는 장수들이 아직 몇 남았기는 하지만, 그들은 대부분 진을 떠날 수 없는 자들이니 대충 다 모였다고 보시면 될 것입니다. 그나저나 표도천 장군은 어떻게 하실 생각이십니까?"

"그가 왜요?"

"그는 절대 전어사의 뜻을 따르지 않을 것입니다."

"그럼 죽는 것이지요."

대수롭지 않다는 듯이 대답하는 전어사를 바라보는 사평 장군의 눈이 계속 좌우로 움직인다.

표도천 장군은 자신과 통각우가 합쳐도 이길 수 없는 자다. 거기다 그의 휘하 병사들은 명령이라면 죽음 속으로 달려드는 강병이다. 자신이 데리고 온 병사와는 차원이 달랐다.

그런데도 무술武術의 무武 자도 모를 것 같은 전어사는 도무지 걱정하는 빛이 없으니 영 미덥지가 않다.

'그냥 가서 붙어 버려?'

사평은 고개를 가로저었다. 사마우가 그토록 자랑하던 무인들이 이틀에 걸쳐서 모두 죽었다. 그런데도 공형진은 누가 한 짓인지 모른다고 했다. 전어사가 한 짓이 분명한데도 말이다. 전어사에게 숨겨 둔 힘이 있음이 분명했다.

'그래, 이런 기회는 다시 오지 않는다.'

어차피 가는 길이라면 전어사의 눈에 확실히 들어야 했다.

자신뿐만 아니라 통각우도 그와 내통하고 있을지 모르는 일
이었다.

"인시 초입에 차하객잔 앞에서 기다리기만 하면 되는 것
입니까?"

"그렇소."

"알겠습니다. 그럼 내일 뵙겠습니다."

군례를 올린 사평은 곧바로 몸을 돌려 어둠 속으로 사라
졌다.

현호도와 비수를 든 육정기가 나무 뒤에서 걸어 나왔다.

"믿을 수 있겠습니까?"

위지천은 고개를 가로저었다.

"그래서 무기를 저에게 맡기신 것입니까?"

"내 신분을 안다면 지금처럼 움직이지 않고 대놓고 칼을
뽑아 들 놈이오. 혼수모어混水摸魚의 계책에는 가장 안 어울
리는 놈이지요."

"그런데 왜 선택하셨습니까?"

"혼수모어에는 적합하지 않지만 차도살인借刀殺人에는 저
만 한 놈이 없더군요. 지금처럼 신분을 속이면 혼수모어에도
써먹을 만하고요."

상대의 부족한 부분까지도 채워서 쓴다는 말이니 적이 들
으면 공포에 젖을 말이다. 하지만 동지라면 든든하기 그지없
는 말이었다.

미명이 채 가시지도 않은 이른 새벽!

치소 입구와 그리 멀리 떨어지지 않은 곳에 육정기와 사평 장군을 좌우로 거느린 위지천이 서 있었다.

"갑시다."

위지천의 정체를 알았기 때문일까. 뒤를 따르는 사평 장군의 발걸음에 힘이 넘친다.

"누구냐?"

터덕! 툭툭!

죽이라고 하기 전에는 죽이지 말라는 지시 때문인지 육정기는 검을 뽑지 않은 채 검집만으로 병사들을 쓰러트리고 있었다. 하지만 그의 움직임은 이 순간에도 사납고 난폭했다.

"끄아아악!"

팔을 맞으면 팔이 부러졌고 다리에 맞으면 다리가 부러졌다. 아예 인징이라는 것 자체가 없는 사람처럼 보였다. 그런데 그것이 한 가지는 확실하게 만들었다. 쓰러진 자는 절대 반항하지 못했다.

이렇듯 무인지경으로 움직이던 육정기가 멈춰 선 것은 장팔사모를 든 장수가 앞을 막아선 때였다.

"사평, 네놈이……."

장수는 앞에 선 육정기보다 위지천을 따르는 사평 장군에게 분노의 빛을 내보이고 있었다. 평소 같으면 사평 장군은 눈을 피해 고개를 숙이거나 아니면 뒤로 물러났을 것이다.

하지만 이 순간 사평 장군은 여유롭다.

"표도천, 무기를 내려놓고 엎드리는 것이 좋을 것이다."

"정녕 네놈이……."

"감히 지금 네가 누구 앞에서 그런 막말을 하는 것이냐! 내 앞에 계신 분은 바로 폐하의 뜻을 전하는 전어……."

위지천은 손을 들어 사평 장군의 입을 막은 후 천천히 앞으로 걸어 나갔다.

"당신이 혈기장군 표도천이오?"

부하들이 위험에 처하자 혼자서 적진에 들어가 피로 목욕을 했다고 해서 붙은 이름이 혈기血驥다. 맹장 중의 맹장이라고 할 수 있는 인물이다. 그런 용맹함이 이런 상황에서도 드러나는 것일까.

"네놈은 누구냐?"

중간에 끊어진 말이지만 황제와 관계된 인물이라는 것을 모르지는 않을 터이다. 그럼에도 표도천은 네놈이라 불렀다. 인정하지 않겠다는 뜻이 내포된 말이다.

담장을 둘러치듯 사방을 에워싸고 있는 병사의 수는 대략 삼백 명. 그중의 절반은 궁병이다. 사실 죽이기로 한다면 일각이면 충분하다. 하지만 이들은 국경을 책임지고 있는 병사들이다. 죽인다면 또 다른 혼란이 올 수 있는 것이다.

그렇다고 그냥 놔둘 수도 없는 문제였다. 이들을 가만히 놔둘 경우 공격에 가담한다면 자신을 비롯한 몇 명을 제외하고는 곤란에 빠질 것이 분명했다.

　이런 경우 해결할 수 있는 방법은 넘볼 수 없는 절대적인 무위와 거부할 수 없는 신위뿐이었다. 처음부터 예상했던 일이고 결론도 내려졌다. 그렇다면 남은 것은 실행뿐이었다.

　파밧!

　땅을 박차는 것과 함께 위지천의 신형이 앞으로 튀어 나갔다.

　"감히!"

　무림인들도 쉽게 대응하지 못할 움직임이다. 하지만 표도천은 다가오는 위지천을 향해 곧바로 장팔사모를 휘둘렀다. '역시 혈기!' 라는 탄성이 절로 나올 만한 대응이다. 하지만 상대는 정기신의 일체를 이룬 위지천이었다.

　쑤욱!

　자그마치 사 장의 거리다. 그런데 그런 공간이 순식간에 사라졌다. 공간을 뛰어넘는 귀신의 움직임이 귀령월간鬼靈越干이라고 했던가. 이것이 바로 귀령월간의 극의極意였다.

　터억!

　위지천은 오연한 자세로 표도천의 목을 붙잡고 있었다.

　"컥컥!"

　"네놈이 감히 폐하의 사자인 나를 능멸하다니……. 역모의 뜻을 품고 있지 않으면 그리하지 못할 터. 내 네놈을 역적의 무리로 보아 이 자리에서 단죄하노라."

뿌드드드득!

한 손만으로 자기보다 한 뼘이나 더 큰 표도천의 목을 그렇게 부러트렸다.

털썩!

손에 든 지푸라기를 던지듯 표도천을 그렇게 던져 버린 위지천은 몸을 돌려 자신을 둘러싸고 있는 병사들을 향해 큰 소리로 외쳤다.

"누가 감히 나 호제사 겸 전어사의 앞을 막느냐! 어떤 놈이든 앞으로 나서라! 내 그럼 그놈도 저놈처럼 역적의 무리로 보아 단죄할 것이니 나를 막을 자는 썩 앞으로 나서라!"

천하가 무너져도 자신들을 지켜 줄 줄 알았던 표도천을 어린아이 상대하듯 그렇게 죽여 버린 자다. 거기다 호제사 겸 전어사라고 한다. 대항한다면 순식간에 역적이 되어 버리는 그런 사람이었다.

그런 순간을 기다렸던 것일까. 양손에 호제비와 제왕령을 든 구사우가 앞으로 튀어나오며 큰 소리로 외쳤다.

"호제비와 제왕령으로 명한다! 무기를 버리고 바닥에 엎드린 자는 그간의 충성을 봐서 용서할 것이나, 계속해서 무기를 들고 서 있는 자는 역적으로 보아 그 자리에서 참수할 것이다!"

차앙!

육정기가 검을 뽑아 들었다.

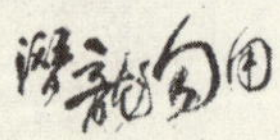

"진進!"

창! 창! 차앙!

도치와 철연은 물론 사평 장군과 휘하 제장 그리고 병사들까지 모두 무기를 뽑아 들었다.

"무기를 버리고 엎드린 자는 살 것이요, 반항하는 자는 죽을 것이다."

호제비와 제왕령을 품속에 간직한 후 창을 곧추세운 구사우의 음성이 다시 커다랗게 울려 퍼졌다.

툭툭툭! 챙그랑!

눈물이라도 흘리면 역적이 되어 버릴 것 같은 분위기다. 그래서인지 표도천의 죽음에 눈물을 흘리는 자도 없다. 그저 하나둘씩 무기를 버린 채 바닥에 머리를 조아리기 시작했다. 승리다. 아니, 시작도 하기 전에 끝난 싸움이었다.

"치소에 있는 자들은 들어라. 폐하께서는 이곳의 절도사 사마우를 역적으로 규정하여 호제사 겸 전어사인 본인을 이곳으로 보내 정리를 명하셨다."

치소 전체를 울리는 위지천의 음성이 계속 이어졌다.

"고로 반항하는 자는 역적의 무리로 보아 삼족을 멸할 것이며, 대항하는 자는 누구든지 그 자리에서 참수할 것이다. 살고 싶은 자는 지금 당장 무기를 버리고 치소 밖으로 나가 치죄를 기다려라."

사마우의 부장들이 건재한 이상 외곽 경비를 맡은 자들이 아니면 치소를 나가고 싶어도 나갈 수 없을 것이다. 하지만 이제 그들은 대놓고 창이나 활을 겨누지는 못한다. 그것이면 충분했다.

"사평 장군은 이곳과 치소 밖을 맡아 주시오."

사마우를 만나기 두려운 사평 장군으로서는 불감청고소원不敢請固所願이다. 그렇지만 곧바로 받아들일 경우 나약해 보일 염려가 있었다.

"그 정도는 제장들만으로도 충분합니다."

"그렇소. 그럼 따라오시오."

땅을 치며 통곡할 일이다. 하지만 자신이 판 무덤이었다.

"같이 가시죠."

앞서 가는 위지천을 따라잡는 사평 장군의 발걸음이 빠르다.

제법 커다란 대청이지만 위지천 일행과 마주한 자는 사마우와 공형진 그리고 통각우와 세 명의 부장이 전부였다.

이곳까지 따라오던 병사들도 이제 십여 명만이 남아 입구를 지키고 있다. 나머지는 치소 밖에 엎드려 있거나 아니면 치소에 숨어서 눈치를 보고 있을 것이다. 그것도 아니면 덕창 어딘가에 몸을 숨기고 있을 것이고 말이다.

"사평 네놈이……."

사평을 바라보는 사마우의 눈에서 불꽃이 인다.

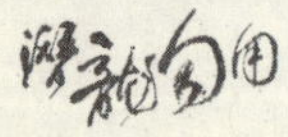

"장군! 이제 그만 자리에서 내려오시지요."

유들거리는 사평 장군의 태도에 더 이상은 분노를 참을 수 없게 된 것일까. 사마우가 들고 있던 창을 던졌다.

쐐애애액!

그냥 앉은 채로 던진 창임에도 속도가 화살에 버금간다.

사평 장군은 피할 생각을 하지 않는다. 아니, 그가 피한다고 해도 완전히 피할 수 있는 창이 아니다. 그럼에도 사평 장군의 얼굴에는 여유로움이 넘친다. 자신의 옆에 표도천의 목도 단숨에 꺾어 버린 위지천이 있었기 때문이다.

위지천도 사실 손만 내밀면 잡을 수 있는 창이다. 그럼에도 위지천은 아무런 행동도 하지 않았다.

퍼억!

"꺼억. 당신이……."

가슴에 박힌 창대를 움켜쥔 채 쓰러지는 사평 장군의 눈에 원망스러움이 가득하다. 하지만 위지천은 아무런 표정 변화도 없이 사마우에게로 시선을 옮긴다.

"호제사 겸 전어사인 본인을 수행하는 장수를 죽인다는 것은 곧 역모를 인정한다는 것. 후회는 없겠지?"

"어린놈이 입만 살았구나. 내 네놈을 죽이고 바로 황성으로 가 폐하께 직접 뜻을 물어볼 것이다."

"그러니까 군대를 일으켜 역모를 하겠다는 말이구려."

"네 이놈! 내가 역모를 하지 않았다는 것은 황제께서 임명

하신 주사사와 현령들도 안다. 그런데 네놈이 대체 무슨 억
하심정으로 이러는 것이냐?”

“아, 그러니까 당신은 나를 모르신다는 말씀이시구려?”

“내가 네깟 놈을 어떻게 알겠느냐?”

위지천의 시선이 공형진에게로 옮겨졌다.

“그럼 공 책사께서는 내가 누구인지 아시겠구려. 그렇지
않소, 공 책사?”

“내가 네놈을 어떻게 안단 말이냐?”

의아함이 가득한 눈이다. 가식이 아니다.

사마우는 자신을 직접 보지 않았고, 전방으로 보내진 것
또한 그저 흔한 병사의 일이었으니 알아보지 못할 수 있다.
하지만 공형진은 아니었다. 자신을 두 번이나 찾아왔고 그중
한 번은 직접 죽이려고까지 했던 자다.

그런데 한 진영을 책임지는 책사라는 자가 자신을 몰라본
다. 아무리 시간이 흘렀다고 해도 말이 되지 않는 일이었다.

“공 책사가 아니군.”

위지천의 말이 뜻밖이었을까. 사마우가 놀란 눈으로 공형
진을 쳐다본다.

“공 책사가 아니라면 대체 네놈은 누구냐?”

“저, 그게…….”

서격!

“끄아아악!”

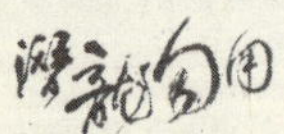

사마우의 뒤에 서 있는 통각우에 의해 두 개의 발목이 통째로 날아갔다. 간결하면서도 깨끗한 솜씨다. 간신배처럼 뒤를 따라 다니던 사평 장군과는 격이 달랐다.

꾸욱!

한 손으로 공형진의 멱살을 움켜쥔 사마우의 눈에서 싸늘한 한광이 일어났다.

“누구냐? 네놈이 누구냔 말이다. 대체 누구의 지시로 이런 짓을 한 것이냐?”

“컥컥! 소인은 무면환…….”

다리가 잘린 고통 때문인지 그것이 아니면 사마우의 눈빛 때문인지는 모르지만 가짜 공형진의 입이 순순히 열렸다.

그때였다. 가짜 공형진의 뒤에 서 있던 부장의 검이 허공을 갈랐다.

스걱!

가짜 공형진의 목이 허공을 날아 위지천의 발 앞에 떨어졌다.

너무도 의외의 일인지라 위지천조차 꼼짝 못 하고 당했다. 하지만 아직 가짜 공형진을 죽인 부장이 살아 있었다.

스팟!

위지천의 신형이 공간을 가로질렀다. 하지만…….

“끄으윽!”

위지천이 도착하기도 전에 입에서 거품을 토해 낸 부장이 그대로 뒤로 넘어갔다.

"이런……."

위지천의 얼굴에 다급한 기색이 역력하다. 이러다가는 아무것도 건지지 못할 것이 분명했기 때문이다.

위지천은 사마우를 향해 몸을 돌렸다. 그런데 그 순간 사마우의 얼굴에서도 핏줄이 솟구치기 시작했다. 그와 동시에 사마우의 머리를 파고드는 특이한 생명체가 위지천의 뇌리에 그려졌다.

'고독蠱毒.'

위지천은 움직이는 모양만으로 그것이 무엇인지 알 수 있었다. 하지만 그것뿐이었다. 머릿속을 파고들던 고독이 움직임을 멈추었다.

"끝났군."

털컥!

사마우는 일어서지도 못한 채 고개를 떨어트렸다.

통각우와 두 명의 부장은 이제 혼란과 공포가 아니라 허탈감에 빠져 버렸다. 무기를 휘두를 의욕조차 없는지 두 손을 늘어트린 채 털썩 주저앉아 버렸다.

위지천은 그런 그들을 힐끗 쳐다본 후 죽은 부장을 살피기 시작했다. 그리고 잠시 후 부장의 얼굴에서 얇은 면구를 벗겨 냈다.

"마님."

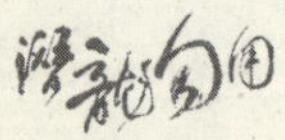

"예모당 아씨!"

아직 살아남은 두 명의 부장에게서 놀란 음성이 연속적으로 흘러나왔다. 부장으로 위장하고 있던 사람은 남자가 아니라 이십 대 후반의 여인, 그것도 다름 아닌 사마우의 애첩이었다.

공형진으로 위장했던 자를 살피던 육정기의 손에도 하나의 면구가 들려 있었다.

"무면환사입니다. 공형진은 찾을 길이 없겠습니다."

위지천은 고개를 끄덕였다. 이 정도 준비를 한 자라면 흔적도 남겨 놓지 않았을 것이다. 도주도 지금이 아니라 며칠 전에 했을 것이고 말이다.

새벽이 움트기도 전의 이른 새벽, 덕창을 떠나는 자들이 있었다.

또각또각.

"사마우 그자, 자신의 죽음이 애첩 때문이었다는 것을 모르고 죽었으니 그래도 괴롭지는 않았을 것이야."

"그런 놈들은 고통스럽게 죽어야 하는데 너무 편안하게 죽었어요."

"그래도 죽은 사람이다. 너무 그러지 마라."

"알았어요. 그런데 이럴 때 보면 선배님은 사냥꾼이 아니라 현인 같아요."

“예끼, 이놈.”

“헤헤.”

머리를 긁으며 겸연쩍은 미소를 보이던 도치가 갑자기 무슨 생각이 났는지 위지천에게로 시선을 돌렸다.

“대형, 그 고독이 뭔지는 알아냈소?”

“아직 알아내지 못했다. 누군가 개량한 것 같은데 도무지 방법을 모르겠구나. 방법만 안다면 어디서 만든 것인지 알아낼 수 있을 텐데 말이다.”

“그러면 안 되는데… 그것에 걸리면 꼼짝도 못 하고 죽는데…….”

도치의 얼굴에는 근심이 가득했다.

그런 도치를 보며 빙긋이 웃는 위지천의 곁으로 걱정스러운 표정을 한 육정기가 다가왔다.

“걱정하지 않아도 되겠습니까?”

“괜찮을 것이오.”

“그래도… 이곳이 뚫리면 남부가 전쟁에 휘말립니다.”

“알고 있소. 하지만 통각우 그자 양씨가문의 양자라오.”

“설마 양가창법으로 유명한 남창의 그 양씨 장군부를 말씀하시는 것입니까?”

“그렇소. 그러니 새로운 절도사가 내려온다면 모를까 그것이 아니라면 운남은 앞으로 걱정하지 않아도 될 것이오.”

“그렇다면 다행입니다만…….”

“너무 걱정하지 마시오. 내가 번진의 사정을 알아보게 적어서 보냈으니 온시운 장군이 무리한 수는 쓰지 않을 것이오. 그건 그렇고 죽은 그 애첩이 만화루에서 왔다고 했던가요?”

“예, 만화루주가 보냈다고 했습니다.”

“만화루라… 이제 남은 끈은 그것뿐이군.”

“공형진 그자도 문제입니다.”

“문제지요. 하지만 아무것도 모르는 상황에서 걱정부터 하는 것은 못난 짓이니 우선 유덕부터 만나러 갑시다.”

“그러시지요. 저도 꼭 한번 만나 보고 싶었던 사람입니다.”

“만나면 답답할 것이오. 꽤 고리타분한 사람이니까.”

“그런가요. 하하하.”

“자, 갑시다.”

위지천의 말에 박차가 가해졌다.

“하앗!”

두두두두!

다음 권으로 이어집니다

하지은 장편소설
모래선혈

ROK
MEDIA

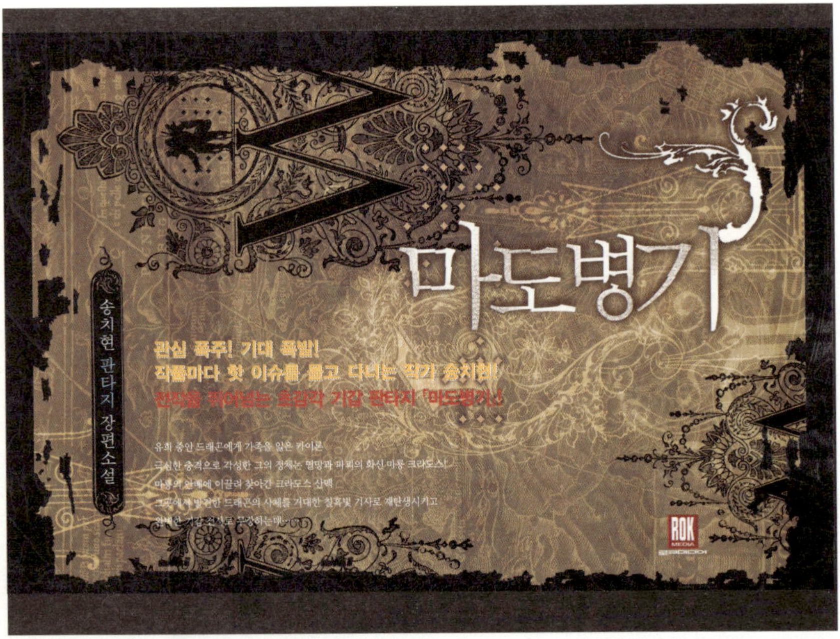

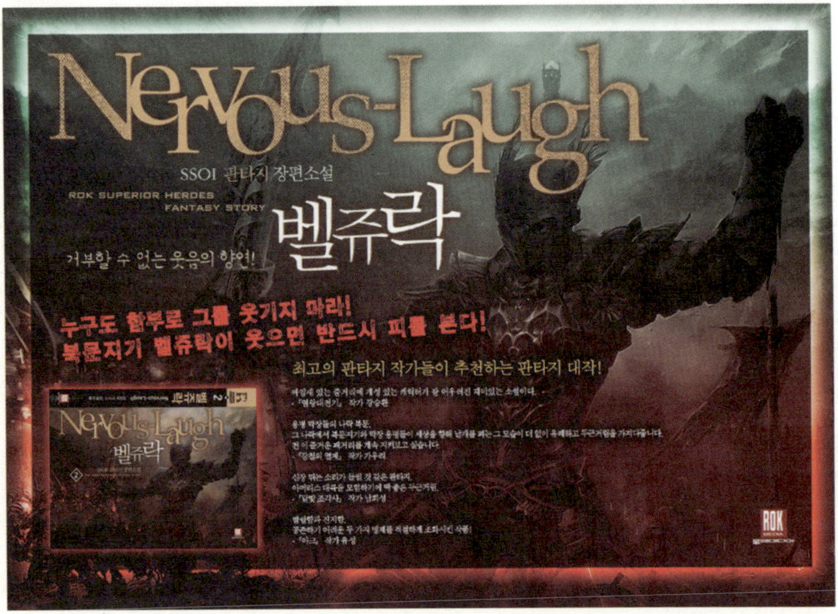